楚风汉韵文库

超验主义散文艺术比较研究

江锦年　著

中国社会科学出版社

图书在版编目(CIP)数据

超验主义散文艺术比较研究/江锦年著. —北京:中国社会
科学出版社,2018.6
　(楚风汉韵文库)
　ISBN 978-7-5203-1664-4

　Ⅰ.①超…　Ⅱ.①江…　Ⅲ.①散文—文学研究Ⅳ.①I056

中国版本图书馆 CIP 数据核字(2017)第 299469 号

出 版 人	赵剑英	
责任编辑	陈肖静	
责任校对	刘　娟	
责任印制	戴　宽	

出　　版	中国社会科学出版社
社　　址	北京鼓楼西大街甲 158 号
邮　　编	100720
网　　址	http://www.csspw.cn
发 行 部	010-84083685
门 市 部	010-84029450
经　　销	新华书店及其他书店

印　　刷	北京明恒达印务有限公司
装　　订	廊坊市广阳区广增装订厂
版　　次	2018 年 6 月第 1 版
印　　次	2018 年 6 月第 1 次印刷

开　　本	710×1000　1/16
印　　张	14.25
插　　页	2
字　　数	188 千字
定　　价	66.00 元

前　言

　　超验主义从一开始便既是一场文学运动，同时也是一场思想解放运动。它是美国文艺复兴的巨大驱动力量和主导力量，并代表了其发展的高峰。超验主义最突出的文学成就表现在散文的创作上。本书将美国超验主义散文置于世界文学的视域下，主要以古代希腊散文和中国明清散文为借镜，进行比参研究，为我们全面考察超验主义散文的精神风貌和文化及艺术品格提供一条新的认知途径，并为跨文化间的散文艺术比较提供一个平等对话的平台。

　　本书主要由绪论、正文和余论三个部分构成。绪论部分开宗明义：超验主义运动是美国文学独立的前驱。超验主义散文的文学性问题一直困扰着文学评论界。对此，结合中国的大散文观以及国内外散文范畴的变迁历史加以分析，从而使超验主义散文的体裁、题材、立意和形式等具有的特征在大散文的视野下得到统一性把握，并如实反映出超验主义散文具有包容性的范畴特征。

　　正文由三个板块构成，分别为以下三章。第一章"与圣经新约散文的比较研究：世俗性与劝诫性的融合"分为三个小节。第一节分析两者的创作主体都关注世俗生活，并注重对世俗生活的叙述和阐发。在此基础上探析超验主义散文的世俗性文化渊源。第二节分析超验主义文人在散文创作中自觉地应用了圣经文学的叙事策略，使其散文发挥了劝诫作用。第三节考察两者如何融合

·1·

世俗性与劝诫性，论证两者融合的共同纽带是创作主体都自觉地赋予自身以传教者的身份职责。由于融合了世俗性与劝诫性的特征，所以超验主义认为"没有历史，只有传记"，尤为注重个人经历的价值。

超验主义散文本身就是多元文明的产物。在比较文学研究领域，中外研究者在相互交流与借鉴上出现了很大的落差。这就是中国学者一向勤于借鉴西方的文学批评理论来研究文学作品，而西方学者向中国借鉴得少。正文第二章主要以中国明清散文为借镜，并将超验主义散文置于中国文学批评的视域下予以观照和比较，探究散文创作的艺术规律。这一章第一节主要从文体、散文家的主体性意识及其审美倾向三个层面进行比参研究，分析两者的创新性。第二节分析超验主义散文的保守性。两者在保守性方面具有共性，即表现为对工商业的批判态度和对小说的抵制。但是，两者的立场视角以及所提出的解决方案是不一样的。笔者将对其保守性的共性和个性进行文化探析。第三节分析创新性和保守性融合的共同基础在于创作主体对创新和保守两者关系的哲学思考。

第三章"对美国散文的线性梳理"有三小节。前两节探究美国散文的分期及其特点。纵观美国散文的发展史，殖民地时期和独立战争时期的散文创作为超验主义散文的产生准备了条件。超验主义散文则准备代表了美国散文的成熟。此后，散文的发展由于受到斯文传统的侵蚀，不能很好的表达自我和反映时代与民心，出现了衰微的趋势。到 19 世纪末 20 世纪初，美国散文的衰微局面得到了扭转，直到今天其呈现出多元的发展格局，显现出巨大的活力。第三节分析超验主义散文对美国文学本土经验的继承和发展。尤其重要的是，从对超验主义散文的分析中，我们可以预见美国散文的兴盛、衰落和重新崛起。这说明散文文体的生命力与时代发展休戚相关，试图获得对当今散文富有指导意义的成功经验。

　　最后一部分是余论。这一部分分为三节。第一节分析造成超验主义文人集团集聚和离散的主要因素，帮助我们更深入和更全面地了解超验主义运动及其散文的创作特色。第二节和第三节通过跨越性比参研究，论证超验主义文人在散文创作中注重建构散文的宏大境界，平衡散文纵横两维度，试图得出对当今散文鉴赏、散文批评、散文创作以及散文理论建构都具有一定借鉴意义的经验总结。

　　本书的写作、编撰和出版离不开许多师长、前辈的指导和督促，离不开同事、家人和亲友的关心和帮助，中国社科出版社的陈肖静女士为本书的面世付出了辛勤的劳动，笔者在此深表谢意。由于笔者的研究水平受限，本书肯定还存在需要改进和完善的地方，恳请各位专家、学者多多指正。

中文摘要

　　超验主义从一开始便既是一场文学运动，同时也是一场思想解放运动。它是美国文艺复兴的巨大驱动力量和主导力量，并代表了其发展的高峰。超验主义最突出的文学成就表现在散文的创作上。本论文将美国超验主义散文置于世界文学的视域下，主要以古代希腊散文和中国明清散文为借镜，进行比参研究，为我们全面考察超验主义散文的精神风貌和文化及艺术品格提供一条新的认知途径，并为跨文化间的散文艺术比较研究提供一个平等对话的平台。

　　本书主要由绪论、正文和余论三个部分构成。绪论部分开宗明义：超验主义运动是美国文学独立的前驱。超验主义散文的文学性问题一直困扰着文学评论界。正文由三个板块构成，分别为以下三章。第一章"与圣经新约散文的比较研究：世俗性与劝诫性的融合"，考察两者如何融合世俗性与劝诫性，论证两者融合的共同纽带是创作主体都自觉地赋予自身以传教者的身份职责。第二章"与明清散文的比较研究：创新性与保守性的融合"。主要从文体、散文家的主体性意识及其审美倾向三个层面进行比参研究，分析两者的创新性，并对其保守性的共性和个性进行文化探析。第三章从对超验主义散文的分析中，我们可以预见美国散文的兴盛、停滞和重新崛起。这说明美国散文的艺术生命力和表现力的强弱与超验主义思想是密切相关的。最后一部分是余论。试图得出对当今散文鉴赏、散文批评、散文创作以及散文理论建构都具有一定借鉴意义的经验总结。

ABSTRACT

Transcendentalism is not just a literary movement, but also a thought emancipation movement. It is a tremendous driving force and dominant power underlying American Renaissance, which stands for the peak level of its development. The most prominent achievement of transcendentalism lies in prose. This dissertation places transcendental prose within the global landscape with particular reference to the comparison of ancient Greek and Chinese ancient essays, which aims to provide us with a fresh cognitive approach for the comprehensive survey of the spiritual essence, cultural and artistic character of transcendental prose, and a platform for equal dialogue between cross-cultural prose.

The dissertation is composed of three parts: preface, main body, and conclusion. The preface launches into the topic in a straightforward manner: transcendental movement was a pioneer of American literature independence. The main body consists of three parts. Chapter One, "Comparative Study with the New Testament: Integration of Secularity and Admonition", explores how secularity and admonition get integrated, demonstrating that the common bond of their integration is that both writers take on the responsibilities of being priests. Chapter Two, "The Comparative Study with the Ming-Qing Prose—the Integration of Creation and Conservation", makes a comparative study on literary forms, subjectivity, and aesthetic orientation, with particular emphasis on creativity. and dwells on the conservatism of transcendental prose. Chapter three, "The Linear Comb of American Prose", shows that artistic vitality and expressive power of American prose is closely related to transcendentalism. We can even say that we can foresee the decline and rise of American prose through the mere analysis of transcendental prose. The last chapter is conclusion. This part will supply significant guides for the appreciation, criticism, creation of modern prose, and the theory building of prose.

目　录

第一章

绪　论

自美国建国以来，有使命感的美国作家都怀有极其痛苦的身份焦虑。他们思忖：作为一个美国人意味着什么？作为一个美国作家怎样才能写出具有美国特质的文学作品？超验主义文人肩负起这一历史使命。散文是超验主义文人创作数量最多的文类。尽管他们也写作诗歌和戏剧，但无一例外地将最多的精力和才华投入到散文的创作中，这一点是毋庸置疑的。为什么超验主义的文学成就主要表现在散文类而不是其他文学样式呢？在当时的美国社会，散文体的作品发挥着相当重要的作用。它们不仅是作为一种文学形式，而且还是一种有效的政治、文化和社交的媒体。超验主义文人正是通过散文的创作和发表使超验主义思想深入人心，进而完成了自己的历史使命：宣告了美国文学的独立，反映了美国文学的个性特征，也预示了美国文学的未来走向。爱默生（Ralph Waldo Emerson，1803—1882）的《论自然》（*Nature*，1836）和梭罗（Henry David Thoreau，1817—1862）的《瓦尔登湖》（*Walden*，1854）从十九世纪流传至今，仍然脍炙人口，发挥着文本典范的功效。除爱默生和梭罗外，其他超验主义文人的散文作品，如玛格丽特·富勒（Margaret Fuller，1810—1850）的《十九世纪的妇女》（*Woman in the Nineteenth Century*，1846），乔治·里普利（George

Ripley，1802—1880）的《讲道集》（*Discourse on the Philosophy of Religion*，1836），阿莫斯·布朗森·阿尔科特（Amos Bronson Alcott，1799—1888）的《与孩子们谈"福音书"》（*Conversations with Children on the Gospels*，1836）等也很优秀。此外，超验主义文人的书信和日记亦有研究的价值。

第一节 超验主义运动：美国文学独立的前驱

超验主义散文的写作贯穿于超验主义运动的始末。我们研究超验主义散文的艺术特色，有必要首先廓清超验主义散文创作的背景，了解超验主义运动在美国历史和文学史中的地位。

学界认为，超验主义既是一场文学运动，同时也是一场思想解放运动。它产生的标志是"超验主义俱乐部"① 于 1836 年 9 月 19 日举行第一次全会，结束的标志是南北战争的爆发。其中，超验主义运动最为活跃的时期是在 19 世纪三四十年代。这一时期，超验主义运动的倡导者汇聚成文人集团，以爱默生、梭罗、富勒、里普利、阿尔科特等为主要代表。他们致力于文学创作，以康科特（Concord）为中心定期聚会，旨在革新思想，探寻人生意义，建构新的价值体系。这一时期的众多作家，包括纳撒尼尔·霍桑（Nathaniel Hawthorne，1804—1864）、华尔特·惠特曼（Walt Whitman，1819—1891）和赫尔曼·梅尔维尔（Herman Melville，1819—1891）等，或多或少都受到了超验主义运动的影响。

应该说，超验主义运动的发生和展开有历史的必然性。18 世纪末到 19 世纪上半期，相对于欧洲其他国家，美国的思想氛围是相对自由的，即使表现在宗教领域也不例外。这一时期，唯一理教（Unitarian）作为宗教自由派和所谓的正统派相互角力。然而，美国并没有发生像历史上其他国家的宗教派别纷争所引起战斗甚

---

① "超验主义俱乐部"最开始被爱默生叫作"讨论会"，后来称为"海吉俱乐部"，最后才被称作"超验主义俱乐部"。

至流血事件。为什么呢？对于建国不久的美国而言，杰斐逊时代的民主和政治平等是这个新国家的理想，宽容自由的思想氛围使人们能够平和理智地对待异端。当时，一位到波士顿旅行的法国人满怀羡慕地记录：不同教派的牧师和谐相处，甚至有牧师无法到堂布道时互相替补。① 正是这样的氛围，自由派打着包容的旗号，逐渐取得了胜利。唯一理教教徒认为人可以凭借努力不断完善。这为他们不断追求世俗的成功提供思想上的支持和精神上的动力。当时，无论是经济实力还是社会地位，唯一理教教徒在几个主要教会中都占据了极大的优势。到了19世纪二十年代末期，处于正统地位的唯一理教也开始僵化了，陷入了传统加尔文主义的泥淖中。唯一理教认为理解宗教教义的必要手段是依靠奇迹和神启。这样一来，自由的传统使部分唯一理教的牧师不甘心囿于教条中，希望始终保持自由交流思想的传统。爱默生、里普利等年轻一代的牧师们更是渴望提出与年老牧师们不同的问题，渴望坦率地讨论他们所关心的道德和神学问题。于是，这些牧师决定自己成立一个俱乐部，也就是后来的超验主义俱乐部。

值得一提的是，从19世纪二三十年代开始，美国文学走向了职业化的道路。当时，美国政府对非功利性写作进行了制度化和合理化的改革。这些改革涉及版税协商、报价、出版、运输以及其他相关方面。这渐次出现的一系列改革也促成了文学事业的社会地位和意义发生变革。尤其是1790年美国第一部《著作权法》通过，使文学著作变成了财产，文学创作的权益从此得到了法律的保护。此时的文学工作者相比前辈作家，有了许多有利条件，可以通过出版发行自己的作品解决生计问题。这样一来，爱默生、梭罗、富勒、霍桑、麦尔维尔、惠特曼等一大批文人得以将自己的大部分精力投入到了文学创作中。他们或者是超验主义文人集团的成员，或者参加了超验主义运动，或者传播了超验主义

---

① ［美］萨克文·伯科维奇主编：《剑桥美国文学史 散文作品：1820—1865 年》（第二卷），史志康等译，中央编译出版社 2008 年版，第 337 页。

思想。总之，他们是超验主义运动产生和发展的人力保障。

在以上的分析中，我们看到了超验主义运动的有利环境。然而，在系列演讲《当今的时代》（*The Present Age*，1838—1840）的序言中，爱默生强调了超验主义文人对所处的时代有着强烈的不满和排斥。他甚至认定正是这些不满驱使他们团结起来，发展了超验主义运动。我们不禁要问：这样一个欣欣向荣的时代为何使超验主义文人满腹牢骚？

首先，超验主义文人对美国的文学地位尤为不满。马克斯·韦伯（Max Weber，1864—1920）这样界定大国：大国之所以为大国，不仅仅表现在政治方面的强权和经济方面的富足，更在于它承担着塑造世界文化的责任。一个国家即使是在政治和经济上崛起了，但文化贫弱依旧是个"小"国家。[①] 韦伯这一论断精准地揭示了十九世纪上半期美国所面临的文化贫弱的尴尬局面。我们以文学为例加以说明。长期以来，美国文学只是英国文学的附庸，是没有独立个性与内容的抄袭之作。"美国人没有什么文学，没有什么本土文学，文学都是进口货……但是，既然美国人只要六周的时间便可以收到用我们自己的语言写出的表达我们的见识、学问和精神的大包大箱的书籍，他们为什么还要写书？"[②] 这是英国批评家西德尼·史密斯（Sidney Smith，1764—1840）对美国文学的讽刺。不仅是欧洲人，连美国学者自己也开始审视自身的文学地位。钱宁（William Ellery Channing，1780—1842）曾在1815 年的《北美评论》（*North America Review*）上著文。他指出，美国还没有形成自己的民族性格，因此是否可以说有民族文学还值得商榷。自殖民时代以来，即使是享有声誉的早期美国作家也走不出欧洲文学，特别是英国文学的阴影。譬如，华盛顿·欧文

---

① ［德］韦伯著，彼得·拉斯曼等编：《韦伯政治著作选》，阎克文译，东方出版社2009 年版，第63 页。

② Albert Gelpi，*The Tenth Muse：The Psyche of the American Poet*，New York：Cambridge University Press，1991，p. 1.

（Washington Irving，1783—1859）大多是从他喜爱的 17、18 世纪的英国作家作品中寻找可借鉴的风格、韵律和结构；以至于他被广泛认可的重要原因之一就是其作品优雅的文风如同是一位典雅的英国绅士撰写而成。

对于美国的文学地位的尴尬，其生活必需品的短缺和经济的贫乏一直是很好的解释。亚历山大·考威尔（Alexander Cowie）在《美国小说的兴起》（*The Rise of the American Novel*，1951）的绪言中这样开篇："对于最初的一百五十年至两百年间，美国缺少优秀的文学作品的那段空白历史，我们需要得更多的是解释而不是道歉。"① 随着美国经济的发展，这个解释就开始站不住脚了。纵观世界文学史，社会的发展和文学成就不成正比是合理的。但是，这种失衡必然会刺激当时的学者和文人。此时，超验主义文人勇敢地正视了这个共同的问题。爱默生在 1836 年 9 月 28 日的日记中分析了为什么美国的文学艺术没有天才？他认为有三个原因：一是对欧洲文学，尤其是英国文学的依赖；二是作家的创作没有面对人民的需要；三是人们对物质的狂热而忽视了精神的重要性。应该说，爱默生的分析是比较客观和全面的。这一分析得到了"超验主义俱乐部"成员的认可。难能可贵的是，超验主义文人不仅认识到了问题的核心所在，还肩负起扭转这一局面的重担。正是在超验主义思想和超验主义文人的影响下，美国才渐次出现了许多有个性的杰出作家。有学者研究指出：没有超验主义的驱动力，美国文学史上最为多产的时代之一极有可能就被剥夺了。②

还有一点必须指出，超验主义文人对当时的社会风尚深感忧虑。随着美国工业化的深入和城市的超常规扩展，致力于寻找发财致富的捷径和对物质财富的追求已慢慢成为这一时期最主流的

---

① Emory Elliott, ed., *The Columbia History of the American Novel*, New York：Columbia University Press，2005，p. V.

② 常耀信：《美国文学简史》，南开大学出版社 1990 年版，第 78 页。

社会风尚。目光敏锐的超验主义文人批判这一社会风尚，并提出了自己的改革方案。当然，这也不是美国社会所独有的现象，而是整个欧洲的风尚。当时许多作家对此都有关注和批判，也因此产生了许多此类主题的佳作。关于这点，勃兰兑斯（George Brandes，1842—1927）在《十九世纪的文学主流》（*Main Currents in Nineteenth Century Literature*，1872—1890）中有具体分析。此外，超验主义文人也对日益紧张的种族纷争、阶级矛盾和性别歧视等各种社会问题深表不满。毋庸讳言，超验主义文人曾讨论过的重要问题，曾设想过的解决办法不仅仅是从历史角度看令人肃然起敬，即使是在今天也有重大的现实意义。

合而观之：十九世纪美国的时代背景给超验主义文人提供了机遇，也向他们发出了挑战，促使他们致力于美国文学独立的事业。

第二节　超验主义散文的范畴及分类

研究超验主义散文，有必要先确定超验主义散文的范畴。只有这样，超验主义散文研究才有一个共同的指向。什么是超验主义散文？超验主义散文有着怎样的范畴特征？据笔者统计，关于超验主义散文的概念及范畴的研究，主要呈现于对美国散文和超验主义运动的阐述以及相关著述的引文注解中。这一问题本身似乎并没有得到学界足够的关注，亦没有在学界达成共识。究其原因，散文的范畴本身在中外学界就存在争议。

一　中外散文范畴的争论

研究散文的范畴问题，即分析散文创作究竟包括哪些领域。在此，我们审视中国及国外学界对散文范畴的各种界定，并分析超验主义散文文体的范畴特征与散文文学性的关系。

（一）大散文观

《大英百科全书》（*Encyclop dia Britannica*）对散文的规定很

松弛，以散文不是诗歌、小说、戏剧来加以说明。这种在文学范围里用排除法来界定散文的辞条，概括出了散文的随意性、广阔性和多样性。

陈平原曾感慨：在中国文学史上，散文是边界最模糊，也最不容易准确界定并描述的文体。笔者先从中国文学史的角度对散文这一文体的范畴变化进行简要的梳理。我们提及的先秦两汉散文，它包括了经传、诸子、史书以及辞赋。也就说，除了诗歌和谣曲外的一切抒情、叙事和议论的文章都被认为是散文。因此，"与韵文相对"是散文在文类上的最早的区分。自魏晋以来，文学自觉，出现了注重用典和辞藻修辞，讲求字句和声律约束的骈文。骈文在中国文学史上得到了较大的发展。一直到唐古文运动之前，骈文都是中国文人最为看重的文体。骈文写作的诸多形式上的限制犹如一把双刃剑，一方面有利于展现文学艺术的形式美，另一方面又束缚了文学的自由发展，以至于产生了许多空洞无物的应景之作。以韩愈为首的唐代文人提倡古文的创作。经过唐宋古文运动的发展，骈文作为一种文体开始衰落。这里的古文大体上就是指古代意义的散文，即先秦两汉散句单行，不讲求对仗与声律的文章。宋人罗大经在《鹤林玉露》甲编卷二中正式提出散文一词："益公常举以谓杨伯子曰：'起头两句，须要下四句议论承贴，四六特拘对耳，其立意措词，贵于浑融有味，与散文同。'"① 其中，"四六"指的骈文。由此可见，散文又可理解为以骈文相对立的一种文体。

散文究竟是与韵文相对，还是与骈文相对？弄清楚这点，有助于廓清中国古代散文的范畴。我们认为，从文学的本质特征看，散文与韵文才是最根本的分类；散文与骈文间的对立是低一层级的，是在广义散文范畴之内的差别。这一判断即使是在骈文盛行的南朝齐梁时期也不例外。刘勰在《文心雕龙·总术》中

---

① （宋）罗大经：《鹤林玉露》，中华书局 1983 年版，第 27 页。

说："今之常言，有文有笔，以为无韵者为笔，有韵者为文。"①
可见，文笔之分的关键不在于骈散对举，而在于判断是否有韵。
如果将散文与骈文视为截然对立的两种平行的文体，势必大大缩
小散文的创作范围，也会损害散文的美质。在实际创作中，对仗
与声律等都是人力加工的结果，是为了增加文章的美质而实行的
人工运作。所以，优秀的散文作品也有一定数量的骈文句式，有
的甚至还占有较高的比例。实际上，经过唐宋古文运动，骈文创
作也有了散文化的倾向。据此得出结论：我国古代散文的范畴很
广泛，它是与韵文相区别的。这种广义散文范畴的界定得到了大
多数学者的支持，也被称为是"大散文"观。譬如，清代姚鼐在
其《古文辞类纂》中将散文分成十三类，其中就包括了辞赋类。
曾国藩还嫌姚鼐取径窄狭，编选了《经史百家杂钞》作为散文习
作典范。《经史百家杂钞》甚至收罗了六经、诸子、史传及六朝
辞赋，体现了散文的宏大包容性。对于这个问题，张思齐在《散
文·骈文·美文——比较观照中的文体辨析》一文中有清楚的分
析和界定。②

事实证明，中国古代文人是在宽广深远的"大散文"创作领
域里大展才华，才使得古代散文取得了极高的成就，并与诗歌相
媲美，中国"诗文大国"的称谓也才得以形成。五四时期，以陈
独秀、周作人、郁达夫等为代表的部分文学家对散文的源流进行
辨析，将公安派的小品文确立为散文的古代源流，并将以文载道
的散文大家视为妖魔。显然，这是为了弘扬具有个性解放精神的
公安派的性灵主张，彰显新文化的特质。就当时的形势而言，这
是有积极意义的。今天看来，这种判断不免有些矫枉过正，甚至
不合时宜了。毕竟，公安派的小品文只能算是中国古代散文范畴

---

① （梁）刘勰著，祖保泉解说：《文心雕龙解说》，安徽教育出版社 1993 年版，第
858 页。
② 张思齐：《散文·骈文·美文——比较观照中的文体辨析》，《西南民族学院学
报》（哲学社会科学版）1996 年第 1 期。

里的一朵奇葩。相反，部分明代小品文作家由于不重视对社会人生的思考和邦国命运的关注，对某些个人琐碎经验的反复揣摩和玩味，使其散文作品停留于一己的悲欢上，文风显得纤弱与轻靡，也降低了散文的文化品格。显然，这样的散文不能成为中国散文的典范，也不能显示中国散文的价值和民族特色。值得一提的是，以"品"来划分文章源自佛经的编撰体例。在佛经里，按照经书的篇幅长短，分为"大品"和"小品"。可见，"品"本来只是针对文章的篇幅而言，并不涉及文章内容以及思想内涵。严格说来，小品文也并非专指类如晚明公安派的以小题材为主的散文。

中国大散文的范畴与国外学界对散文的界定是否一致？国外学界对散文的界定与我国古代散文的范畴是基本一致的，同样认定散文的宽广范畴。我们再从西方文学史的角度加以分析。欧洲散文的历史可以追溯到古希腊时代，圣经新约则是最早的散文典范作品。其他文化圈的散文始于何时？这是文学史家感兴趣的问题，也是众说纷纭的问题。但有一点是公认的，即散文的起始迟于诗歌，散文是文明的产物，是人类理性思维的结果。对此，黑格尔在《美学》第二卷中有详尽的分析。按照黑格尔的理论，诗歌和散文最大的差别在于诗歌是采用意象，而散文是人的知解力发展的结果。[①] 这实际上将是否用韵的标准排除在范畴规范外，从而使散文的范畴更是广泛。这也是符合散文创作实践的，比如阿拉伯的散文就有用韵。此外，散文并不仅仅指狭义的纯文学，即使是散文中占有最大比重的随笔（essay）也并不拘囿于以审美为目的。经典的西方随笔，无论是培根（Francis Bacon，1561—1626）还是蒙田（Michel de Montaigne，1533—1592）的创作都包括许多议论性、评论性的散文，而且其篇幅也并非都很短小。例如，蒙田后期的随笔，篇幅就很长，其中《塞亚岛的风俗》（*Isa-*

---

① ［德］黑格尔：《美学》（第二卷），朱光潜译，商务印书馆1979年版，第24—25页。

iah Island customs，1585）全文有将近一万多字，其中有大段大段的论述文字。王佐良在《英国散文的流变》一书中除了收录文笔优美的随笔散文和小品文外，还包括了散体的日常应用文字，以及非韵文的小说和戏剧作品。如约翰·班扬（John Bunyan，1628—1688）《天路历程》（*The Pilgrim's Progress*，1675），丹尼尔·笛福（Daniel Defoe，1660—1731）的《鲁宾逊漂流记》（*Robinson Crusoe*，1719），萧伯纳（George Bernard Shaw，1856—1950）的《安娜终斯卡》（*Annajanska*，1919）、《圣女贞德》（*Saint Joan*，1945）等等。这也进一步说明：在西方，最宽泛的散文（prose）范畴是指一切不是诗歌的文字作品。因小说和戏剧各自有其鲜明的文体特征，得到了充分的理论阐释，通常我们还是按照四分法的原则将散文与诗歌、戏剧和小说区别。

（二）大文学观与泛美主义

文学的范围本身存在着巨大的争议。综合而论：一方强调艺术的纯粹性；一方主张广义的文学观，并不排斥如科学论文、哲学论文、政治性小册子、布道词等不以审美为目标的作品。散文是一种自由自在地抒发情思的文体，它的触角必然异常宽广而远超出单纯的审美范围。归根结底，文学范围的争议核心落在散文的文学性问题上。

韦勒克（Rene Wellek，1903—1995）在其著作《文学理论》（*Theory of literature*，1956）中阐明，文学最突出的特征是虚构性（fictionality）、创造性（invention）或想象性（imagination）。[①] 如果我们承认这一论断，那么诗歌、戏剧和小说显然是文学艺术的中心，因为它们处理的都是一个虚构和想象的世界。柏拉图（Plato，约前427年—前347年）、西塞罗（Marcus Tullius Cicero，公元前106—前43年）、蒙田和爱默生等人的散文作品是否算是文学就存在着争议。对于这些交杂着文学性与非文学性的散文文

---

① ［美］勒内·韦勒克、奥斯汀·沃伦：《文学理论》，刘象愚等译，江苏教育出版社2005年版，第16页。

体，韦勒克是主张将它们划入修辞学、哲学或政论文章的范畴。笔者认为，这一划分并不科学。这一论断是由韦勒克的理论背景决定的。当时，西方文学研究偏重于外部研究而忽视了内部研究，这使得韦勒克等学者担心文学研究会渐失其文学性。实际上，散文本身的特点决定了其研究必然是全方位的，但这并不排除其文学性研究。从审美心理学看，一个人也很难确认在阅读散文作品时其美感作用究竟占多大的比重。按照现代叙事学理论，任何一部作品的真实性和虚构性本身是混杂的。难道你能说《瓦尔登湖》里的梭罗就是在瓦尔登湖畔临湖而居的梭罗本人吗？

我们有必要结合中国的文学范畴理念加以考察，判断是否将广义范围的散文置于文学范畴内。中国古代"大文学观"在中国学界占据主流地位。譬如，古代文选类总集，除了《文选》之外，其他总集大体都是依据"大文学观"选录汇编的。近代以来，有中国学者强调纯文学的重要，但纯文学观的阐释框架过于狭窄，它不可能涵盖中国文学的多种文学风格、文学样式以及多种审美趣味，也不能揭示出中国文学紧密联系政治现实和社会民生的传统，势必会无形中束缚作家的创作自由。章太炎在《文学总略》一文，开宗明义地指出："文学者，以有文字著于竹帛，故谓之文；论其法式，谓之文学。凡文理、文字、文辞皆言文；言其采色发扬，谓之彣。以作乐有阕，施之笔札，谓之章。"[1] 不过，这并不意味着"大文学观"就没有边界。对于这一点，我赞同韦勒克另外的一个观点，即文学与非文学之间没有绝对的界限，文学在不同的历史时代，美感作用的领域并不一样。笔者认为，文学的范畴与阅读者的接受心理也有着重要的关系。

"大文学观"近似于19世纪末叶的西方学界泛美主义（pan-

---

① 章太炎：《国故论衡》，商务印书馆2010年版，第176页。

aestheticism）主张的局面，归结到一点：文学必须有美学因素。因此，那些不以审美为主要目标但具有文学色彩的散文作品，如时政评论、哲理论文、书信、日记、布道词等若具有美学因素也可以从文学研究的角度去解读，分析它们的风格、章法、意象和修辞等美学因素。超验主义散文之所以被部分学者认为是非文学，主要原因在于其撰写者对思想性的强调，以至于它们常被视为是思想的传声筒，是哲理论文。笔者认为：这种判定忽视了超验主义散文的文学价值。实际上，超验主义文人具有艺术审美的自觉，并在散文创作中充分展示诗性思维的魅力。此外，这种判断也忽视了散文文体同时兼顾思想性和艺术性的可能，不利于散文文体的研究和进一步发展。

二　超验主义散文的范畴特征

超验主义散文除了传统的随笔和游记体裁、日记和书信之外，还包括了大量的期刊文章、演说词、布道词等。

19 世纪之前，美国出版的刊物很少，并且内容以刊载政治新闻和资料信息为主，以诗歌、文学内容为辅。从 19 世纪初开始，由于政治的稳定，经济的繁荣，加上出版业内部的竞争，很多期刊开始转型，主要向文学、宗教、哲学等多方面拓展。美国出版业的兴起和发展，为超验主义散文种类的扩展提供了平台。对于超验主义文人来说，期刊是最为诱人的一种出版形式。一则，期刊使得刚刚起步的作家获得了一种快乐，他们能较快地看到自己的作品得以付梓。二则，期刊也为持不同意见的撰稿人提供了各抒己见和相互交流的平台。当时，美国出现了一些颇具影响力的文学期刊，它们刊登的诗歌、散文和小说形成全国性的文学论坛。较为著名的期刊有《哈珀月刊》（*Harper's Monthly*）、《大西洋月刊》（*Atlantic Monthly*）、《纽约文汇》（*New York Ledger*）、《星期六晚报》（*Saturday Evening Ga-zette*）、《纽约镜报》（*The New York Mirror*）、《南部评论》（*The*

Southern Review)、《南方文学先驱》（*The Southern Literary Messenger*）等。这些期刊频繁地刊载爱默生、梭罗、里普利、富勒等超验主义文人的作品。此外，这也促使超验主义文人自己创办期刊，并以此作为宣扬超验主义思想及其创作主张的阵地。关于这些，我们将在以后章节加以具体论述。

美国的公众读者群还有其特殊性，就是对听演讲和讲座的热忱。当时，一些美国人甚至愿意花一大笔钱跨越州界去听一场知名人士的演说。美国学者不仅满足于自身文化素养的提升，也热衷于这种口头的文化传播方式，尤为注重演说词的写作。譬如，新英格兰的波士顿和它相邻的城镇乡村出现了许多宣讲文明和进步的协会，如：常识协会、自然历史协会、商业自由协会等等。从1826年起，这些协会开始组织巡回演说。爱默生、梭罗、阿尔科特、里普利等超验主义文人都多次参与巡回演说。这些演说和讲座不仅有利于文化思想的传播，而且对于超验主义散文的发展有积极的意义。对于中国散文而言，演说类散文不发达。这一点在中国古代散文领域尤为突出。王统照在《散文的分类》一书中认为：西方意义上演说类散文在中国古代是缺项。[①] 究其原因，这与中国古代没有西方文学所界定的史诗的缘由有相似性。中国古代的农业文明、封建专制及其所伴生的生活方式是主要原因。即使是近代以来，演说类的散文也发展得不充分。笔者认为，这还与关涉中国文化传统和文化传播途径的思维定势有关。考据资料证明，自文字产生之后，中国古人渐渐把"文教"看得比"声教"更为重要和可靠，从而形成了中国文化注重"文教"的传统特色。中国文人和学者更倾向于将其思想通过书面形式表达出来，读者大众也更习惯和信任书面文字式的传播途径。如此一来，演说这种听觉教化方式也就自然被视为是文字所表现的视觉教化方式的一种可有可无的补充。

---

① 王统照：《散文的分类》，载俞元桂主编《中国现代散文理论》，广西人民出版社1983年版，第8页。

　　根据笔者统计，超验主义散文还包括大量的布道词。布道词的写作在西方有着悠久的历史。对于美国民众而言，布道词不仅是劝诫他们虔诚信教的宗教性文章，也是提升他们精神境界的重要读物。超验主义运动最初的倡导者是唯一理教的年轻牧师。对于这些牧师而言，写作和宣读布道词是他们的日常工作之一。难能可贵的是，他们以真诚和审慎的态度对待布道词的写作，将其视为内心思想和情感的写照，视为审视社会问题和拷问人性的精神武器。今天，我们重读爱默生、里普利和阿尔科特等人富含激情和说服力的布道词，依旧能受到鼓舞。

　　综上所述：包容性是超验主义散文范畴的核心特征。超验主义散文的纷繁多样和无所不备表现了美国社会的多元性，思想的自由性和超验主义文人囊括天下的气魄。

三　超验主义散文的分类分析

　　通过以上分析，我们确定超验主义散文属于大散文的范畴，它包括随笔、各种类型的评论文章、期刊文章、演说词、布道词、书信和日记等。那么，由此而来的下一个问题是：怎样分类，依据什么标准将繁杂多样的超验主义散文分门别类，才能最充分地揭示出其文学价值和艺术特色？分析这个问题以便在本论部分，即超验主义散文和其他民族的散文进行比参研究中，能够很好地进行对位分析。

　　"凡有文章，倘若分类，都有类可归。"① 中国古人尤为热衷于文学分类，中国古代文体论中包含着非常丰富的"辨体"理论。这一点在中国古代类书中得到了证明。散文庞杂多样，加上分类标准各异等原因，散文分类有很大不同。我国古代学者一般按照散文的功用来细分散文文体。譬如：姚鼐的《古文辞类纂》，将散文分为辩论类、序跋类、奏议类、书说类、赠序类、诏令类、

---

　　① 鲁迅：《且介亭杂文》，人民文学出版社1973年版，第3页。

传状类、碑志类、杂记类、箴铭类、颂赞类、辞赋类、哀祭类十三类。国内翻译出版的大部分超验主义散文选集，基本参照了这一传统的体裁分类方式。譬如，生活·读书·新知三联书店在20世纪九十年代出版的《爱默生集》和《梭罗集》也在整体编辑中按这种分类方式而设定、组合和编排文章。显然，这种分类特别强调了散文内容和形式间的关系，有助于了解散文的思想内容。但是，其分类过于繁杂，不利于从整体上把握超验主义散文创作的艺术特色。同时，这种分类也容易形成创作的固定模式，不利于散文创作者的自由发挥。

进入近代以来，学界普遍根据散文写作的表达方式的侧重点不同，将散文可分为三类：记叙散文，抒情散文，论说散文。笔者认为，这种分类有欠妥当，不够缜密。其关键在于抒情性是散文的内在线索，优秀的散文作品必然情感充沛。而且，抒情必须借助于记叙或者议论表现出来。这样一来，我们很难判断一篇散文到底是叙事和议论多一些还是抒情更多一些。这实际上很难量化，势必会造成归类的混乱。据此，笔者将超验主义散文划分为记叙散文和论说散文两大类。这种两分法避免了依据写作目的分类而导致的项目繁琐。但是，笔者所持的分类法也是相对的，不能完全与复杂的超验主义散文文体相契合。"文愈盛，故类愈增；类愈增，故体愈众；体愈众，故辨当愈严。"① 为了更符合超验主义散文创作的实际情况，以及现今学界的文体观念和接受习惯，并使超验主义散文在和其他民族的散文进行比较研究中能够更好的对位，笔者再结合传统的分类的方式将这两大门类划分得更为细致，如图所示：

---

① （明）吴纳、徐师曾著，于北山、罗根泽校点，郭绍虞主编：《文章辨体序说　文体明辨序说》，人民文学出版社1962年版，第78页。

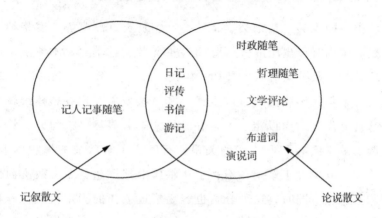

图 1 - 1　美国超验主义散文分类

记叙散文：1. 记人记事随笔、2. 游记、3. 日记、4. 人物评传、5. 书信

论说散文：1. 时政随笔、2. 哲理随笔、3. 评传、4. 文学评论、5. 演说词、

6. 书信、7. 布道词、8. 游记、9. 日记

值得分析的是超验主义人物评传、游记、日记和书信的归类问题。通常来说，这四种体裁有着鲜明的文体规范和特征，学界习惯于将它们单独研究，考察其写作特色。笔者在具体研究时也会根据实际情况加以辨析，既会注意它们的特殊性，也会考虑其与其他类散文在艺术风格上的一致性。

第三节　相关既有研究述评

近二百年来，不同专业领域的学者从文学、哲学、历史、宗教以及社会改革等不同角度对超验主义运动和超验主义散文进行研究。的确，我们很难从单一的角度去分析和把握它对美国文学和人类文化的贡献。其中，集中对超验主义散文的研究相对较少。在我看来，这就为后来者留下了进一步讨论和研究的空间。

一　国内研究现状及趋势

超验主义文人和超验主义散文最早进入中国学界的视线是在

20世纪二三十年代左右。中国大陆翻译出版超验主义散文作品则是从20世纪四十年代开始。1949年上海晨光出版社出版了梭罗的《瓦尔登湖》中译本，由徐迟翻译，当时书名译为《华尔腾》。1961年由香港皇冠出版公司出版了张爱玲翻译的爱默生的部分散文。1986年，生活·读书·新知三联书店出版了《爱默森文选》，译者张爱玲在"译者序"中写道："爱默森是19世纪文坛的巨人，他的作品不但在他的本土传诵一时，成为美国的自由传统的一部分，而且已经成为世界性的文化遗产，融入我们不自觉的思想背景中。"① 自此，爱默生和梭罗的散文代表作引起了翻译界和学界的重视，不断有新的翻译版本涌现。据笔者粗略统计，仅《瓦尔登湖》一书，除了最早的徐迟的翻译版本外，至少还有三个版本。此后，爱默生、梭罗的传记、书信、日记等也陆续被翻译出版。这样的翻译热既反映了超验主义散文在中国学界的接受情况，也说明了其作品受到大众读者的欢迎。其中，著名诗人海子具有代表性。1995年，北京人民文学出版社出版了《海子的诗》，其中就选有海子1986年写的《梭罗这人有脑子》。②

　　中国学界对超验主义文人和超验主义散文的研究大致是与翻译工作同步的。1983年，《文史哲》第3期刊载了程星的介绍性文章《十九世纪美国浪漫主义文学的优秀成果——梭罗的散文集〈华尔腾〉》。自1983年至今，对超验主义散文的解析评论不断见诸各类期刊。笔者搜索的国内超验主义散文研究资料主要有两类：期刊发表的论文和1990年以来的学位论文。粗略统计，1980年至1989年，各学术期刊发表的关于超验主义散文的论文共13篇；1990年至1999年有43篇；2000年至2011年有219篇。1991年至今，以超验主义散文作为研究对象的学位论文约34篇，其中博士论文1篇，硕士论文33篇。总体而言，国内超验主义散文研

---

① ［美］范道伦选编：《爱默森文选》，张爱玲译，生活·读书·新知三联书店1986年版，第1页。
② 海子：《海子的诗》，人民文学出版社1995年版，第175页。

究大致经历了从介绍赏析，体会感悟到剖析评论的过程。21 世纪前的研究一般是介绍性和赏析性的。比较有代表性的有：1984 年《外国语言文学》第 4 期刊载了潘宝林的《美国文学的独立宣言——爱默森〈论美国学者〉浅析》，1997 年《长春大学学报》第 3 期刊载了牛励强的《论美国十九世纪超验主义运动代表人物爱默生与梭罗之异同》，1999 年《外国文学研究》第 2 期刊载了任书梅的《索罗的代表作〈沃尔登〉述评》等。在这些论文中，陈凯发表在 1998 年第 1 期《中国比较文学》上的论文《梭罗〈河上一周〉一书中的跨文化比较和文学评论》一文在当时是研究视角比较独特的。作者用比较文学的研究方法去分析《在康科德与梅里马克河上一周》的东方因素，得出的研究结论是：梭罗的写作受到了东方文化的影响，不同文化间的接触和交流对双方都极为有利。

这个世纪以来，关于超验主义散文的研究开始向多维度和纵深度发展。在众多的研究成果中，较为突出的有以下几类：

1. 价值研究

这类研究主要是论证超验主义散文在美国文学史中的地位，以及超验主义对美国文化的影响。这类论文很难有人人突破。其中，肖凯发表在《西华师范大学学报》（哲学社会科学版）2010年第 3 期上的论文《爱默生超验主义的现代主义批判》有新意。作者以现代人的视角审视爱默生的超验主义，运用了现代心理学、辩证唯物主义和人本主义哲学的相关理论知识，探讨了超验主义的局限性。

2. 生态研究

"自然"在超验主义散文中有着特殊寓意，尤为引起学界的关注。尤其是随着中国现代化的步伐加快，各种生态危机也日益显露。许多研究者试图分析超验主义散文，以此探讨生态和谐的问题。据笔者统计，这一主题的论文是数量较多的。杨建丽的硕士论文《人与自然的共鸣——论爱默生的超验主义美学以及文学影响》就是这类研究的典型。在生态文学的研究中，给笔者留下最深刻印象的有王诺的专著《欧美生态批评：生态文学研究概论》。作者在论著中将爱默生和梭罗的散文视为重要的阐释文本，并比较分析了两者对自然、自然与人关系的认识的差异及其各自散文的生态审美。

3. 影响研究

这一大类里又可以分为两类：一类是研究超验主义散文对后来文学的影响，另一类则是比较文学范畴下的影响研究。第一类论文的数量较多，主要探析作家作品中的超验主义精神。其中，与超验主义同时期的霍桑、梅尔维尔、惠特曼、艾米莉·狄金森（Emily Dickinson，1830—1886）的作品是研究的重点。尽管这些研究不是直接将超验主义散文视为研究对象，但也有助于我们加深对超验主义的了解和认识。在笔者看来，中国学者在第二类研究中已经取得不错的成果，是近年来较有学术意义和参考价值的。谢志超的博士论文《爱默生、梭罗对〈四书〉的接受》就是其中的突出代表。作者主要运用比较文学的接受学、影响学和译介学的相关理论和研究方法，探析爱默生和梭罗是怎样将儒教经典《四书》融入到超验主义写作的。①

4. 宗教研究

这类研究主要分析超验主义散文的主题思想与宗教的关系。从论文数量来看，超验主义与道家思想的相似之处是国内批评界的一个热点。但是，研究者将超验主义和道家思想联系的纽带多半归为道家"天人合一"思想。这为笔者留下了进一步讨论和研究的空间。

纵观这些资料不难看出：研究超验主义散文多半囿于外部研究，对其文体结构、语言修辞以及审美特征等进行内部研究的比较少。为什么会出现这种情况？笔者认为：这主要因为文学评论

---

① 谢志超：《爱默生、梭罗对〈四书〉的接受》，中国知网，2006 年，http：//kns. cnki. net/kcms/detail。

界对散文文体的审美价值重视不够，现在的文学批评理论多半探讨诗歌和小说的艺术技巧。国内学界忽视对超验主义散文的内部研究，不利于我们体味超验主义散文的文学成就。此外，学界对于超验主义文人集团和超验主义散文的研究不够系统化。到目前为止，国内依然没有关于超验主义文人集团或者超验主义散文的研究专著。大多数研究集中在爱默生和梭罗两人的创作上，但也缺乏整体观照，更多地局限在个别的单篇上。这和生活·读书·新知三联书店在 20 世纪 90 年代出版了中译本《爱默生集》和《梭罗集》不无关系。笔者认为，不去阅读和分析其他超验主义作家的散文作品，不全面的把握爱默生、梭罗的散文创作，会造成研究的片面和偏颇，不足以真正了解超验主义文人集团的主张和历史贡献，也不足以真正理解超验主义散文的特质。

值得一提的是，1996 年，生活·读书·新知三联书店出版了钱满素的专著《爱默生和中国——对个人主义的反思》。这本书的初稿是她在哈佛大学的博士论文。作者在前言中指明："一个中国人学习外国文化，必然在同时进行中外文化比较。即便写的是外国，写的角度却仍然是中国的，比较已经寓于其中。"① 这一研究心得对笔者研究超验主义散文具有启发意义。

二　国外研究现状及趋势

自 1836 年爱默生发表了《论自然》和"超验主义俱乐部"成立以来，美国评论界一直密切关注着超验主义文人集团及其散文创作。当时的著名期刊，如《星期六晚邮报》（*Saturday Evening Post*）、《北美评论》《记录者》（*Recorder*）、《大西洋月刊》（*Atlantic Monthly*）、《波士顿季刊评论》（*Boston Quarterly Review*）等都是评论超验主义散文的主要阵地。同时期著名的评论家安德鲁斯·诺顿（Andrews Norton，1786—1853）、奥利斯蒂斯·布朗

---

① 钱满素：《爱默生和中国：对个人主义的反思》，生活·读书·新知三联书店 1996 年版，第 1 页。

森（Orestes Brownso，1803—1876）、约翰·杰伊·查普曼（John Jay Chapman，1862—1933）等都对超验主义散文进行了积极地批评。超验主义散文也受到了欧洲学界的关注。同时期的英国作家托马斯·卡莱尔（Thomas Carlyle，1795—1881）就曾著文评论过爱默生、梭罗等人的散文作品。迄今为止，关于超验主义文人集团及其散文创作的研究专著数不胜数，其中仅是超验主义者的传记就至少有三十来本。以超验主义散文为题的学位论文更是难以尽数。总的来说，因为语言及文化背景的优势，国外学界尤其是美国学界对超验主义散文的研究较之国内更为成熟、全面和深入。笔者将国外的研究资料与国内进行对比，将较为突出的方面列在如下：

1. 艺术手法研究

这类论文比较丰富。研究者一般从英语语法和修辞的角度对超验主义散文经典进行文本细读，解析文本的美学特征。

2. 跨学科研究

超验主义散文文本已经成为国外跨学科研究的焦点。众多研究者从新闻学、教育学、社会学、生态学、哲学和心理学的角度切入，解读和阐释超验主义散文。譬如，本杰明·卡尔·韦弗（Benjamin Carr Weaver）在其博士毕业论文"Subjects under speculation：Literature，identity，and the market in the antebellum United States，1780—1865"（Dissertation Abstracts International，Volume：61 – 07，Section：A，page：2723.）中，分析梭罗对市场文化的抨击，由此讨论超验主义时期文学运动与市场经济因素之间的关系。[①] 总体而言，这些论述都饶有趣味，呈现出多元的批评形态，展现了开放的阐释空间。

3. 女权主义批评

研究者分析了 19 世纪超验主义背景下的女权主义运动的发展

---

① 书中关涉的外国学位论文都在论文标题后注明了来源，主要是在 proQuest 数据库平台上检索的。

状况。许多研究关注超验主义与女权主义的关系。富勒是超验主义文人集团的重要成员，她在 1840—1842 年间负责超验主义杂志《日晷》（*The Dial*）的编辑工作。同时，她也被视为是美国早期的女权主义者。所以，关于富勒女权主义思想的分析成为这一类型研究的焦点。如：蒂芬妮·K. 韦恩（Tiffany K. Wayne）毕业于 2001 年的博士论文 "Woman thinking: Feminism and transcendentalism in nineteenth-century America"。（Dissertation Abstracts International, Volume: 62 - 11, Section: A, page: 3914.）此外，将性别差异作为分析视角的研究也不少。如：J. F. 巴克利（J. F. Buckley）的论文 "Transcendental subjectivity: Desire and protean gender in the social criticism of Fuller, Whitman, Melville, and Dickinson"。（Dissertation Abstracts International, Volume: 54 - 05, Section: A, page: 1800.）

4. 影响研究

对于超验主义文人集团及其散文创作对美国文学的影响，国外不仅聚焦于与超验主义同时期的作家作品，还将其扩展到整个美国文学史。当前的研究者也将目光投向超验主义对现当代美国作家的影响，分析欧内斯特·海明威（Ernest Hemingway, 1899—1961）、凯瑟琳·安·波特（Katherine Anne Porter, 1890—1980）、索尔·贝娄（Saul Bellow, 1915—2005）等作家对超验主义的吸收和批判。其中，清教文化研究专家佩里·米勒（Perry Miller, 1905—1963）的《超验主义散文和诗歌》（*The American transcendentalists, Their Prose and Poetry*, 1957）较为全面地探讨超验主义对美国文学的渗透和影响。这些研究表明和论证了超验主义在美国文学史中发挥着深刻而持久的影响。

5. 跨文化研究

探讨超验主义对东方文化的接受与过滤是当前学界的一个研究热点。研究得较多的是考察印度吠陀哲学对超验主义的影响。其中，阿瑟·克里斯蒂（Arthur Christy, 1899—1946）的论著

《美国超验主义中的东方》（*The Orient in American transcendentalism：a study of Emerson，Thoreau，and Alcott*，1932）是众多此类研究中较为全面深刻的一部。该书不仅阐释了爱默生、梭罗及阿尔科特等超验主义者对印度哲学以及中国儒家思想的接受，还分析了东方思想对超验主义的发展乃至美国文化的进程的影响。在跨文化的影响研究中，给笔者最大阅读兴趣的有塔玛拉·C. 爱默生（Tamara C. Emerson）毕业于 2008 年的博士论文 "Relating transcendentally：New England Transcendentalism，U. S. evangelicalism，and the antebellum orientalization of China"。（Dissertation Abstracts International，Volume：69－06，Section：A，page：2269.）塔玛拉认为，无论从文化方面还是从经济方面，美国和中国的相互影响关系都自19 世纪开始。因此，论文作者将 19 世纪新英格兰的超验主义运动视为美国吸收中国文化的一个平台，探讨美国精神变革中"东方化"的过程。同时他分析了美国东方化因素和中国神秘宗教的差异，试图以此理解中美两国在精神文化间的分歧。

　　以上所列举的资料都给予了笔者重要的方法论上的启迪，也为笔者的进一步阐释提供了空间。国外学界关注最多的是，清教传统、当时欧洲的文化新思潮以及东方神秘主义对超验主义的发生发展产生影响。这些研究一般集中在思想领域，并没有过多地从超验主义散文文本出发考察其散文艺术的东西方融合性。而且，在文学研究领域，中外研究者在相互交流与借鉴上出现了很大落差。中国学者一向勤于借鉴西方的文学批评理论来研究文学作品，而西方学者向中国借鉴得少。这也为笔者将超验主义散文置于中国散文批评的视域下予以观照和比较，留下了足够的研究空间。

第四节　本书的研究方法及视角

　　本研究的解读对象为超验主义散文，它主要包括构成爱默生、梭罗创作主体的演说词、随笔、评论、日记和书信等。还有超验主义文人集团主要成员玛格丽特·富勒、乔治·里普利、阿莫斯·布朗森·阿尔科特、弗雷德里克·亨利·海吉（Frederic Henry Hedge，1805—1890）、西奥多·帕克（Theodore Parker，1810—1860）的部分散文作品。

本研究主要采用的研究方法如下：

1. 文本细读

任何文学研究都应该以文本细读作为基础。在美国，爱默生和梭罗的经典散文是学生必须精读的。笔者认为，超验主义散文的最大的特点之一就是文学性和思想性相结合。笔者拟重点剖析散文作品中的语言修辞、布局结构和审美特征。

2. 互文性研究

勃兰兑斯在《十九世纪文学主流》的写作中所采用的研究途径给笔者很大的启发。美国素来有从欧洲，特别是从英国输入文化和文化产品的传统。同时期的欧洲作家，特别是柯勒律治（Samuel Taylor Coleridge，1772—1834）和卡莱尔对超验主义的影响尤为突出。到了 19 世纪上半期，美国开始认识到德国、法国以及其他国家文学的重要。这一时期的美国学者和文人，怀有巨大的学术野心，甚至想把古往今来所有的文明一网打尽，罗致旗下。他们刻苦学习多种外语，掀起了翻译和学习外国学术著作和文学作品的热潮。因此，笔者在研究超验主义散文时，拟将其与同它交互影响的作品进行互文性解读。

3. 比较文学文类学研究

美国著名文学批评家阿·欧文·奥尔德里奇（A. Owen Aldridge，1915—）指出，比较文学文类学的研究任务是把某一民族中的文类和另一民族文学中的相应文类进行比较，从而建立文学关系。就超验主义散文文体的解读和分析而言，笔者将其与古希腊散文、中国古代散文进行对比研究，并结合中国的散文批评理论剖析其艺术特色。正如爱默生所言："文学是我们现有圆圈外的一点，通过这一点又可以画一个圆，……用相同的方式，从旷野之中，从喧哗声里，或者从一种高级的宗教角度，我们可以最清晰地审视文学。"① 笔者认为，采用比较文学文类学研究法，不仅会促使我们思考散文艺术成功的因素，并鼓励我们取长补短，思考我国当代散文的发展；还会促使我们反思民族性的问题。

4. 作家群研究

美国当代小说家苏珊·契弗（Susan Cheever，1943—）在《美国的布卢姆斯伯里》（*American Bloomsbury*，2006）一书中称赞这一时期聚居在康科德的文人是美国的"布卢姆斯伯里"（Bloomsbury），并专门剖析了他们对美国国民性的改造和影响。② 超验主义作为美国历史上的一个重要的文学流派和思想流派，其影响作用主要由超验主义文人集团发挥出来。构成这个文人集团的所有作家无疑都以自己的创作实践与超验主义的基本主张相呼应。但是，他们每个人也都有自己独特的创作个性和艺术风格。这些共性和个性都是不可缺少的，它们形成了张力，共同促使了超验主义文学的发展。笔者在研究时会分析和总结超验主义文人集团主要成员创作的共性和个性。

本研究主要会采用的理论视角如下：

1. 中国文学理论视角

本研究除了运用新批评和叙事学等相关西方的文学理论外，同时也会用到中国的文学理论视角。比如：意境是我国文艺发展中最具有民族特色的理论范畴，是中国对世界美学的贡献。在超验主义散文，尤其是记叙散文中有意境的创造。这进一步论证了尤为注重思想蕴含的超验主义散文也注重文学性的表达。这也是

---

① ［美］爱默生著，波尔泰编：《爱默生集》（上），赵一凡译，生活·读书·新知三联书店1993年版，第451页。

② "布卢姆斯伯里"原指1920年前后在伦敦附近的一帮文艺青年自发形成的一个小团体，也被称为"精英的聚会"。团体成员以其智性的品格和怀疑的精神，反抗传统，特立独行，对当时的英国社会习俗和文化模式都产生了重大影响。"布卢姆斯伯里"也因此成为精英集团的代名词。

本研究要达到的研究目的之一。

2. 文学心理学理论视角

当一个历史时期的思想探索活动发生重大变革时，内心驱动力是一剂重要的催化剂。对笔者而言，研究超验主义散文是一种跨文化的学术研究，而心理学的相关理论能够帮助笔者拉近时间和空间上的距离。同时，散文文体侧重于抒发主观情感和展现内心体验的特征也决定了心理方面的研究是尤为关键的切入点。笔者注意到，超验主义者留下了大量的日记和信件，而且他们也非常注重日记和书信的写作。但是，这些类型的材料常常被视为次文本，多数研究者对这些文本重视不够。

3. 社会学理论视角

马克斯·韦伯（Max Weber，1864—1920）对资本主义经济兴起过程中非经济因素的重要意义的深究启迪了后来的研究者。笔者认为，韦伯的研究成果可以帮助我们深入了解超验主义者所面临的社会现实。他在《新教伦理与资本主义精神》（*The Protestant Ethic and the Spirit of Capitalism*，1904）中的研究有利于我们分析新英格兰的精神遗产和精神桎梏。此外，与韦伯同时期的美国经济制度学派的创始人，托斯丹·邦德·凡勃伦（Thorstein B. Veblen，1857—1929）的学术研究也可以为研究超验主义散文所借鉴。他在《有闲阶级论》（*The Theory of the Leisure Class*，1899）中分析了最原始的心理因素对现今社会风尚以及社会制度的影响。同时，他也预测了资本主义社会未来的发展和无法消除的沉疴。正因如此，超验主义对精神自由的追求，对社会现实的批判才显得尤为可贵。

4. 宗教神学理论视角

超验主义运动有着深厚的神学背景，超验主义者本身也都具有较高的神学素养。他们广泛地阅读了基督教、佛教、琐罗亚斯德教、儒教、伊斯兰教苏菲派等世界各种宗教的经文和诗歌，从中摄取营养，进而不断完善其超验主义理论。超验主义者詹姆士·弗里曼·克拉克（James Freeman Clarke，1810—1888）创作了最早的宗教比较著作——《十大宗教》（*Ten Great Religions*，1871—1883）。超验主义文人将宗教与伦理置于很高的地位。他们认为：伦理与宗教都可以称为是思想的操练，两者不同的是伦理以人为本源的人类责任系统，而宗教以上帝为本源。本书中，笔者以多元宗教对话的形式去解读作品中所反映出的伦理倾向，以此探究建立全球伦理的可行性和必要性。列奥纳德·斯威德勒（Leonard Swidler，1929—）在《全球伦理普世宣言》（*Declaration towards a Global Ethic*）中所倡导："一种公正的全球秩序，只能建立在一种清楚表明了普遍承认的规范和原则的全球伦理之上，而且，这样一种伦理推定人们有公正行动的准备和意愿——这是心灵的趋势。"① 可见，全球伦理并不是某一种特定文化衍生出来的，而是必须找到一切宗教和意识形态都能接受的伦理。

笔者相信，比较分析超验主义散文展现的宗教文化，实质上就是将多元文化和宗教的交流对话推向了前台。

---

① 斯威德勒：《全球伦理普世宣言》，《东方》1995 年第 3 期。

第二章

与圣经新约散文的比较研究：
世俗性与劝诫性的融合

　　"各门艺术都有一种源流关系。"① 一般认为，欧洲散文的历史可以追溯到古希腊时代。古希腊早期，一些记载公众事务的文件就具有散文叙事的特点，如外交文件、商业来往信件，神殿的公告等。此外，具有较多文学色彩的散文类型包括了故事、哲学文章、历史和诡辩文学等。② 其中，哲学家柏拉图的哲学作品、演说家狄摩西尼（Demosthenes，公元前384—前322）的政治演讲以及亚里士多德（Aristotole，公元前384—前322）有关修辞学的论著都包含着后世西方散文的雏形。

　　圣经新约可以视为古希腊散文的杰出代表。原因如下：第一，基督徒们传讲福音的活动领域正是一个希腊文化主导的世界。关于这一点，历史学家们已有详细的分析并达成相对一致的

---

　　① ［德］爱克曼辑录：《歌德谈话录》，朱光潜译，人民文学出版社1978年版，第105页。

　　② 故事与古代英雄传说类型相同，但故事更接近真实，故事里的人物不是神或英雄，而是一些冒险进取的先知、哲人和国王。哲学文章（logus）以散文形式写作，一般没有名称，开卷的第一句话往往被作为篇名。历史写作时首要考虑的是如何引起听众和读者的兴趣，不在于追求事实真相。诡辩文学表明当时散文文体在修辞上已达到高度的发展。以上注释参考［英］默雷《古希腊文学史》，孙席珍等译，上海译文出版社2007年版，第90—96、110—116、297—300页。

看法。第二，大约是公元 367 年，新约正典的二十七卷被正式接纳，确定希腊文本为最标准的文本。① 德国语言学家洪堡特（Wilhelm von Humboldt，1767—1835）研究得出：民族语言即为民族精神；语言自身的发展也不断地向诗歌和散文施加影响，而通过散文式的思维活动，语言也得到了提高。② 据此可以推导出，圣经新约是希腊民族精神的展现。第三，新约具有希腊散文艺术的鲜明特征。希腊人认为，伟大的散文家之所以卓尔不群，主要因为他们运用了精巧的节拍，优美的修辞以及一目了然的长句结构。这也正是新约散文的艺术特色。

毋庸置疑：在比较文学与世界文学的研究领域，圣经文学的渊源影响是经久不衰的重要研究课题。我们认为：在众多研究中，对旧约的关注远胜于新约。就文类而言，对诗歌、戏剧和小说的影响的重视程度更是远胜于散文。在已经出版的关于圣经文学的论文和书籍中，我们较少觅得以新约散文为主要研究对象的专门研究。不可否认的是，新约是西方散文的典范之作，其文脉并未断绝，其对后世散文创作的影响，值得认真探究。

从多个版本的美国文学史来看，研究者已经认识到了圣经对美国文学的重大影响。超验主义认为，文学作品中强有力的思想源自宇宙的最高精神法则。一个作家必须向最高力量宣誓，让宇宙最高精神充盈其内心，才能写作经典之作。这种叙说，很容易使人将其与新约圣言的神圣性进行对比。笔者认为，新约散文极大地影响了超验主义散文。从思想主题上分析，新约的人文主义精神以及伦理精神正是超验主义散文所要强调和宣扬的。从原型意象上分析，新约中的原型意象也正是超验主义散文中最为重要的意象。歌德经常强调艺术的有机统一，他推崇古代希腊艺术作品杂多中的整一。耶稣是新约的核心人物，他的临在在一定程度

① 黎惠康：《新约圣经的写作过程初探》，《华人神学期刊》1986 年第 2 期。
② ［德］威廉·冯·洪堡特：《论人类语言结构的差异及其对人类精神发展的影响》，姚小平译，商务印书馆 1999 年版，第 227—228 页。

上赋予新约以统一性的美学品质。我们认为，超验主义散文的撰写者众多，内容庞杂，但很多经典之作都涉及对耶稣这一形象的分析。此外，耶稣在新约中的叙事功能还表现在他奇迹地介入世俗世界的事件中，从而打开了通向属灵世界的门。超验主义散文对于耶稣究竟是人还是神的辨析，也将物质世界和精神世界自然衔接。可见，对耶稣这一意象的意蕴的把握也同样赋予超验主义散文以内在统一性。

本章的主要目的是探讨超验主义散文在世俗性、劝诫性两方面对新约从主题到具体写作策略上的借鉴与发挥；并以新约散文为借镜考察超验主义散文中世俗性与劝诫性完美融合的特色：既关注人生，注重人本，但又反对落入人本之狭隘；充分发挥了文本的劝诫性功效，但又远离说教之嫌。

第一节　具有世俗性

超验主义散文具有世俗性的品格，淳朴自然，具有浓厚的生活气息。对此，我们可以追溯到圣经新约的散文传统。从文学批评的角度看，新约作为基督宗教的经文，神圣性是核心的；但其神圣性并非凌空架构，而是以现实人生、现世人间为依据的。此外，超验主义散文的世俗性也反映了虔敬的清教徒的人生信念，即要"作盐作光"，认同上帝的工作俯就到了世俗的人生经历和日常生活中。

一　观察者总是诉说者

超验主义文人重视凡俗价值的主张表现在散文创作上，即宣扬"观察者总是诉说者"。[①] 这种创作倾向促使他们从对世俗生活的观察和体悟中得到创作灵感。

---

① ［美］爱默生著，波尔泰编：《爱默生集》（上），赵一凡译，生活·读书·新知三联书店 1993 年版，第 94 页。

（一）眼睛的意象

眼睛是超验主义散文作品中的重要意象。本节分析超验主义散文中的眼睛意象，借此探究超验主义文人与世俗世界建立关系的决心，观察世界的范围和方式，以及他们对人生价值的评判。而且，意象的功用除了具有具象性特征外，还在于它是感觉的遗存和重现。[①] 这样一来，眼睛意象又必然会将我们引入类似和比较的研究领域。

1. 眼睛意象之提喻

眼睛的意象在超验主义散文中高频出现。从整体上分析，这些意象归结起来可以分为构成对比的两类：明亮与黯淡。尽管超验主义散文中不乏记叙和描写人的面容的文字，但作者很少细致地描摹人物眼睛的轮廓、形状、颜色等，而是区别其眼神的明亮与黯淡。具体而言，明亮的眼睛为"闪亮""有智慧""可以照亮的""理性"[②] 等。反之，黯淡的眼睛则为"没有光泽""躲闪""怯生生"等。新约《马太福音》第 6 章 22—23 节将眼睛对比。其中，英文新标准修订版采用的是"healthy"与"unhealthy"来形容构成对比的眼睛。对此，和合本译为"燎亮"与"昏花"；现代中文译本译为"好"与"坏"；吕振中译本译为"大量"与"小器"；思高本译为"康健"与"有了病"。[③] 巴克莱（William Barclay，1907—1978）分析认为，耶稣在这段经文

---

① ［美］勒内·韦勒克、奥斯汀·沃伦：《文学理论》，刘象愚等译，江苏教育出版社 2005 年版，第 212 页。

② 超验主义散文中的"理性"，是与"知性"相对的概念。究其根源，可追溯自康德的哲学思想。其直接来源于柯勒律治关于"理性"与"知性"的分类。柯勒律治在《沉思之助》中阐释了理性和知性概念。在他看来，理性是天生的能力，是道德的源泉和智力活动的最高级形态；知性则是将来自感官感觉的概念加以组合和比较，从而帮助人思考。这一分类极大地启发和鼓舞了超验主义者，他们几乎将理性和知性的区别运用到每一个困扰他们的问题上。

③ 《新约圣经并排版》（希腊文新约圣经、现代中文译本修订版、吕振中译本、思高译本、英文新标准修订版、简化字新标点和合本），中国基督教三自爱国运动委员会、中国基督教协会 2005 年版，第 19 页。

中赞美的是一种特殊的美德,希腊文要翻译成"慷慨"与"吝啬"。① 可见,吕振中译本的翻译比较贴合希腊文新约的原义。笔者认为,就整部新约而言,所有这些中文翻译都是合适的;这些翻译也符合并涵盖了整部新约对眼睛意象的类分。

更为重要的是,眼睛的意象除了在描述人物时出现外,它还达到了提喻(Synecdoche)的表达效果。也就说,超验主义文人常用眼睛的意象来指代某一类人。梭罗说:"我们通过眼睛了解一个人。可以说眼睛是独特的,唯一的。它是个人的特征……一个人的秘密都在眼睛里,要想改变眼神比想改变性格难度更大。"② 那么"明亮的眼睛"与"黯淡的眼睛"究竟分别代表哪种人呢?在爱默生的《代表人物》中,几乎所有伟大的人都有明亮的双眸。那么,"明亮的眼睛"指的是英雄、伟人、真正的学者吗?由此类推,"黯淡的眼睛"就是指平凡普通的人?显然不是!梭罗在康科德河畔遇见的垂钓者,在梅里马克河借宿的那个农夫,在科德角注意到的赤脚渔夫都有明亮的眼睛。可见,社会地位的高低并不是造成眼睛明亮还是黯淡的关键所在。《孟子·离娄上》曰:"存乎人者,莫良于眸子,眸子不能掩其恶。胸中正,则眸子瞭焉;胸中不正,则眸子眊焉。"③ 中国古代先哲认为一个人的人品与眼睛的明亮与否密切相关。在超验主义看来,心灵的差异则是对眼睛进行分类的标准。"眼睛的轴是心灵的轴,就像地球的轴与老天的轴那样同步运行。"④ 一个有灵性的人,他的双眼不仅帮助他观察世界,还能帮助他洞悉形而上的神秘。反之,黯淡的眼睛呢?一个人眼睛的黯淡是因为他的灵性没有开启。

笔者认为,超验主义文人对眼睛的认识与圣经中眼睛的原型

① [英]巴克莱:《新约圣经注释》(上卷),上海中国基督教三自爱国运动委员会,中国基督教协会1998年版,第157页。
② [美]梭罗:《梭罗日记》,朱子仪译,北京十月文艺出版社2005年版,第16页。
③ (清)阮元校刻:《十三经注疏》,上海古籍出版社1997年版,第2722页。
④ [美]梭罗:《梭罗日记》,朱子仪译,北京十月文艺出版社2005年版,第16页。

是一致的。"眼睛就是身体的灯。你的眼睛若燎亮，全身就光明；你的眼睛若昏花，全身就黑暗。你里头的光若黑暗了，那黑暗是何等大呢！"① 这段经文蕴藏着最朴实的道理：眼睛就如同光进入身体的窗户，若窗户明净则光线畅通而明亮；反之，光线受阻则黑暗。怎样才能使眼睛明亮呢？圣经给的秘诀就是认主和信主。一个人，即使是个盲人，只要得到主的恩典也可以重见光明。新约四部福音书都记载了耶稣治愈了盲人，并告知盲人是他的"信"（faith）救了他。反过来，一个人不信主，必然造成灵性的盲目，那么他的眼睛也就黯淡了。在《约翰福音》中，新约叙事者专门记载了关于"灵性的盲目"的故事，劝诫人们要虔信主。灵性的盲目和生理上的盲目不是一致的：灵性的盲目是只见事物的表象，或者被事物的假象所迷惑，以至于无法洞悉真相，知晓事物的本质。在新约叙事中，两者也会重叠，以警示不义之人。著名的记载是新约《使徒行传》第9章"扫罗转变归主"。当扫罗在前往大马士革捕捉信奉耶稣的教徒时，他在路上因光扑到，并神奇地遭遇耶稣向他显灵。当他从地上起来时，就看不见了。这种失明的状态一直持续了三天，直到他归心于主，主才派遣他的使者亚拿尼亚带给扫罗圣灵，使他的眼睛最终重见光明。此时的扫罗不仅不再是生理上的盲人，更不是灵性的盲人了。此后，扫罗也拥有了类似的力量，他受圣灵的差遣，能使不信主的人暂时失明，并最终从黑暗中归向光明，从而获得灵性。这在《使徒行传》第13章第4—10节"在塞浦路斯传道"中就有记叙。

此外，超验主义散文中眼睛的明亮或者黯淡还区分出了自信与懦弱，进步与停滞，希望与绝望。总之，作家对眼睛的分类代表了他的价值判断。他们渴望拥有灵性的生活；他们追求知识，希望与智者交往；他们欣赏勇敢无畏的精神；他们愿意带着自信和希望前进。在《论自然》第八部分的结尾中，爱默生预言：

---

① 《新约圣经并排版》，上海中国基督教三自爱国运动委员会，中国基督教协会2005年版，第19页。

"使生活适合于理性的渐进过程，犹如春天逐渐来到人间，盲人逐步恢复视力。"① 笔者认为，较之新约里盲人复明，明眼人失明的戏剧性情节来说，超验主义散文关于眼睛的表达更为符合读者对散文之理性表达的阅读期待，从而让读者在对比中理智地思考，自然而然地接受他们的观点。

2. 眼睛的视域范围

超验主义文人尤为注重对眼睛视域范围的分析，并从整体上分为两组，每组两类。其中构成互补关系的是可见与隐藏，构成对比关系的是远与近。

首先，我们分析可见与隐藏。一般来说，眼睛作为视觉器官，能在视域内发现一切可见的事物。在超验主义看来，人的眼睛是有选择的去看。"一个人能否看见夕阳或者一首好诗，这完全取决于他的心灵。"② 超验主义文人鼓励人留意身边的凡俗世界，从凡俗可见的世界里看透其本质，体悟到隐藏其中的秘密。在超验主义散文中，作者把这些隐藏的秘密称为"真相"，"本质"，"崇高"，"永恒"等。这种看法和卡莱尔哲学中的一个基本观点一致：在这个物质世界中所觉察的一切是感觉有能力觉察的东西，而非真正存在的东西。在《代表人物》系列里，几乎每个伟大的人物，都能看到一般人难于勘察的东西。譬如，巨眼的柏拉图能借助自己的眼睛和太阳星星对话；拥有第二视力的斯维登堡（Cmanuel Swedenborg，1688—1772）好像是一个能看到灵界的炼金药液的人；拿破仑用他那年轻多才的眼睛看透了整个欧洲。值得注意的是，超验主义文人并不主张排除或者舍弃对周围世界的观察。相反，他们认为要获得这些超验的、深刻的体验，最可靠的来源就是凡俗的世界：唯一的财富是生活。

---

① ［美］爱默生：《爱默生散文选》（英文全本），世界图书出版公司 2010 年版，第 47 页。原文如下：…he shall enter without more wonder than the blind man feels who is gradually restored to perfect sight。

② ［美］爱默生著，波尔泰编：《爱默生集》（上），赵一凡译，生活·读书·新知三联书店 1993 年版，第 526 页。

接下来，分析眼睛视域范围的远与近。超验主义文人欣赏远，而奚落近。"所有的人都不健康，这是我们时代的标志之一。城市所有的年轻人都是近视的。"[①] 这里的远和近并不是物理距离上的一组对比关系。在超验主义散文中，"远"的视域特别指向精神追求，而"近"的视域则指向物质追求。远与近的区别真正涉及的是一个人的眼力与心胸的问题。关于这一点，里普利在《讲道集》中有说明。他告诫人们："天空是眼睛每天的面包。"[②]他倡导人们要看得远些，不要密切注视着物质财富。从远与近的对比中，我们体会到作家对待物质利益和精神利益的态度。这在新约里也可以找到原型。新约的四部福音书都记叙了青年财主向耶稣祈求永生的故事。耶稣劝诫他：变卖所有，分给穷人，跟从耶稣去寻求天上的财宝。

笔者认为，超验主义文人关于眼睛视域范围的远与近的价值评判与我国古代先贤关涉"利"与"义"的比照具有相似性。《春秋繁露·身之养重于义》："故物之于人，小者易知也，其于大者难见也，今利之于人小而义之于人大者，无怪民之皆趋利而不趋义也，固其所闇也，圣人事明义以照耀其所闇，故民不陷。"[③] 苏舆在《春秋繁露义证》中对此进行了进一步阐释，并说明诗教的目的就是要将正确的义利观传布给社会，从而促使社会和谐。

3. 眼睛意象的人类文化阐释

为什么超验主义文人都愿意描述和关注眼睛意象呢？接下来，我们阐释超验主义散文中"眼睛"所蕴藏的文化记忆。

从文化人类学的角度看，眼睛是人获得知识，开启智慧最为重要的器官之一。在圣经里，亚当和夏娃正是偷吃了智慧果，眼

---

①　[美] 爱默生著，勃里斯·佩里编：《爱默生日记精华》，倪庆饩译，东方出版社2008年版，第64页。

②　James D. Hart, Phillip W. Leininger, ed., *The Oxford companion to American literature*, Foreign Language Teaching and Research Press, 2005, p.117.

③　（清）苏舆撰，钟哲点校：《春秋繁露义证》，中华书局1992年版，第265页。

睛才明亮。有趣的是，在远古先民的传说、神话以及文献记载中，生理上的眼明常常成为一个人提升自己的障碍。在北欧神话里，欧丁（odin）正是用那只锐利的右眼作为代价而获得了鲁纳斯（Runes）的智慧。在萨满宗教里，失明是获得与神沟通的必要的前提性条件之一，许多高明的巫师也是用眼睛作为代价来领悟神意的。《荷马史诗》记录了盲歌手将自己的眼睛作为一种交换条件，从缪斯女神那里获得了灵感和诗才。而我国古代文献里记载的许多诗人、乐师也是如此。《周颂·有瞽》："有瞽有瞽，在周之庭。"① 有学者对此进行专门的研究，将这种现象称为"瞽曚文化"。② "瞽曚文化"现象在文化人类学上的解释有一定的神秘色彩。从实质上说，这种现象可以说明内明与外明之间的辩证关系。内明指的是某种精神领域的参悟，外明指的是生理上的看见。中外著作中都有一些著名的盲人，大部分都是在黑暗世界里获得了某种新的力量，达到了明眼人难以企及的新境界。这些都反映了作家对神秘力量的渴盼，对人的有限性的突破，以及将精神境界凌驾于现实世界的价值取向。

超验主义文人赞同眼睛与知识间的关系。但是，他们在内明和外明的关系上有自己独特的见解。阿尔科特在对教育效用的分析中特别提及，教育可以明目。富勒说歌德的读本照亮了她以及其他读者的眼睛。超验主义文人强调内明的重要性：眼睛的视域要能达到隐藏的层面，即含有内明的要求。值得分析的是，他们还看到了内明和外明的关联性，认为两者是相得益彰的，即隐藏的秘密根植于可见的世界。一个人对可见世界的观察和体悟的过程也是自我反思和精神升华的过程。因此，超验主义文人不会将自己的眼睛献给缪斯以期获得灵感。他们相信自己的眼睛就是最好的艺术家，从而主张训练眼睛具有超越物质层面的洞察力。"正是这种洞察力造就了诗人，或者说神

---

① （清）阮元校刻：《十三经注疏》，上海古籍出版社 1997 年版，第 452 页。
② 叶舒宪：《诗经的文化阐释》，湖北人民出版社 1994 年版，第 244 页。

眼，成为众人敬畏的对象。"① 超验主义者谨慎地限制观感的范围。在梭罗写给哈里森·布莱克的第八封信上，梭罗探讨了报纸记录生活的价值所在。在信中，他指出报纸上的新闻轶事没有价值，如同是一杯由泡了二十次的咖啡渣冲出的咖啡。在这里，有一定阅读经验的读者马上会想到这句话似曾相识。约翰·班扬（John Bunyan，1628—1688）在《天国历程》（*The Pilgrim's Progress*，1678—1684）中关于比拉国章节的最后一句："在这个国度，所有不对他们胃口或不合他们思想的东西，（基督徒和希望）都听不到，看不到，感觉不到，闻不到，尝不到，只有当他们要过河时尝到了河里的水，他们才觉得味道有点苦涩，但喝下去之后，却是甜的。"② 总之，从散见于超验主义散文中关于何为有价值的写作题材的相关论述中，我们得出：超验主义强调亲身看到、听到、感受到和经历过的最有价值。

综上所述，超验主义文人对眼睛这一意象的认识是对眼睛原型的文化人类学阐释的借鉴和改造，符合文学创作的客观规律。这种对眼睛的认识也鼓励作家成为世界的眼睛，能对生活富含激情，保持理性。

（二）撒种的比喻

一般来说，在文学作品中，比喻是最为普通的写作技法。超验主义文人大量运用比喻修辞，即使是探索真理的学术论文，比喻都用得贴切精当。可以说，超验主义散文的文学性在很大程度上得益于比喻的运用。

为什么超验主义文人如此重视比喻的使用呢？托马斯·阿奎那（Thomas Aquinas，约 1225—1274）在《神学大全》（*Summa Theologica*，1267—1273）的第一部分第 1 问第 9 题中解答了圣经

---

① ［美］爱默生著，波尔泰编：《爱默生集》（下），赵一凡译，生活·读书·新知三联书店 1993 年版，第 922 页。
② ［英］约翰·班扬：《天路历程》，王汉川译，山东画报出版社 2002 年版，第 313 页。

该不该使用比喻的问题。他回答："诗歌借比喻而生再现，因人类天生满足于再现。神圣教义使用比喻即出于必要，又有其功用。"① 为什么不直接陈述此物，即本体（object/tenor）呢？从比喻效用的角度分析，用彼物，即喻体（image/vehicle）有更好表达效果。我们结合散文的分类加以分析。

对于论说散文而言，比喻不仅是一种修辞手法，也可以被视为一种论证方法。比喻说理可以使文章深入浅出。具体而言，论说散文一般涉及比较复杂抽象、深奥难懂的概念或理论，即使体系严密也不容易理解，此时用具体形象、通俗浅显的事物或现象加以描绘能加深读者的理解。这种对比喻说理法的认可在圣经里早有记载。旧约《何西阿书》第 12 章第 10 节记载，上帝就晓谕众先知，并且加增默示，藉先知设立比喻。② 在新约里更是有专门的阐释。耶稣是最擅长用比喻来说理的，他还特别向门徒解释用比喻的目的。前三卷福音书中都有记叙：耶稣知道听众不可能明白他们所听见的一切，但这些通俗易懂的比喻却能给他们留下印象，听众随着人生阅历的增加更会给自己提供一种延迟性的洞见。还有学者指出比喻的另一面："你不能把真理告诉一个人，只能把他放在他能够自己发现的地位上。"③ 可见，比喻是向懒惰不肯思想或盲目的偏见者，把真理隐藏起来，促使人自己去得到结论，让真理更为实在地存留在自己的思考中。

对于记叙散文，比喻可以使文章生动形象。具体而言，记叙散文中会涉及一些难以描摹的情景和难以述说的心理活动，以具体可感的形象加以表达有利于作者和读者间的交流。

超验主义散文中的比喻又有怎样的特征？我们以圣经新约为

---

① ［美］麦格拉思编：《基督教文学经典选读》（上），苏欲晓等译，北京大学出版社 2004 年版，第 236 页。

② 《圣经·旧约》（简化字现代标点和合本），北京中国基督教三自爱国运动委员会，中国基督教协会 2000 年版，第 1448 页。

③ ［英］巴克莱：《新约圣经注释》（上卷），北京中国基督教三自爱国运动委员会，中国基督教协会 1998 年版，第 282 页。

借镜来加以分析。

> 有一个撒种的出去撒种。撒的时候、有的落在路旁；飞鸟一来，把它吃尽了。另有的落在石头地上，没有许多土的地方；因没有深的土，它虽很快长出苗来，日头出来，就晒焦了；因为没有根，便枯乾了。另有的落在荆棘上；荆棘长起来，把它闷住了。另有的落在好土上，结着果实，有的一百倍，有的六十倍，有的三十倍。①

以上是吕振中译本《马太福音》第 13 章第 3—8 节中记载的"撒种的比喻"。这个比喻在圣经新约中尤为著名，被前三卷福音书共同载录。这个撒种故事，从整体上看是为了劝导人们虔心信教。我们根据福音书的叙事来想象当时的场景：耶稣坐在加利利海边，举目四望，他看见原野上有人忙于收割早麦，有人在辛勤撒种。正在这时，有许多人到他那里聚集，想得到身体上的医治，或得到精神上的抚慰，或从他口中聆听神圣的训诫。试想，耶稣当时用这个撒种的比喻可谓是触景生情，信手拈来。从功效来看，这个比喻有助于使当时的听众听懂和理解他的教谕。这些听众大部分是下层穷苦民众，撒种是他们最熟悉的生活事件之一，他们从撒种的经历中获得的人生体验也有助于逐步理解耶稣的道理，在不知不觉中最终接受基督的信念。新约中类似的比喻还有很多，譬如稗子的比喻，麦子和芥菜的比喻等。总之，这样的比喻一般是从日常生活中取来的实例，是当时的人们所耳熟能详的，能触及感情，又能有力地体现真理，并无须加以证明。一位学者评价："这些比喻显示了耶稣有一种惊人的洞察能力。"②

---

① 《新约圣经并排版》，上海中国基督教三自爱国运动委员会，中国基督教协会 2005 年版，第 39 页。

② Geraint V. Jones, *The Art and Truth of the Parables*, London：S. P. C. K.，1964，p. 113.

笔者认为，超验主义散文中的某些比喻的喻体选择对圣经新约有继承和发展，且与"撒种的比喻"所达到的效果有相似之处。

1. 自然事物

以自然事物作为喻体是比喻发展史上最为重要的一环，在一定程度上带有原始诗性思维的特征。巴赫金（Mikhail Mikhailovich Bakhtin，1895—1975）谈论荷马史诗的创作特点时，特别分析了"荷马式比喻"。他指出，荷马史诗中的比喻，常取之生活中的直接观察，借用自然界中的动植物为喻体。自然事物也是新约中最为常见的喻体。对于超验主义者来说，自然界是最直接、最有力、最重要的取喻源泉。这些比喻将读者带入一个诗情画意的世界：在康科德森林里漫步，嫁接果树，采摘浆果或者是在康科德河里泛舟，河畔垂钓。

超验主义散文中的众多比喻不仅是符合比喻基本的要求，即本体必须与喻体的事物特征至少在某一点上要吻合一致，而且显得更有新意和创见。爱默生捕捉到："无数细长柔软的云朵像鱼儿一样在殷红的霞光里飘游。"[①] 这是超验主义散文中最为常见的比喻。对比荷马式比喻，它已经不再是由事物间的简单特性相似而构成的。"云朵"和"鱼儿"两者间的相似性并非是显而易见的。这个比喻中，相似的是本体与喻体间存在着复合的事件性关系。天空里的云彩及它的动态与"鱼儿飘游"相似。再如"世间大多数人在忍饥挨饿，像老鹰那样被迫不停地飞翔，期待着常常能捕捉到一只麻雀"[②]。应该说，这个比喻有更为复杂的逻辑结构。

爱默生在《论自然》中宣称：在自然中长大的诗人、演说家，长年受到自然美的熏陶。即使是在国家议会的鼓噪和恐惧中，在革命的风潮里，那些庄严肃穆的自然形象也会再现在他们

---

① ［美］爱默生著，波尔泰编：《爱默生集》（上），赵一凡译，生活·读书·新知三联书店1993年版，第15页。

② ［美］梭罗：《梭罗日记》，朱子仪译，北京十月文艺出版社2005年版，第27页。

的头脑里。超验主义文人有一种很强的驾驭自然的能力，可以让自然替他们表达难以叙说的哲理以及随意流动的思绪。请看以下三个例子：

> 当我需要寻找男子汉的力量，起码是男子汉的那种抵抗时，却遇上了懦弱的屈从，那简直就像是晴空中的几朵乌云，让人反胃。① （《友谊》）
>
> 由于诗人的连贯力量，金字塔对他来说也不迢远，而且转瞬即逝。在他眼里，青春和爱情就如早晨一般新鲜，让人迷恋。② （《论自然》）
>
> 忧愁像风粘在琴弦上一样，牢牢地慑住英格兰民族的心。③ （《悲剧性》）

在上面例句中，以"晴空的乌云"比喻"懦弱的屈从"，"早晨"比喻"青春和爱情"，"风粘在琴弦上"比喻"忧愁"。应该说，这种类型的比喻特别有意境，绝不是简单的事物特征的相似性比附。在超验主义散文里，气候是作者经常选择的喻体。为什么在诸多自然事物中超验主义文人尤为注重气候呢？笔者认为这与新英格兰的地理环境有关。新英格兰海岸线长，四季分明，气候变化莫测。在超验主义文人的日记里，我们看到一天之内由阴雨变晴朗，或由炎热转凉爽的情况记载比比皆是。因此，新英格兰文人对气候变化尤为敏感。时气的变幻又与人的情感构成对照。"人之血气，化天之暖清；人之喜怒，化天之寒暑；人之受命，化天之四时；人生有喜怒哀乐之答，春秋冬夏之类也。"④ 这

---

① ［美］爱默生著，波尔泰编：《爱默生集》（上），赵一凡译，生活·读书·新知三联书店1993年版，第379页。

② 同上书，第9页。

③ ［美］爱默生著，波尔泰编：《爱默生集》（下），赵一凡译，生活·读书·新知三联书店1993年版，第1092页。

④ （清）苏舆撰，钟哲点校：《春秋繁露义证》，中华书局1992年版，第319页。

些以气候为喻体的比喻必然能够引起读者的共鸣。

2. 世俗生活

什么是世俗生活？世俗，就是今世的风俗。一般来说，风俗的形成烙下了时代的痕迹，无论是积极的，还是消极的恶风陋俗，都有分析的价值。超验主义文人熟悉世俗生活，也关注世俗生活，从而从世俗中提炼出了大量新颖的比喻。笔者认为，超验主义散文中涉及世俗生活的比喻可以帮助我们了解当时的世风，以及作者对世俗生活的关注、思考和评判。我们不妨举《友谊》中的例子加以说明：

> 我憎恨滥用友谊的名字去表示时髦、俗气的联合。我喜欢农家子弟、铁皮小贩的结交远远胜过招摇过市、乘坚策肥、花天酒地地去庆祝他们相逢的日子的那种柔滑香艳的和气。①

这里爱默生用"乘坚策肥"做比喻，形象地描绘了恶俗的友谊是怎样的一番情形。正是通过这样形象的比喻，爱默生对世风的批判也得到淋漓尽致的展现。在比喻的写作中，最为忌讳的是重复别人使用过的比喻。上例中的喻体，来源于人们司空见惯的世俗生活，却新颖而有说服力。变凡俗为新颖，是超验主义文人创造性思维的结果。

3. 人生经验

超验主义文人会在比喻中取用自己的人生经验。请看以下三个例子：

> 我认为文学界的不满仅仅是宣扬了这样的事实：他们发现自己和先人的思想不同，并对无法验证现状感到遗憾。他们就

---

① ［美］爱默生著，波尔泰编：《爱默生集》（上），赵一凡译，生活·读书·新知三联书店 1993 年版，第 386 页。

像不会游泳的小男孩对水感到恐惧一样。[①]（《美国学者》）

它懂得如何在所谓的灾难中生活，一如它在所谓的幸福中一样安逸。好像那最薄的玻璃瓶，如果装满了水，就可以在河底托起上千磅水的重量。[②]（《悲剧性》）

这种激情的特征和持久性。……这时，它就像我家的炉火，温暖着所有的家人，亲朋好友，使社会的存在成为可能。[③]（《超灵》）

这三个比喻的本体本身难以诉清，喻体来源于人生体验。这三种人生体验对于任何人都不陌生，能唤起读者的记忆。不是吗？谁开始学游泳时没有恐惧？谁没有享受过炉火的温暖？谁又不能理解装水的玻璃瓶在水底的浮力？当然，每个人的生活阅历的深浅有异，但完全误读是不可能的。可见，来源于人生体验的喻体能拉近作者和读者间的距离，帮助读者理解作者比较复杂、深刻的思想。

此外，比喻作为一种写作技巧，以联想为其心理基础，含有丰富多彩的文化内蕴。超验主义文人所选择的喻体除了源自大自然、世俗生活和日常的人生体验外，还可以在圣经中找到原型，如"羔羊""神殿""伊甸园""新娘""新天地"等等。这些喻体能较为轻易地唤起读者的宗教阅读体验，并赋予其散文灵性色彩。我们通过《诗人》中的例子加以说明。"一个可怜的牧羊人，被暴风雪吹瞎了眼，然后迷了路，最后在离他的屋门近在咫尺的一堆积雪中长眠，他的命运就是人的处境的象征。"[④] 其中，"牧

---

① ［美］爱默生著，波尔泰编：《爱默生集》（上），赵一凡译，生活·读书·新知三联书店1993年版，第80页。

② ［美］爱默生著，波尔泰编：《爱默生集》（下），赵一凡译，生活·读书·新知三联书店1993年版，第1094页。

③ ［美］爱默生著，波尔泰编：《爱默生集》（上），赵一凡译，生活·读书·新知三联书店1993年版，第435页。

④ 同上书，第513页。

羊人"在基督宗教的阐释里有特别的含义:圣经新约中,基督徒是羊,牧羊人特别指代基督耶稣。在这个比喻中,将普通的人比作牧羊人,并将人的窘境比作是暴风雪中迷路的牧羊人。应该说,这个喻体的选择是大胆的。它源于基督宗教,却不囿于其中。作者在此描述的是人的状况,却将人提升到神的位格。我们是自己的牧羊人,我们必须自己去寻求生命之水和真理之泉。类似的比喻还有很多,尤其是"种子"这个喻体出现的频率很高。在新约里,"种子"更多的被比喻成神的"道"。在超验主义散文中它则对应多个本体,譬如灵魂、精神法则、信念、超灵(over soul)等等。不过,这些本体都与神的"道"有关联。对于读者来说,其先前的圣经阅读体验能为他们进一步理解作者的本意奠定基础。

二 世俗性的文化探析

超验主义文人注重对形而上层面的思考,但他们立足于凡俗世界,并没有把属世和属灵完全隔绝和分裂。在他们的散文世界里,每个人都能从凡俗世界里获得启发,最终获得超验的体悟。笔者认为,这种创作主张有利于美国文学的独立,为后世美国乡土文学的发展奠定了基础,并预示了现实主义文学的崛起。那么,以牧师为主体成员的超验主义文人为什么会关注世俗生活?超验主义散文的世俗性具有怎样的文化渊源?本节中,笔者将结合美国的文化历史对超验主义散文的世俗性进行探析。

(一)重拾十字架的意义

超验主义文人的大胆言论曾一度使其被认为是宗教的亵渎者。但是,从根本上讲,他们是虔诚的基督宗教的信仰者,只不过他们对宗教的理解有其独特性,并对当时被视为正统的宗教观有一定的颠覆作用。笔者认为,超验主义者有关超验性的认识实际上是重拾了十字架的意义。

在西方文学史中,十字架是最为重要的文学意象之一,被广泛地应用到各种文类中。美国文学一直关注十字架所蕴含的神与人之间的关系。早期美国文学对十字架的诠释带有明显的清教文化印记，强调人与神之间的距离，人性与神性之间的天渊之别。譬如，殖民地时期的女诗人安妮·达德利·布拉德斯特里特（Anne Dudley Bradstreet，1612—1672）的名篇《灵与肉》（*The Flesh and the Spirit*，1666）就是典型。诗人说，灵与肉是双胞胎姐妹，却拥有不同的父亲。肉的父亲是亚当，当他第一次犯下原罪时就意味着脱离了上帝，而灵的父亲是天国之父。灵与肉的争论实际上反映了诗人内心的激烈冲突：是追求神性，还是追求世俗？最后，诗人写灵战胜了肉。这一方面体现了诗人对宗教的虔诚和对神性的向往，另一方面则说明了在殖民地时期的文化氛围里，人性与神性是冲突的，甚至势不两立。这种对人性与神性之间关系的认识一度发展到极致。

随着历史的发展，强调人性与神性的差异的观点开始遭受诟病，并得到了一定的修正。本杰明·富兰克林（Benjamin Franklin，1706—1790）在《自传》（*The Autobiography*，1771—1788）中证明人性本善，人能够通过自己的努力获得成功。应该说，富兰克林对人性的肯定反映了处于上升时期的资产阶级的社会理想的胜利。这也或多或少重新调整了人性与神性之间的关系，一定程度上否定了长期以来清教文化关于人性堕落的理论。但是，富兰克林并没有过多地涉及神性的层面，他所强调的更多的是世俗的成功。以外，在钱宁等唯一理教牧师的布道词中，人则不再是堕落的，也不再是上帝的附庸，而成为认识真理，追求自身幸福，实现自我价值的个体。至此，人与神之间的天渊之别得以扭转，人开始将人性的实现与神性的向往结合起来。

笔者认为，爱默生、梭罗等超验主义文人保存了唯一理教中的积极成分，并重拾了十字架更为人性化和更为进步的意义。十字架一词，源自拉丁文 Crux，意为叉子。它由横竖两根木头相交而成，外形近似于汉字"十"。根据圣经新约的记载，公元一世纪初，耶稣在各地传教时，遭到犹太教当权者的反对，被钉死在十字架上。和合本《彼得前书》第 2 章第 24 节记载："他被挂在木头上，亲身担当了我们的罪，使我们既然在罪上死，就得以在义上活。因他受的鞭伤，你们便得了医治。"① 于是，在基督宗教文化里，十字架亦被赋予了特别含义，代表了神对人的救赎。现代中文译本《歌罗西书》第 1 章第 20 节："藉着儿子，上帝决定使全宇宙再跟他和好。上帝藉着他儿子死在十字架上成就了和平，使天地万有再归属他。"② 如此一来，十字架成为人与神之间和解的重要标志。更为重要的是，它还象征着逆转：在十字架上，一切不可能甚至对立面相交在一起，最后得到了逆转。从基督宗教史看，人子上升，成为了神；耻辱变成了荣耀；复活代替了死亡。这个暗含了逆转的可能性的十字架鼓舞了超验主义文人。他们与理性启蒙时期的先驱不同，并不一味强调人通过运用理性来认识神所创造的世界。他们宣称：人自身潜在的神性赋予人认识神的可能性，每个人都有能力与神直接交流，以致寻求任何中介的帮助都被认为是亵渎了一颗纯真的心。这在当时是令人瞠目结舌的惊人言说，为后来者解读神与人的关系，认识人的价值提供了重要思路和丰富启迪。

今天，对人性与神性、人神关系的不断解释和关注依然是各个研究领域的永恒主题。在当代社会发展中，人往往被界定为一般的人。这样的人在社会工业化、现代化的过程中被群体化和一般化了，或者说成了可以通约的符号。通常学界将这种现象称为异化，这也是现代文学极力表现的现代人的困境。超验主义散文对十字架意义的诠释表明人不仅仅是肉体的，更是精神的。如此一来，人就避免了被贬为是动物般的存在，表现出了一种超越物质性、机械性生存的神圣性特征。当代神学家 K. 拉纳尔（Karl

---

① 《新约圣经并排版》，上海中国基督教三自爱国运动委员会，中国基督教协会2005 年版，第 666 页。

② 同上书，第 572 页。

Rahner，1904—1984）所言："人是对毕竟在的绝对开放，或者用一个词来说，'人即精神'。"① 这其实就是号召从人的灵性和精神创意上找寻上帝的形象和神意的潜移默化，其宗旨就是追求神人相交的理想境界。笔者认为，这些思想都可以看成是超验主义精神的一脉相承。

（二）乌托邦的现世

托马斯·莫尔（Sir Thomas More，1478—1535）撰写了《乌托邦》（*Utopia*，1516），乌托邦成为人类社会美好理想的象征。通俗说来，乌托邦就是客观世界里不存在，存在于人们想象和期盼中的完美理想化社会。早在莫尔之前，乌托邦的原型就已经在文学中存在了。西方文明史中，最深入人心的乌托邦原型存在于圣经中，其中包括《创世记》中的伊甸园、先知书中启示的天国、福音书中的上帝之国以及《启示录》中的新天地等。在圣经里，乌托邦分为两种类型，分别是已经失去的乐园和尚未实现的乐土。以时间为界，分别代表过去的和未来的。美国的乌托邦却立足于现在，美国国民将对乌托邦的热望倾注在现世生活中。这正是美国从殖民时代以来就具有的最大的向心力，也是国民精神中最具有力量的因子。关于这一点，我们可以用美国的创建历史加以证明：如果不是时刻相信他们的努力会得到丰厚的报酬，移民们也就没有足够的动力为缔造一个新天地而坚持斗争。笔者认为，超验主义者抓住了美国乌托邦思想的核心精神。

1. 应许之地

《创世记》中记载以色列人祖先亚伯拉罕因为虔敬上帝，上帝与他立约，其后裔将拥有"流奶与蜜的地方"。这就是所有基督徒渴望的应许之地。然而，历史和现实生活使基督教徒一度绝望，认为他们永远地失去了上帝的恩典，失去了获得应许之地的可能。16 世纪，新航路的开辟，打开了世界各地区之间相互扩张

---

① ［德］K. 拉纳尔著，默茨修订：《圣言的倾听者》，朱雁冰译，生活·读书·新知三联书店 1994 年版，第 58 页。

的道路，也让欧洲大陆的人们欣喜地面对一块崭新的天地，再一次被唤起了对应许之地的渴慕。约翰·多恩（John Donne，1572—1631）在 1626 年 1 月 9 日的布道辞中提及："对于世界的两个半球来说，第一个我们很早就已经了解，但是第二个（即美洲），神留待日后开发。神将荣耀的天堂留给了复活，而将喜乐的天堂留给我们，让我们去开发，让我们还在这个世界上活着的时候就住在天堂的喜乐中。"① 可见，美洲大陆的发现不仅改变了世界地理、政治、经济的格局，也带给了人们救赎的希望。

美洲新大陆是上帝的最后一块应许之地吗？欧洲移民在美洲最先达到的地区就是新英格兰。约翰·史密斯是最早构建新英格兰的人，他把这块有相当完整的海湾和肥沃土地的地方称为新英格兰，并对这块土地做了乐观的展望："天堂与大地赐予人类最理想的居住场所。"② 这一评论吸引了大批的移民。直到 1733 年佐治亚（Georgia）建立，北美沿大西洋岸边共有了 13 个殖民地。这无疑是一场乌托邦式的冒险，但移居新大陆的人们并不畏惧。尽管当他们处在理想和现实的冲突中会感到失望，但心情的阴霾被应许之地的前景所冲淡了。爱默生说："世界是新的，尚未被碰过。不要相信过去。我今天给你们的宇宙是一个处女。"③ 他们也逐渐认识到了这块土地的丰饶，这里没有欧洲的某些物种，但有着大自然特别的馈赠。梭罗说："我们自己的水果，无论品种，对我们而言都比任何其他水果更重要。"④ 在梭罗的博物学考察记载中，新英格兰的草莓被赋予了神奇的价值，它们是最朴实、最单纯和最轻灵的水果之一。梭罗站在遍布草莓的洼地，觉得这地

---

① ［美］麦格拉思编：《基督教文学经典选读》（上），苏欲晓等译，北京大学出版社 2004 年版，第 480 页。

② James Truslow Adams, *New England in the Republic* 1776—1850, Boston: Little Brown and Company, 1926, p.236.

③ ［美］爱默生著，波尔泰编：《爱默生集》（上），赵一凡译，生活·读书·新知三联书店 1993 年版，第 113 页。

④ ［美］梭罗：《种子的信仰》，王海萌译，上海书店出版社 2010 年版，第 219 页。

不再是"人间的土地"。"人间的土地"的说法是源自弥尔顿的《失乐园》第 10 章的第 77 节和第 78 节。在弥尔顿的诗作中"人间的土地"与"天上的乐园"构成对比。梭罗在这里的否定修辞表明了他们对新大陆的肯定：新大陆就是天上的乐园。

2. 山巅之城

"山巅之城"（A City upon Hill）最早出自新约，是比喻耶路撒冷的。清教徒登陆新大陆前夕，其领袖约翰·温思罗普（John Winthrop, 1588—1649）曾宣称：美国最终会成为山巅之城，受到万众瞻仰。[1] 建山巅之城是美国清教徒先父们的理想，在他们看来，上帝已经将美洲大陆作为应许之地赐给了他们，他们的任务就是要在这块土地上建立合乎宗教理想的山巅之城。这些清教徒大多数为躲避欧洲大陆宗教迫害而漂洋过海前往美洲，他们或者是为了摆脱欧洲天主教势力的压迫，或者是为了逃避来自英国圣教公会的迫害，或者是受分离主义态度驱使。总之，过去不值得他们惦记。正是这种对旧大陆文化传统，宗教精神以及社会风尚和制度的强烈不满，激励他们锐意改革。他们还在"五月花号"帆船上就制定了公约。公约规定，移民到达北美新大陆后，自愿结为一个民众自治团体，并制定和实施有益于团体利益的公正法律法规和宪章。

建立山巅之城的理想激励着移民们。为了实现这个理想，他们建立了政教合一的神权政治，在较短时间内成功建设了一个稳定而迅速发展的社会。到了 18 世纪末，清教的清规戒律和某些信条开始遭到怀疑。然而，建立山巅之城的理想始终是美国国民民族自尊心的核心因子。笔者认为，这一理想表现在文学领域则是伟大的现实主义传统的驱动力。它促使作家关注社会现实，并能积极入世，提出有见解的改革主张。对此，卡尔·曼海姆（Karl Mannheim, 1893—1947）总结："人类若放弃了乌托邦的梦想，也就浇灭了

---

① Stewart Mitchell, ed., *The Massachusetts Historical Society*, New York: Robert E. Krieger publishing Company, 1975, p. 295.

创造历史的梦想。"① 据此，我们可以解释为什么超验主义散文的思想主题和内容体裁如此的紧扣时代的发展脉搏了。

3. 希望之乡

在以上的分析中，我们看到了新约里的乌托邦原型在美洲得到了展现。那么，美国作家笔下乌托邦是怎样的呢？

早在超验主义散文创作完成之前，欧文和库柏（James Feni-more Cooper，1789—1851）就为美国文学史留下了他们的乌托邦。在欧文的《瑞普·凡·温克尔》（*Rip Van Winkle*，1820）中，瑞普为了躲避他那凶悍又爱唠叨的妻子，独自到附近的赫德森河畔的兹吉尔山上打猎。他遇到当年发现这条河的赫德森船长及其伙伴，并喝了他们的仙酒。酒后酣睡，结果等他醒后下山回家，才发现时间已过了整整二十年，人世沧桑，一切都十分陌生。这个故事的传奇性情节完全可以和中国古代传奇故事进行对比。不一样的是，中国古代传奇中，误入超凡时空的人都是直接去了所谓的仙界式的乌托邦。而温克尔则不同，对他而言，与他周遭现实世界构成对照的是逝去的世界。在《瑞普·凡·温克尔》中，欧文没有明确地表示逝去的过去是乌托邦，但他聚焦于瑞普表达了对现在的揶揄态度。这暗含了作者怀恋已经逝去的时空。这种对殖民地时期静谧生活的怀恋在他的《睡谷的传说》（*The legend of the Sleepy Hollow*，1820）中得到了进一步的展现。究竟哪里才是希望之乡？在对乌托邦的文学想象上，库珀和欧文有相似之处，他们的作品中"粗俗的现在"与"优雅的过去"形成了强烈的反差。他们怀恋过去的美德，更倾心于保持旧世界优秀的东西：体面、教养、礼节和荣誉。他们甚至无意识地美化过去，在文学创作中寻求复兴旧世界的办法。总之，乌托邦的世界对于美国前期浪漫主义而言，就是过去的世界。这种类型的乌托邦对读者而言绝不陌生，毕竟怀旧是人类共有的情怀。中国道家的"华胥国"，

---

① Karl Mannheim, *Ideology and Utopia*, New York: Harcourt Brace, 1936, p. 236.

儒家的"大同世界"以及陶渊明的"桃花源"就是这种类型的乌托邦。

部分超验主义文人也怀有对旧世界旧风俗的美好回忆，但他们的乌托邦不在过去，而在现在。在爱默生看来，着眼于过去和未来都不如关注现在明智。"有人延宕，有记忆，他不在现在生活，而是眼睛向后，哀悼过去，要不，就是对周围的财富不予理会，却踮起脚尖展望未来。如果他不跟大自然一起在现在生活，他就不会快乐，不会坚强。"①超验主义者愿意用自己的努力去建立现世的乌托邦。他们建立了著名的布鲁克农场。我们暂不评价布鲁克农场的功过是非，单从创立者的初衷去考察。当时，正值傅立叶（Charles Fourier，1772—1837）空想社会主义理论的传播时期。傅立叶理想的和谐社会，是由一个个有组织的合作社组成，其目的正是要建立人间乐土。它的名称叫"法朗吉"。这种美好的愿望吸引了许多人，以里普利，阿尔科特等人为首的超验主义者开始筹建布鲁克农场，相信自己的努力会把天国带到地球。其实，布鲁克农场的最初原型可以参见教父时期的灵修运动。在农场里，有一间纪念傅立叶的房间。房间里有一段引自圣经新约的题字，其意思是神圣的圣灵将证实人们的希望。最终，布鲁克农场并没有达成创建者的初衷，而是被视为一段具有讽刺意味的历史。这一点在霍桑的《福谷传奇》（The Blithedale Romance，1852）里有阐明：人们满怀希望地来到伊甸园，最终失望而归。路易莎·梅·阿尔科特（Louisa May Alcott，1832—1888）对此评价说："世界还没有为乌托邦做好准备，那些企图建立乌托邦的人只会以他们的痛苦来换取嘲笑。"②可贵的是，超验主义者并没有因为失败的实践而觉得希望破灭。他们在布鲁克农场的

---

① ［美］爱默生著，波尔泰编：《爱默生集》（上），赵一凡译，生活·读书·新知三联书店 1993 年版，第 297 页。

② Louisa May Alcott, "transcendental wild oats", in Sears, ed., Alcotts Fruitlands, 1876, p. 169.

失败中看到了理想世界和现实世界之间的差异。这差异驱使他们进一步去探寻，去着眼于现实的改造。

最后，还有一点必须指出：梭罗在瓦尔登湖边的生活尝试使他找到了现世的乌托邦。沃伦·帕灵顿在《美国思想史》中评价，梭罗建立了一座成功的法朗吉。梭罗说："通过我的实验，我至少懂得了这一点：如果一个人自信地朝着自己梦想的方向前进，努力地去过他想象的那种生活，他会获得在平常日子里意想不到的成功。"① 他鼓励人们做一个特别的哥伦布，去寻找自己内心的新大陆和新世界，打开思想的新渠道，而不是贸易的新渠道。

（三）作盐作光

耶稣在《马太福音》第 5 章第 13—16 节里劝诫基督徒成为"地上的盐"和"世界的光"，鼓励基督徒在日常生活中保持严谨的态度。

> 你们是地上的盐，盐若失了味，可用什么使它再咸呢？它再毫无用途，只好抛在外边，任人践踏罢了。你们是世界的光；建在山上的城，是不能隐藏的。人点灯，并不是放在斗底下，而是放在灯台上，照耀屋中所有的人。照样，你们的光也当在人前照耀，好使他们看见你们的善行，光荣你们在天之父。(和合本)②

的确，盐和光都是普通的事物，但却是生活中的必需。由此推衍，它们就有了特别的意义和价值：即使是微小的事情也能见证耶稣的临在。这也成为基督徒的人生信念：个人的所作所为尽管是微不足道的，但却有重要的价值，甚至可以增添上帝的荣耀。巴克莱

---

① ［美］梭罗著，罗伯特·塞尔编：《梭罗集》（下），陈凯等译，生活·读书·新知三联书店1996年版，第652页。
② 《新约圣经并排版》，上海中国基督教三自爱国运动委员会，中国基督教协会2005年版，第12页。

（William Barclay，1907—1978）分析认为，这是对每一位基督徒最大的恭维。① 长期以来，人们有一种固定的认识，即上帝根本不可能凭借人的智慧去认识和理解，人以及人的生活与神圣性似乎是对立的，是无法沟通的。那么，如何知晓神意呢？许多神学家因此提出了要过灵性的生活。这也是西方修道院文化的根基之一。然而，清教徒立志"作盐作光"的信念把人世的勤奋创业理解为上帝的召唤，从而消除了日常生活与灵性生活的长期对立，从而打通了在世俗利益追求中接近上帝的通道。

在文化创造和文学活动中，"江山之助"的作用尤其显著。章太炎在《訄书·原学》中考察中国古代学术派别林立的成因时说："视天之郁苍苍，立学术者无所因。各因地齐、政俗、材性发舒，而名一家。"② 爱默生在《美国学者》的演说词中宣称，没有任何艺术家能够在他的书里摈弃所有传统的、地域的、过时即废的东西。作家的思想活动往往可以和他生活的世界相互印证和解释。超验主义文人几乎都是新英格兰人，他们作品中的素材大多来自新英格兰，他们的聚会活动主要在新英格兰的马萨诸塞州（Massaehusetts）的波士顿和康科德镇。清教徒开创了新英格兰殖民地，清教文化在这里一直有着深刻而持久的影响。哈丽叶特·比切·斯托夫人（Harriet Beecher Stowe，1811—1896）的小说，翔实地记录和描述了新英格兰的风土人情与日常生活。在她的描述里，尽管人们较之以往更关注财富的多寡，但都坚信所有的东西和事件都具有神圣价值。回溯超验主义文人的生活环境和创作活动，我们认为：新英格兰的清教文化传统对超验主义散文的世俗性特征影响重大。这也是超验主义者能接受卡莱尔的影响的重要原因。卡莱尔相信："精神生活在于'自我修养'不断完善，

---

① ［英］巴克莱：《新约圣经注释》（上卷），北京中国基督教三自爱国运动委员会，中国基督教协会1998年版，第84页。

② 冯天瑜等编著：《中国学术流变》（上册），华东师范大学出版社2003年版，第19页。

这是每一个基督徒在生活这一上帝赋予的考验中的职责。"①

清教徒立志"作盐作光"的人生信念不仅有重要的现实意义，也在美国文学中得到了较为充分的阐释。美国文学一直注重个人经历的重要性和神圣性。自殖民时代以来，牧师的布道词以及文人的日记就阐发了个人经历以彰显上帝的荣耀。关于这一点，在他们的日记中得到了最为充分的表现。

> "现在你在做什么？"他问，"你写日记吗？"于是我今天就动笔写。②（1937 年 10 月 22 日）

据专家研究，这是梭罗的第一篇日记。在这篇日记里，梭罗讲明了写日记的原因。日记中的问话者正是爱默生。实际上爱默生不仅是询问梭罗，还是告诫梭罗要写日记。在爱默生看来，日记记录了喜欢自省和感情强烈的人们的丰富的内心生活，坚持写日记是自省的最好方式。他把这一心得告诉给他寄予重大希望的梭罗。

怎样将生活表达出来才有意义呢？爱默生在《对神学院毕业班的讲演》中传达了牧师的职业秘诀在于把生活转换成真理。爱默生评定一个劣等的牧师："这个人耕耘过，播种过，演讲过，买过，卖过，他读过书；他吃过，喝过；他会头痛；他的心跳动着；他会微笑；会感到痛苦；但是在他的全部言谈中，没有任何他曾生活过的暗示和痕迹。"③ 可见，对于牧师而言，只有当他把自己的生活分享给人们时，他的传道才能吸引人。

笔者认为，这一秘诀并不单纯适用于牧师的传道，同样适合于作家的写作。爱默生强调，牧师向人们提供的生活食粮绝不是

---

① ［美］萨克文·伯科维奇主编：《剑桥美国文学史 散文作品：1820—1865 年》（第二卷），史志康等译，中央编译出版社 2008 年版，第 367 页。

② ［美］梭罗：《梭罗日记》，朱子仪译，北京十月文艺出版社 2005 年版，第 2 页。

③ ［美］爱默生著，波尔泰编：《爱默生集》（上），赵一凡译，生活·读书·新知三联书店 1993 年版，第 96—97 页。

未经提炼的，他还要赋予凡俗生活于灵性色彩，并把它们变成神的粮提供给他的教众。耶稣就是榜样！和合本《约翰福音》第6章第51节中耶稣自称："我是从天上降下来生命的粮，人若吃这粮，就永远不死。我所要赐的粮，就是我的肉，为世人之生命所赐的。"① 梭罗在《瓦尔登湖》里记述自己耕种豆田，并将日常用度一笔笔支出都记录下来，但这些关涉日常世俗生活的内容并没有给人俗气的感觉。究其缘由，在超验主义散文中，世俗生活背后都有一个超验的境界，带有鲜明的属灵色彩。譬如，梭罗在日记中是这样描述野苹果的：

> 用霜来冻野苹果，先冻成坚硬的石头，然后在雨天或温暖的冬天，再将其融化，这时的苹果仿佛通过四周的空气从天堂借来味道……此刻（我的伙伴和我）都贪婪地将冻苹果塞入口袋——俯身吸吮，撩开衣襟，免得碰上流出的果汁——而且越来越喜欢苹果酿出的酒。②

顾随分析认为："眼之于色，耳之于声，鼻之于香，中间是有距离的，并未真与我们的肉体发生直接关系。至于身则不然，太肉感，没有灵，只剩肉了，一写就俗了。"③ 在这段评述中，顾随分析了眼、耳、鼻对外界信息的接收，以及作家对这些信息的表达。他特别指出以舌头所体验的味觉描述容易使作品变得"俗"。可以说，顾随的论述在梭罗关于野苹果的描述里得到了印证：梭罗确实"吸吮"了苹果，可是他调动的不仅是味觉，更是内心的灵性。

　　笔者认为，"作盐作光"的信念也促使人注重发掘个人的潜

---

① 《新约圣经并排版》，上海中国基督教三自爱国运动委员会，中国基督教协会2005年版，第280页。

② ［美］斯蒂芬·哈恩：《梭罗》，王艳芳译，中华书局2002年版，第108页。

③ 顾随：《驼庵说诗》，中国人民大学出版社2006年版，第219—220页。

能，以一种更乐观更直接的态度面对世俗生活，发掘出生活的神圣价值。同时，这一信念必然会促使艺术家找到动力去研究每天发生的普通小事，从而使普通但丰富多彩的人类生活展现出艺术价值。从某种意义上说，超验主义散文中所塑造的理想的人物都是相信自己，重视自己存在的形象。

第二节　注重劝诫性

超验主义运动处在新旧交替，重塑时代精神的历史时期。超验主义者希望自己是先行者，可以启发民众。他们通过散文创作来探究自我和自我存在的意义，人类存在的本质，历史的走向等，并抨击各种恶风陋习和不合理的社会现象。这样一来，他们的散文必然要发挥劝诫性的功效。难能可贵的是，超验主义散文并非是乏味单调的传声筒样式的作品。本节以圣经新约为借镜，比较分析超验主义散文在发挥其劝诫性功效时运用了怎样的艺术策略，使其不失审美价值。

一　箴言迭出

箴言（Proverb）也可以称为警句格言，是一种经过了锤炼的语言，是对真理的短小精悍的表述，含有警示、告诫和启发意思。在圣经中，人们把它们统称为智慧文学（Wisdom Literature）。一般来说，箴言具有令人难忘的表达效果。超验主义散文的劝诫性最显而易见的表现在于其箴言迭出，而这些箴言又与圣经新约有着千丝万缕的联系：它们或者为直接引用，或者在思想内容和书写形式上与新约箴言有一些相似之处。

（一）箴言的援引

就圣经而言，它本身是一本最具有箴言特色的书。英国诗人汤姆森（Franz Thompson，1936—）评价圣经："一个深邃的智慧宝藏。可以说，我的意思是圣经箴言的表达形式十分丰富，值得人们反复思考。"① 圣经箴言流传深远，为众多作家创作时所援引，超验主义文人在进行散文创作时也不例外。

据笔者粗略统计，超验主义散文中所援引的箴言，数量最多的是源自圣经。这充分显示出超验主义者对圣经经文及其文化的熟悉。正如沃伦·帕灵顿评述爱默生："数年来，作为一个安静的学生，他生活在一个充满道德箴言的世界中，一种到处是格言警句、古代神谕宣读判决的冷静而又稀薄的气氛中。"② 的确如此，对于新英格兰文人而言，圣经箴言在他们的精神世界里起着主导作用。超验主义文人反对清教教条，为摧毁束缚新英格兰思想的旧的权威制度而努力。然而，他们没有一个不是熟谙圣言的，他们的精神力量极大地来源于那些圣经箴言所传达的思想。在爱默生、梭罗、富勒的日记中，我们看到了他们对圣经箴言的记录和诠释。他们从圣经中攫取箴言，为自己编辑新的传道言辞做准备。帕克的传道书总是有密集的圣经箴言，他还将耶稣的箴言比喻成戴着羽毛的箭，可以切中要害。

除了圣经，超验主义文人可谓是将能寻觅的所有宗教经文一网打尽。在他们所援引的箴言中，还有很大一部分来自古代波斯、印度和中国等国的古代经文。其中孔子的《论语》被他们多次援引，在此不累述。克拉克甚至论断：聪明的希伯来人会发现这些古代经文与他们自己的圣经具有相似的道德和形式上的庄严和崇高。梭罗评价："虽然在我们阅读时那些句子平平常常地，最初几乎索然无味地展开，但它们似花瓣有时以一种罕见的智慧使我们大吃一惊，这种智慧不可能从最为平凡琐细的经验中学到。"③ 这个世纪以来，很多研究者都注重考查超验主义散文中的异国文化影响因素。笔者认为，从箴言援引入手分析是一条不错

---

① Terence L. Connolly, ed., *Literary Criticisms*, New York: Dutton, 1948, p. 543.

② [美] 沃浓·路易·沃伦·帕灵顿：《美国思想史：1620—1920》，陈永国、李增、郭乙瑶译，吉林人民出版社2002年版，第684页。

③ [美] 梭罗著，罗伯特·塞尔编：《梭罗集》（上），陈凯等译，生活·读书·新知三联书店1996年版，第131页。

的途径。箴言浓缩了思想的精华，具有它独特的写作技巧。分析超验主义散文中的援引箴言，不仅可以洞见他们的思想来源，也可以考察他们在文学技法上对异国文学的借鉴。

（二）箴言的创作

超验主义文人注重箴言的援引，同时也自己创作箴言。爱默生还被认为是一个超验主义箴言作家。这些箴言也被后来者从作为整体的散文文本中剥离下来，作为后世作家创作时援引的论点或者论证材料。可以说，它们有脱离散文整体的独立的价值，发挥着特殊的道德劝勉的功效。超验主义散文中频繁出现箴言，这也成为许多评论家诟病超验主义散文艺术的抨击点。评论家认为，在作为主体的散文体中，箴言过多似乎显得不伦不类，也使作品显得琐碎，不够连贯。这一点，超验主义文人自己也有觉察。笔者认为，散文文体的特殊性决定了它需要箴言的支撑和点缀。散文不同于诗歌，有繁复的意象来包孕思想；也不同于小说，有形象和情节来让人逐步意会。从某种程度上说，散文的思想性更为透明化，如何把散文作品的理性之美表现出来，箴言的创作就是最佳的途径之一。

一般来说，直白表述的箴言可以点题，如同是画龙点睛。这类箴言一般出现在文段末或者是整篇散文的末尾，一般可以看成是对一段话或者一段论述的总结。在新约里，耶稣及其使徒总是讲一些故事或事例来说明某一道理，末尾通常会以一句箴言来结尾。譬如：《路加福音》第 14 章，耶稣讲了赴婚宴的座次的事例，然后总结："因为凡自高的，必降为卑；自卑的，必升为高。"① 《罗马书》第 12 章讲述了基督徒的生活准则，然后说："主说：伸冤在我，我必报应。"② 《哥林多前书》第 15 章中讲述死人复活的问题后宣告："你们不要自欺，滥交是败坏善行。"③

---

① 《新约圣经并排版》，上海中国基督教三自爱国运动委员会，中国基督教协会 2005 年版，第 218 页。
② 同上书，第 458 页。
③ 同上书，第 502 页。

这种箴言对读者来说很有冲击力，给读者醍醐灌顶般的感悟。试想，名篇《岳阳楼记》如果没有文末的"先天下之忧而忧，后天下之乐而乐"的格言来总结全篇，那么无论是"去国怀乡，忧谗畏讥，满目萧然，感极而悲者矣"，还是"登斯楼也，则有心旷神怡，宠辱偕忘，把酒临风，其喜洋洋者矣"，都无法传达作者对人生悲喜的深刻认识。①

超验主义散文中存在着大量的直白表述的箴言。对于整体的散文文体来说，它们是一种经济的书写形式，符合文学的美学特征有利于促成简洁的文风。梭罗评价箴言：最有力量的语句如同流星的坠落，应由那些简单却具有深刻内涵的词语来构成。② 笔者认为，语句铿锵，言简意丰，启发思想正是直白表述的箴言的特点。譬如，爱默生在《爱》的结尾处说："灵魂永远可以信赖。"③ 梭罗在《瓦尔登湖》中说："简单些，简单些，再简单些！"④ 以己昭昭，使人昭昭。从这些箴言中，我们可以感受到作者语气的坚决和明确，仿佛他们完全能明确地道出自己的所思所想。

对于超验主义文人而言，思想可以直白写出，更应该以诗意的形式来表达。据笔者粗略统计，曲笔表述的箴言是超验主义散文中数量最多的类型。这实际上也是新约里箴言的特色所在。在新约中，相当多的箴言都是以比喻、拟人或者象征的手法来表达的。不同于直白表达的箴言那样能达到直接劝勉的效果，但它们具有特别的艺术魅力。一般来说，一则好的箴言之所以能发人深省是因为它既能表达深邃的思想而且还能促使人主动深思。从读者接受的角度看，曲笔表达的箴言可以制造陌生化的审美特色和

---

① （宋）范仲淹著，李勇先、王蓉贵校点：《范仲淹全集》，四川大学出版社 2007 年版，第 194—195 页。

② Henry David Thoreau, *The Correspondence of Henry David Thoreau*, New York: New York University Press, 1958, p.465.

③ ［美］爱默生著，波尔泰编：《爱默生集》（上），赵一凡译，生活·读书·新知三联书店 1993 年版，第 374 页。

④ ［美］梭罗著，罗伯特·塞尔编：《梭罗集》（上），陈凯等译，生活·读书·新知三联书店 1996 年版，第 521 页。

延宕思维的表达效果，从而促使人反复思考。试想，读者读到一则箴言，不会立刻完全明白作者的意图。如此一来，读者接受这则箴言如同是接受一个新奇的事物一样，必须认真琢磨才能够弄懂其中的内涵。对此，我们举例加以说明："天堂在我们的头上，也在我们的脚下。"① 这是梭罗《瓦尔登湖》序言里的箴言。笔者认为，这句箴言加深了读者对《瓦尔登湖》主题的思考。在基督宗教的教义里，天堂只在人类的头上。在圣经中，最常见的自然场景中的对照就是天与地。天代表属灵的境界，天堂就是上帝的居所；而人脚下则是贪婪、邪恶、妄自尊大的人类家园。一位新约学者认为："在尊崇上帝的语境中，箴言表达了事物的本质内涵，或者在神所掌管的世界上事物所应该具备的本质特征，并且箴言还表达了对上帝将给予恩赐的行为的挑战。"② 这句箴言中，梭罗让天堂在我们头上，也在我们脚下。这挑战了人们的传统思想，并将人类的经历置于述评话语的语境中，从而促使读者思考为什么梭罗反其道而行之？人怎样能把头上的天堂和脚下的天堂合一？这句箴言也是一个预言，预示着梭罗身体力行，将天堂从天上搬到了人间。

最后，对于超验主义散文而言，箴言不仅仅是一种修辞格，还是一种思维方式。尤为明显的例证是爱默生在《美国学者》里写道："古代那条箴言'认识你自己'，和现代这条格言'研究大自然'，终于合并为一了。"③ 这篇演讲的主题之一就是要劝诫学者从自然界里获得力量。他的劝诫性不是居高临下式的说教，而是通过两个箴言的合一唤起读者自己的理性，引导读者不自觉地跟着作者的思路走。他寄希望于读者的理解，希望读者从对"认识你自己"的经验里对比、理解和推导"研究大自然"的重要意

---

① 〔美〕梭罗：《瓦尔登湖》，徐迟译，上海译文出版社 2009 年版，第 3 页。
② 〔美〕利兰·莱肯：《圣经文学导论》，黄宗英译，北京大学出版社 2007 年版，第 444 页。
③ 〔美〕爱默生著，波尔泰编：《爱默生集》（上），赵一凡译，生活·读书·新知三联书店 1993 年版，第 66 页。

义。这是一种间接的思维方式，最终达到了劝诫的目的。

二　多重对话的结构布局

希腊人相信通过对话的方式可增长知识和智慧，最终到达真理。到了书面语流行的时代，希腊人依旧使用对话来增添文学作品的趣味和表现力，展现作家的机智和哲理性。著名的是柏拉图，他的著作有相当部分采用了对话形式。圣经新约也尤为注重对话。对话形式在中国散文史中也不陌生，中国古代文人也注重对话的写作。先秦诸子散文中，庄子与惠施，孟子与梁惠王，孔子与其弟子间的对话；《史记》中诸多人物的对话，以及宋代记载程颢、程颐言行的《二程遗书》，还有《古尊宿语录》等都堪称典范。

对话作为一种文学理论由前苏联文论家美学家巴赫金（Mikhail Bakht，1895—1975）提出。巴赫金认为，对话不仅存在于人类生活和行为的表层，更渗透到思想的纵深层面。① 学界一般用巴赫金的对话理论分析小说及戏剧作品的艺术特色，这也是因为对话在这些文类中显而易见。按照对话理论，一切文学创作都是语言创造，而语言在本质上是对话的。笔者认为，超验主义文人在散文创作中也较多地使用了对话形式，使其作品的字里行间带有一种强烈的辩论或说服目的，更好地发挥了劝诫作用。

（一）设置对话双方

对话的形式是多种多样的。其中，作者与读者之间面对面的对话具有直接的劝诫功能。这在圣经新约中表现突出。福音书和《使徒行传》记录了耶稣与教众间的面对面的对话。这些教徒在今天看来都成为了原型人物。于是，他们与耶稣间的对话就不再限于当时当地，而有了普世的、永恒的价值。从整体上说，新约都有一个预先设置的永恒的对话双方，即作者和读者。按照圣经

---

① ［俄］巴赫金：《陀思妥耶夫斯基诗学问题》，白春仁、顾亚铃译，上海三联书店出版社1988年版，第344页。

传统，所有的新约作者都有一个共同的特殊身份，即作为耶稣的代言人。作为读者的我们呢？我们可以是瞎子、邻居、父母，撒种的人，或者还是法利赛人。因此，整部新约就可以看为耶稣在对读者面对面地宣讲教义。

我们考察超验主义散文中的对话方的设置。在演讲词和布道词的写作中，作者事先知道听众，对话的对象是特定的。这很好理解。而在随笔、游记、人物评传中，读者对象不明确，这时如何形成对话的格局呢？在这些体裁的超验主义散文中，面对面对话的双方常是作者一个人独立完成的。作者在对话中实际上扮演了两个角色，既是作者，又是与其对话的一方。这样一来，整个对话完全在作者的把控之中。他可以对读者的阅读反映预先设置，然后适时发问，一问一答，环环相扣，最终把自己的思想完整地倾诉或传达给读者。新约的撰写者常用这种叙事策略。譬如，在关于"不要忧虑"的论述中，耶稣让"你们"问了许多问题：忧虑吃什么？喝什么？穿什么？实际上，耶稣设问的目的只是要劝勉人们不要忧虑吃什么、喝什么、穿什么，要虔信主。撰写者为何不直接陈述自己的思想呢？我们认为，对话会造成一种强烈的推进感，使作者的观点活动起来，不再是板滞的，从而尽情地展示了作者的思维过程。在《瓦尔登湖》"孤独"篇中，梭罗要表述：大自然所给予人的精神上的自由和富足是第一位的；人因为精神的富足而不再孤独。他把人们对这一论题的种种怀疑都设置成了问答式。他让"你"发问："我想你呆在老远的地方一定很寂寞吧？一定想跟人们挨近些，尤其在下雨下雪的白天和夜晚。"① 他让一个积蓄一笔很可观的产业的市民问他，为什么宁肯抛弃这么多人生的乐趣。最后，他问所有的读者："是什么药物使我们得以保持健康、安详和满足呢？"② 总之，这一系列的问

---

① ［美］梭罗著，罗伯特·塞尔编：《梭罗集》（上），陈凯等译，生活·读书·新知三联书店 1996 年版，第 484 页。

② 同上书，第 488 页。

答将读者带入了梭罗的生活经历中，在梭罗的逐一解答中逐步与他感同身受，渐渐明白他的创作主旨。

除了作者与读者间的对话之外，人与神之间的沟通对话在超验主义散文中表现得较多。笔者认为，人与神的对话几乎贯穿了超验主义散文的全部，成为一种潜在的纵深结构。超验主义文人对圣经新约中神对人的言说进行了大胆的拓新。在他们看来，传统清教文化中的人与神之间的关系疏离了，这并不符合人神关系的本原。这主要表现在两方面：第一，人完全不具备与神沟通的能力；而神似乎高高在上，从不注意倾听人。第二，人与神之间隔绝了，需要中介，最为重要的中介就是耶稣。对此，超验主义者在散文中一一驳斥。他们肯定了神对人的接纳。爱默生认为："我（笔者注：上帝）从人的生命中汲取了欢乐与知识，也从其中发现并看到了自己。我要与之对话，而它也能对答如流。它能为我提供成熟而生动的思想。"① 耶稣呢？耶稣也不再是横亘在人与神之间的中介。"他（笔者注：耶稣）清楚地知道灵魂的秘密。他为灵魂的和谐所吸引，为它所陶醉。他生活在其中，他的生命在于灵魂。"② 简言之，个人不再需要任何中介，具备了沟通神意，与上帝对话的能力。笔者认为，超验主义散文对人与神之间对话的设置还与北美的原始文化相关。在北美原始文化区还存在着灵魂可以离开身体神游世界的信仰。人们相信，世间存在着能够控制精灵的男巫和女巫。他们可以随意召唤精灵附身，或让精灵显现。这就意味："灵魂在神游中会遭遇到某些超人类的存在物，并向其寻求帮助或赐福。"③ 从这一角度看，超验主义文人不过是将北美原始文化中神灵信仰所蕴含的迷信色彩转变为一种超验的体验：每个人通过自己的灵魂直接与神对话。

---

① ［美］爱默生著，波尔泰编：《爱默生集》（上），赵一凡译，生活·读书·新知三联书店1993年版，第35页。

② 同上书，第147页。

③ ［美］米尔恰·伊利亚德：《宗教思想史》，晏可佳、吴晓群译，上海社会科学院出版社2004年版，第25页。

综上所述，多重对话将超验主义文人的思想历程和灵性洞见展现出来，给读者留下了深刻的印象。一方面动摇了作家权威性的传统理念，显现出"由本文和读者构成一种交互共在的关系"。① 另一方面，它充分展示了一个人在超灵的启示下不断反思和怀疑的过程。

（二）呼语

超验主义文人是如何召呼读者进入对话的？或者说，对于超验主义散文的读者而言，如何进入对话的场景中去呢？

在圣经里，有一种特殊的修辞手法可以帮助作者达成目的，即呼语法（apostrophe）。"呼语法直接明了地针对一位不在场的人物或者一个抽象的、非人类的实体发话。"② 呼语在圣经《诗篇》中使用较多。当呼语出现在诗歌里的时候，它们常常是突然冒出，就如同是诗人激情勃发，突然要对某人某事直呼其名。一直以来，呼语也被认为是诗歌传统和诗歌艺术性的一种表现。新约的散文叙事中，呼语也存在。耶稣除了呼召具体的某个信徒外，也会呼召不在场的人。其中，最为笼统的就是"你"与"你们"。此外，还有特定的对象，如"贫穷的人""饥饿的人""小信的人"等等。读者可以应着这一呼召，进入与耶稣面对面的对话情境中去。笔者认为，呼语法是超验主义文人常用的写作手法。譬如，爱默生在名篇《论自立》中情不自禁地接连呼召："啊，父亲呀，母亲啦，妻子呀，兄弟呀。"③ 此外，梭罗常常对"你"絮说，帕克总是召唤"啊，人啊！"，富勒则不忘对"软弱的女人"谆谆教诲。总之，类似的呼语很容易让读者将自己视为作者呼召的对象，从而形成与作者之间面对面的对话情境。例如："啊！

---

① 卓新平：《当代西方天主教神学》，上海三联书店 1998 年版，第 332 页。

② ［美］M. H. 艾布拉姆斯：《文学术语词典》（第七版），吴松江主译，北京大学出版社 2009 年版，第 543 页。

③ ［美］爱默生：《爱默生散文选》（英文全本），世界图书出版公司 2010 年版，第 87 页。这句原文如下：O father, O mother, O wife, O brother, I have lived with you after appearances hitherto.

兄弟，阻止你的灵魂的衰退——它正在朝着那种形式衰退，而你多年来已经不知不觉地染上了哪种形式的习惯。"① 随着一声"啊！兄弟"的呼语，我们会自然进入了与作者的对话场景。

那么，人又怎样进入与神沟通对话的场景中呢？通常来说，在诗歌创作中使用呼语法来祈求神灵、缪斯或其他超自然力量在诗人创作时助一臂之力。这种呼语法也叫"祈愿词"（invocation）。在超验主义散文中，作家也采用呼语法来引导人与神的对话。他们不仅在布道词中会呼告神及上帝，在其他体裁的写作中也会根据需要向上帝、众神、超灵等超自然力量呼告。

笔者认为，呼语法在超验主义散文中的高频使用与圣经新约散文的传统技法相关，也与他们在日常演说和座谈中积累的经验有关。他们在和听众面对面的接触中，更进一步了解了受众的心理，练就了遣词造句的敏锐度，更练就了他们与读者进行心理交流的习惯性思维。值得一提的是，这种以呼语来建构对话的方式并不是圣经所独有的。苏舆在《春秋繁露义证》中指出：在《春秋》中常常设置"彼我""汝我"作为对话方，从而展开论述。② 对此我们可以进一步总结：长期以来，学者和文人都注意到了以呼语法将读者引入对话格局有助于思想的表达。作为读者，在长期的阅读体验中，亦形成了应呼语而进入与作者对话的阅读期待。

第三节　世俗性与劝诫性的融合

超验主义文人肩负着开启民智，塑造美国精神的历史使命。他们充分注重了散文的劝诫性功效，使其在当时的历史环境中极大地鼓舞了民众，促成了新的社会舆论。他们也认识到：唯有精神始终向经验开放，文学才能表现人类思想与情感的深度和广

---

① ［美］爱默生著，波尔泰编：《爱默生集》（上），赵一凡译，生活·读书·新知三联书店1993年版，第274页。

② （清）苏舆撰，钟哲点校：《春秋繁露义证》，中华书局1992年版，第7页。

度，反映它们的历史与达到的高度。借助于世俗性与劝诫性的融合，超验主义文人在凡俗世界里洞观精神法则，又让精神的力量在凡俗世界里落地开花。笔者认为，创作主体自觉地赋予自身以传教者的身份职责，这就是两者融合的共同纽带。

一　两者融合的共同纽带：传道者的使命

圣经《传道书》第 12 章第 9—10 节："再者，传道者因有智慧，仍将知识教训众人；又默想，又考查，又陈说许多箴言。传道者专心寻求可喜悦的言语，是凭正直写的诚实话。"① 在这两节经文中，作者阐明了传道者的职责，也阐述了如何去传道。首先要有智慧，然后要谨慎地选择言说方式。那么智慧从哪里来？接下来，又嘱咐："我儿，还有一层，你当受劝戒：著书多，没有穷尽；读书多，身体疲倦。"② 作者告诫，我们世上有很多书籍，足够我们花一生去研究，但我们不应该把大部分时间花在书斋里，而应该注重生活实践。这些经文的真谛为超验主义文人所接受和吸纳，也被他们视为是学者和文人的职责。

（一）爱默生：花园的亚当

"我是花园的亚当，我要给地上的野兽和天上的神重新命名。"③ 爱默生写下这则日记时正值 36 岁。此时的他已成为美国学界最有影响力的学者之一，被认为是超验主义运动的领袖。成为"花园的亚当"的自我定位并不是从记下这则日记开始的，从青年时代起，爱默生就立志成为新亚当。在他的日记里满是对"旧"的鄙夷。尽管他如痴如狂地阅读，但他知道有一天，他要把所有的知识都变成新的。

19 世纪是美国文化与美国文学炼铸成形的时期。这一时期，

---

① 《圣经·旧约》（简化字现代标点和合本），北京中国基督教三自爱国运动委员会，中国基督教协会 2000 年版，第 1061 页。

② 同上。

③ Ralph W. Emerson, *Selected Writings of Ralph Waldo Emerson*, New York: The New American Library, 1965, p. 157.

美国人意识到自己正在摆脱传统羁绊创造新生活。研究者认为："在历史、神学和文化领域内，这种意识通过关于亚当的神话讨论得到了简要而透辟的说明。"① 真正的学者应该将自己的使命与国家的命运结合起来。爱默生作为 19 世纪美国文化界的主要发言人之一，他清醒地认定国家命运中的核心问题。爱默生立志做新亚当，他要"重新命名"。在这里，命名并不是简单地赋予意识事物一个符号标识，而有重要内涵。弗朗西斯·培根（Francis Bacon，1561—1626）说："我们常见学者们的崇高而正式的讨论往往以争辩文字和名称而告结束。"② 这也说明，命名对于认识其所指代的事物的本质有着非常重要的作用。爱默生要重新命名事物，实际上是要重新确认事物的本质。在他看来，事物的本质被掩盖的太久了，那些传记、历史和评论等等都在掩盖事物本质。在这一点上，爱默生和卡莱尔达成了共识。这尤其反映在卡莱尔的英雄观上：英雄可能是诗人、先知、帝王、教士，或者因其诞生的环境不同而成为其他，但他们都有一种共同的能力，就是能望穿事物的外观，进而穿透其核心，发现其本质。

爱默生总是以先知自居吗？不是的！美国美学的开创者乔治·桑塔亚纳（George Santayana，1863—1952）评论爱默生："不是一位曾经登上西奈山或者塔博尔山的先知，然后在那里看到了理想化的现实，重新下来向世界做权威报告。"③ 爱默生自己也不相信这样的先知。爱默生嘲讽一个当牧师的先辈，说他喜欢在讲坛上自由地批判自己的教民；当教民怒气冲冲地站起来准备离开教堂时，牧师还会在后面叱喝他们是不知羞耻的罪人。爱默生在《对神学院毕业班的讲演》中肯定了耶稣基督属于真正的先知。他认为，人们将他理解为从天堂下凡是对他教义和形象的歪曲。他继

---

① 常耀信主编：《美国文学研究评论选》（上册），南开大学出版社 1992 年版，第 100 页。

② ［英］培根：《新工具》，许宝骙译，商务印书馆 2009 年版，第 77 页。

③ 范圣宇主编：《爱默生集》，花城出版社 2008 年版，第 337 页。

而指出，耶稣是完美的人的代表，每个人都可以是完美的。他宣称："我要邀请那些沉浸于时间的人，让他们来找回自我，从时间中走出来，体验着天然不朽的空气。"① 笔者认为，这也是爱默生和卡莱尔的不同。卡莱尔将洞悉本质的能力视为一种难得的神秘天赋；爱默生把它赋予每个人的本性。正是有了这样的认识，爱默生坚信自己的使命是能够完成的。他是乐观的，自我肯定的。

爱默生倚靠什么来完成自己的使命呢？他选择了"花园"作为自己行使的背景。1841 年，卡莱尔评价爱默生的《随笔》：文中随处可见新英格兰的乡村，真实的绿色地球，她的山脉、河流、磨坊和农场。可见，自然是他写作的对象，他从自然里得到抚慰，获得力量，并倚靠自然来完成他的使命。从爱默生的传记以及关于他的回忆录中，我们确信他对自然有一种特别的偏好，也对自然有着直接而具体的认识。他对自然的态度没有仅仅停留在情感层面，他把自然转译为精神。也正是凭着对自然的独特理解，他从唯一理教牧师的职责中脱身出来，他相信在教会以外的布道也一样能启示人们认识真理。可以说，正是从与自然独特的联系中产生了今天我们所了解的爱默生，也才有了由《论自然》所开启的一系列的散文作品。

爱默生一生都在行使做"花园的亚当"的使命。正因为这样，他似乎对超验主义文人集团的其他活动有明显的疏离。譬如，他并不十分欣赏布鲁克农场以及花园果地的实践活动。纵观他的一生，他始终保持着对世事的敏锐，他始终把最多的精力投注到从自然中寻觅精神法则的"重新命名"的重大任务中。

（二）梭罗：复活的潘神

潘神（Pan）是奥林匹斯神话系中的山林与农牧之神。在西方文明中，关于潘神的神话故事有很多，他有着极其丰富的性

---

① ［美］爱默生著，波尔泰编：《爱默生集》（上），赵一凡译，生活·读书·新知三联书店 1993 年版，第 147 页。

格。潘神作为一个文化原型，也被许多作家演绎。综合而论，它们代表了原始力量、性欲、农业文明等等。梭罗在他出版的第一部书《在康科德与梅里马克河上一周》"星期日"篇里写道："在我的万神殿里，畜牧神依然称王，光荣不减当年，这位潘神面色红润，胡须飘动，身上长满了粗毛，手持排箫和弯柄杖，……伟大的潘神并非如过去的谣言所说已死。神皆不死。在新英格兰和古希腊的一切神中，我只对他的神殿礼拜最勤。"① 对于梭罗而言，潘神就是一位自然保护神，庇佑万物，使大自然生机勃勃。

今天，学界评述梭罗以全部的热爱将他的天赋献给了故乡的田野、山脉和河流，并使所有美国人和国外的读者了解它们，对它们感兴趣。笔者认为，让我们感兴趣的除了他笔下的自然风光外，更多的还是梭罗本人以及他的理想生活。爱默生如此描绘梭罗："亨利·梭罗像森林之神，他诱惑漫游的诗人，吸引他进入广大的洞窟和空旷的沙漠，使他失去记忆力，全身赤裸，把藤蔓和枝桠编成辫绳放在他手中。"② 在爱默生的描述里，我们见到地简直就是一位复活的潘神。梭罗的生活始终依傍着康科德的河流，从它的发源地到它最终汇入梅里麦克河处，他全都熟悉。河两岸的森林也是他投注精力最多的去处，他可以连续几个寒暑夜以继日地观察林中的一棵树的成长变化。对他来说，与之相处最愉悦自然的人竟然不是超验主义俱乐部的成员，而是和他一起谈论收成和捕鱼的农夫和渔夫。

梭罗用实践去践行人与自然和谐相处。较之爱默生，梭罗更在乎的是去践行而不是单纯地表述自然中孕育的神性。他立志去实践真理：

---

① ［美］梭罗著，罗伯特·塞尔编：《梭罗集》（上），陈凯等译，生活·读书·新知三联书店1996年版，第56—57页。

② ［美］爱默生著，勃里斯·佩里编：《爱默生日记精华》，倪庆饩译，东方出版社2008年版，第108页。

我必须承认，若问我对于社会有了什么作为，对于人类我已经送了什么佳音，我实在寒酸得很。无疑我的寒酸不是没有原因的，我的无所建树也并非没有理由。我就在想望着把我的生命的财富献给人们，真正地给他们最珍贵的礼物。我含蕴着，并养育着珍珠，直到它的完美之时。①

以上是梭罗 1844 年所写的日记。在这篇日记里，梭罗就下定决心去瓦尔登湖畔独居。对他而言，去瓦尔登湖不是逃避社会的隐居生活，而是身体力行地践行他的超验主义人生信念。"我含蕴着，并养育着珍珠，直到它的完美之时。"这句话值得让人反复咀嚼。对于有圣经阅读经验的读者而言，"珍珠"并不是陌生的。在新约《马太福音》提及"珍珠之喻"的地方共两处：其一是嘱咐基督教徒不要将珍珠丢在猪前，恐怕它们践踏了珍珠还转过来咬人。其二是说天国有买卖人寻找好珍珠，遇见一颗重价的珍珠，就去变卖他一切所有的，买了这颗珍珠。传统的圣经学家将福音书中的"珍珠"阐释为"道"，强调为了寻获这颗珍珠而牺牲一切都是值得的。应该说，梭罗和有圣经阅读经验的读者对新约里珍珠原型的象征意蕴是熟悉的。在这里，梭罗以珍珠来象征瓦尔登湖，似乎是突兀的，但又是熟悉的。它与新约里的珍珠构成对照，很好的表现了梭罗的心境：他相信自己的所为是给人类的最珍贵的礼物。他将自己用行动和笔墨所塑造瓦尔登湖的过程比作是在贝壳中孕育出珍珠。于是，梭罗的谦卑形象也得到了改观，我们见到的是一个真诚、自信且满怀激情的梭罗。笔者认为，这可以视为是潘神终于要前往自己的神殿，去聆听大自然的启示。

可贵的是，梭罗这位潘神复活在他自己的时代。梭罗笔下的瓦尔登湖即是康科德的湖泊，但又不仅是一个真实的地方，还是文学的创造，是一个虚构的潘神的王国。梭罗没有像 19 世纪以来

---

① ［美］梭罗：《瓦尔登湖·译序》，徐迟译，上海译文出版社 2009 年版，第 3 页。

的许多浪漫主义作家一样，沉浸在精神的幻想世界里，从而把文学同现实生活割裂开来。在《瓦尔登湖》里，他详细记载了日常生活的收支状况。钱满素认为，这些账单的意义就在于它们是重要的实证，缺了它们，梭罗的理论就会泛而无据了。笔者认为，这些记载还体现了梭罗对生活的态度。在他看来，除了文字以外，生活本身也是一种表述。梭罗立志用自己的生活经历去启示读者。我们在初读梭罗的散文时，会产生是在记流水账的疑惑；但细细品读后，我们将发现其思想的发人深省。按照梭罗的说法，如果一个人能满足于基本的生活所需，其实每年只需工作六个星期。梭罗自己乐意通过体力劳动来赚钱——如造一只小船或是一道篱笆，测量，种植，接枝，或是别的短期工作。这种生活方式启发人不至于迷失在自己制造的种种需求中，从而拥有真正高质量，有利于身心的生活。对当时的美国社会而言，他的生活实践无疑提供了一条解决社会矛盾的思路。

"文章有神，不在遇合。"① 梭罗的《瓦尔登湖》出版后，并未引起多大的关注。今天，我们把梭罗的瓦尔登湖视为西方文化中归返自然的情结沉淀，是追求自然生活状态的象征。梭罗说："我们需要旷野来营养，……要求大陆和海洋永远地狂野，未经勘察，也无人测探……我们需要看到我们突破自己的限度，需要在一些我们从未漂泊过的牧场上自由地生活。"② 可见，这位复活的潘神的志向远不止是瓦尔登湖。

（三）阿尔科特：福音的传布者

阿尔科特给我们留下的，被谈论最多的散文是《与孩子们谈"福音书"》。他本人不像《传道书》的作者，他没有感叹"一切都是虚空"。相反，他正是以乐观的态度宣讲和传播他所洞悉的

---

① （明）张傅著，殷孟伦注：《汉魏六朝百三家集题辞注》，中华书局出版社 2003 年版，第 146 页。

② ［美］梭罗著，罗伯特·塞尔编：《梭罗集》（上），陈凯等译，生活·读书·新知三联书店 1996 年版，第 567 页。

福音。他的福音不是告诉人们天国近了，而是呼告以正确的教育方法去帮助人发掘自身的潜力，达到至上的精神王国。

纵观阿尔科特的一生，他都致力于教育。他始终坚持着自己的信念："教育本质上是个人圣体拥有神圣使命的个人自我实现的过程，是寻求个人独特本性的最高表现的过程。"① 他对教育的认识在当时是绝对超前的。当时通行的教育方法是让学生记忆和背诵。这种教育所依据的哲学基础是约翰·洛克（John Locke，1632—1704）在《人类理解论》（*Essay Concerning Human Understanding*，1690）中提出的"白板论"（theory of tabula rasa），即认为人的心灵原来好比一块白板，上面没有任何记号，任何观念，只是由于后天的经验，才在这块白板上留下了印迹，亦即外界事物对人的感官所引起的作用，而把自己的标记，形象和名称刻在人脑的这块白板上。② 这种教育理念在人类文明史和教育史中发挥了它的积极意义。到了 19 世纪，许多学者开始质疑它的正确性，分析它所带来的恶果。阿尔科特说："儿童对于真理具有一种直觉知识，因此需要引导，而不是灌输。"③ 这也是超验主义思想的核心内容。很难想象在很大程度上依靠自学成才的阿尔科特对教育有这样独到的认识。

可贵的是，阿尔科特不仅坚持了自己的教育理念，而且积极地将其付诸实践。阿尔科特的教育实践被《与孩子们谈"福音书"》所记载。这本书的出版在当时引起了轩然大波，著名的评论家安德鲁斯·诺顿称这本书："三分之一是荒诞不经，三分之一是亵渎神明，三分之一是污秽下流。"④ 最终，这本书没有装订

---

① ［美］劳伦斯、A. 克雷明：《美国教育史：建国初期的历程（1783—1876）》，洪成文等译，北京师范大学出版社 2002 年版，第 87 页。

② ［英］洛克：《人类理解论》，关文运译，商务印书馆 1983 年版，第 67 页。

③ ［美］劳伦斯、A. 克雷明：《美国教育史：建国初期的历程（1783—1876）》，洪成文等译，北京师范大学出版社 2002 年版，第 88 页。

④ ［美］沃侬·路易·帕灵顿：《美国思想史：1620—1920》，陈永国、李增、郭乙瑶译，吉林人民出版社 2002 年版，第 445 页。

就作为废纸卖给了旅行箱制造商。究竟是怎样的一本书让诺顿以如此激烈的言辞去批判？这本书由阿尔科特和孩子们的对话构成。阿尔科特为组织自己的对话而选取了福音书的章节作为文本，然后叙述自己和孩子们的对话，并以此形成关于耶稣生平的纪年式叙述。这样一来，《与孩子们谈"福音书"》无疑会与新约的四部福音书构成对照。在对照里，一切都一目了然：孩子自己对福音书的理解，孩子如何看待各种信仰问题，孩子对天堂的理解等等。阿尔科特的目的是让人看到神在儿童心灵中的启示。

阿尔科特教育实践的失败并没有使他失去斗志，他又成为"布鲁克农场"和"花园果地"运动的主要倡导者。与阿尔科特同时代的人都把他看成是疯癫的人物。他独特的改革理念和改革方法让他成为超验主义文人中受到攻击最多的一个，也几乎是最为穷困潦倒的一个。笔者认为，从理想与现实的脱节、高尚动机与无益效果相矛盾的视角去分析，阿尔科特确实是堂吉诃德式的人物。一方面，他似乎脱离实际，丧失了起码的生活嗅觉，在养家糊口方面毫无能力；同时又是一个理想主义者，他关心社会正义，并且竭尽全力地去救世济人、主持正义、消除罪恶。另一方面，他的行为都是出于善良高尚的动机，但是效果常常出人意表。不过，堂吉诃德的理想是对逝去的美好的悼念，阿尔科特却是超越了他的时代，走在了时代的前列。所以，他的许多观点在当时得不到同代人的理解和重视，保守派批评家总是贬低他。也正因为这样，他的散文常常带给我们现代感。难怪今天的评论家芭芭拉·L. 派克（Barbara L. Parker）在《剑桥美国文学史》中评价，《与孩子们谈"福音书"》的文风如同是由一个荒诞派剧作家写成的。

（四）玛格丽特·富勒：马大和马利亚的合一

《路加福音》第10章第38—42节叙述：耶稣来到一个村庄，有个叫马大的女人将他接到家中，马大一直忙碌着伺候耶稣，而她的妹妹马利亚则坐在耶稣的脚前聆听他讲道。马大向耶稣抱怨马利亚没有帮她，耶稣却对马大说："马大！马大！你为许多的事思虑烦扰，但是不可少的只有一件；马利亚已经选择那上好的福分，是不能夺去的。"① 这个故事被诸多神学家诠释为行为生活与灵性生活的比较权衡：马大代表行为生活，玛利亚则代表灵性生活，然而耶稣更认可灵性生活的重要性。在他们看来，马大的无知在于她不知道在自身所过的生活之外还有更好的生活，即灵性生活。笔者认为，玛格丽特·富勒是一个忙碌于现世生活又能完美地兼顾到灵性生活的超验主义者，可谓是马大和马利亚的合一。

玛格丽特·富勒在马萨诸塞州剑桥市出生成长。作为虔诚的清教徒后裔，她极度追求一种内在的生活。在灵性生活方面，富勒从来不吝于将激情投注到她感兴趣的书籍和思潮中，从未将自己的探索局限于传统所赋予女性的范畴内。她广泛地阅读，精通古典和现代文学，同时代的许多超验主义者都受到过她在读书方面的引导和启示。②

在行为生活方面，她从未停止实践和战斗。她是美国第一位引人瞩目的职业女记者，在担任《纽约论坛报》（New York Tribune）常驻华盛顿记者时写下了影响力巨大的书评和社会问题报告。她还是美国第一位派驻海外的女记者，辗转于伦敦、巴黎、佛罗伦萨等地进行新闻采访。值得强调的是，她所关注的都是敏感激烈的社会问题，如女囚犯，城市贫民的状况以及精神病患者的待遇问题等。她是一位杰出的散文家。《十九世纪的妇女》（Woman in the Nineteenth century，1844）是她最重要的著作，最初刊登在超验主义期刊《日晷》上。在这部书中，她频频运用民主和超验主义的原则，她把爱默生式的自立理论转化为行动的动力，号召妇女们要自尊，学会自助。她还深入地分析性别歧视的诸多微妙原

---

① 《新约圣经并排版》，上海中国基督教三自爱国运动委员会，中国基督教协会 2005 年版，第 202 页。

② Elaine Showalter，"Feminist Foremother"，Wilson Quarterly，Vol. 25，No. 1，2001，p. 17.

因及其恶果，并建议采取积极的步骤加以纠正。她认为，女性缺乏自立的原因在于女人从小被教育接受外界强加给她们的规则，而缺乏独立思考的自主性。应该说，这种思想具有惊人的现代性。西蒙娜·德·波伏娃（Simone de Beauvoir，1908—1986）《第二性》（*Le Deuxième Sexe*，1949）的某些观点可以看成是对富勒思想的进一步发挥。从根本上看来，与其说富勒是一名女权主义者，不如说她是一名社会活动家和改革家。她宣告：让我们明智行事，不要阻碍灵魂，让我们拥有同样的创造力，……让它自由地选择形式，让我们不要以过去羁绊它，不论是男人还是女人，黑人还是白人。① 她在波士顿开办"恳谈会"以推动了女权运动，她支持阿尔科特的教育改革，支持布鲁克农场和花园果地运动，同情并支持废奴运动，还亲身投入到罗马的革命中。

沃伦·帕灵顿认为，富勒消失在了富勒的个人传奇之中，以至于后代人低估了她的影响力，也贬低了她作品的价值。为什么会这样呢？一般来说，评论家认为是她的女性身份造成的。研究资料表明，自殖民时代以来直到 19 世纪，美国妇女没有接受正规教育的权利。女性的一切教育都以培养合格本分的家庭主妇为指向，而阅读和写作则被视为是男人的专属权利。② 对于 19 世纪的新英格兰来说，出现玛格丽特·富勒这样的女性是为正统观点所不能容许的。她所思考的问题和涉足的领域都远远超越了以往和同时代的女性，甚至也超出了部分男性的理解力。霍桑，以及超验主义文人集团中的克拉克都曾公开批判富勒，认为她的思想和行为逾越了她的女性身份所规定的范围。如果依照圣经，所有过灵性生活的人都可通过玛利亚去认识，都效法她的生活；所有行为积极的人都可透过马大来认识，都师承她的作

---

① Fuller Margaret, *Woman in the Nineteenth Century*, New York：W. W. Norton&Company, 1971，p. 69.

② 李剑鸣：《美国的奠基时代：1585—1775》，载刘绪贻、杨生茂总主编《美国通史》（第一卷），人民出版社 2002 年版，第 400—405 页。

风。那么，富勒的生活和她的散文文本则启发我们以极大的热情去兼顾两者：无论在哪个时代，这两种生活都是基本不可缺的，它们互相结合起来，才构成了有关个人生活和社会生活的一个崇高准则。

二 两者融合的艺术表现

超验主义散文的世俗性与劝诫性的融合也表现在他们具体的散文写作策略上。本节以新约使徒书信（epistle）为借镜，说明部分超验主义书信在思想内容和艺术特征方面融合了世俗性与劝诫性的特征。此外，笔者还将重点分析超验主义散文中箴言的悖论色彩，并说明它与禅宗公案里的机锋具有可比性。

（一）与新约使徒书信的比参

从实用的角度讲，书信是一种应用文体，是写信人向收信人传达信息。然而，人们写作书信时亦会注重情感的表达，语言的选择以及修辞手法的运用。于是，许多书信就突破了实用性文章的范围，显示出艺术审美的态势。结合中外文学史，许多书信都是实用性和审美性相融合的杰作。阿道夫·戴斯曼（Adolf Deissmann，1866—1937）在研究新约使徒书信时专门分析了信函（letter）与书信的区别。他特别指出："书信与信函不同，它是一种富有艺术性的文学形式或是写给大众的一种文学作品。"[①] 研究者认为，新约使徒书信不是隐退在学者的书房中写出的兼有学术性的作品，而是由使徒们从心里发出的富有生命活力的语言倾注而成的。[②] 笔者认为，超验主义书信是考察超验主义思想的重要文献资料，其价值即使单从文学艺术层面去分析也不容忽视。如爱默生与卡莱尔的书信，梭罗与哈里森·布莱克的书信以及超验主义

---

① ［加］戈登·菲、［美］斯图尔特：《圣经导读》，魏启源等译，北京大学出版社2005 年版，第 36 页。

② ［英］巴克莱：《新约圣经注释》（下卷），北京中国基督教三自爱国运动委员会，中国基督教协会 1998 年版，第 1363 页。

文人之间的书信都已作为经典散文集出版。

新约使徒书信并非是属于私人文本，其创作目的是为了发表或者至少是在公开场合宣读的。笔者认为，除去部分私密信件外，超验主义书信同样突破了私人文本的拘囿，具有公开性。尽管超验主义书信的收信人是特定的某人，但实际上这些书信中的一部分都在超验主义文人集团内部，以及相关朋友圈传阅过。爱默生的日记记载了他要创作《超灵》一文，向富勒借阅了里普利给她写的一封书信。此外，爱默生还阅读了梭罗写给布莱克的部分书信，称梭罗是个好医生。超验主义文人也不忌讳谈论自己将信转给他人阅读的情况，并向写信人转述他人阅读后的感受和评论。惠特曼还将爱默生写给他的信附在《草叶集》的第二版上公开发表，爱默生本人，梭罗以及其他人对此都未提出异议。

我们知道，使徒书信的主要目的是为了阐发某些教义，因此写作人会暂时脱离书信文体的限制，花大量的笔墨去进行阐释某个教义。这样一来，书信主体部分成为对一系列问题的解释。就内容而言，部分超验主义书信的主体部分也常常是围绕这样的一些观点展开：讨论某一哲学思想，评价某一作品的价值，批判某一社会陋习，阐发自己的阅读心得等等。所以，尽管超验主义书信遵循了书信的基本结构：引言即寒暄语问候；书信主体；结尾即问候或祷告。但是，除去引言和结尾，书信的主体部分完全可以视为一篇论说散文。值得一提的是，梭罗于1852年9月写给布莱克的第十一封信附有两篇附录：其一题为"爱情"，其二题为"纯洁与性欲"。这两篇完全可视为完整的论说散文。

如果讨论劝诫性，使徒书信写得严肃且重在神学性或道德性的劝诫，那超验主义书信的劝诫性则重在"勉"上。爱默生给卡莱尔写信是为了给自己寻找一位精神上的导师。他在1834年5月14日给卡莱尔的第一封信上写道："大约在两年前，机缘巧合，我偶然得知您的大名……我视他（笔者注：指卡莱尔）导师之一，所以我怀着深挚的敬意前去拜见他本人并了解克莱跟普托克——他会说那是他所处的环境。"① 从他们长达三十八年的通信经历看，他们始终是处于平等的地位。所以，爱默生和卡莱尔之间的书信往来是互相勉励的过程。我们再来分析梭罗与布莱克之间的书信往来。布莱克视梭罗为精神上的导师。布莱克自认为在情感上和精神上缺少准备，无法独自完成人生的朝圣之旅，所以他寻找到梭罗，视其为一位向导。然而，梭罗何尝不是在与布莱克的通信中确信了自己一直寻找的精神家园呢？在布莱克写给梭罗的第一封，也是唯一留下来的那封信里，他坦言：

> 如果我的理解正确，你人生的意义就在于：你要将自己同社会分离开来，同习惯、风俗、传统的牵累分离开来，由此你能和上帝同在，过上清新的、简单的生活。你不想用旧瓶装新酒，你要的是里外全新的生活。②

我们可以这样理解：正是布莱克认为简单的生活能让人和上帝更亲近，所以，他相信梭罗也是希望以这种方式去开始崭新的生活。这封信写于 1848 年 3 月，此时的梭罗还籍籍无名，但布莱克就认定他是可以给自己当作向导的人。对梭罗而言，这种信任无疑是极大的鼓励。梭罗在书信中也直言：

> 似乎我看见的映像或思想从我身上反射到你身上，然后我又看见它从你反射到我，因为我们彼此站的角度正合适；它就这样曲折地行进，经过无数次的反射面，直到完全耗散，……我们需要的平台很小，这样我们可以互相激发，在

---

① [英] 托马斯·卡莱尔、[美] R. W. 爱默生：《卡莱尔、爱默生通信集》，李静滢等译，广西师范大学出版社 2008 年版，第 9—10 页。
② [美] 亨利·戴维·梭罗：《寻找精神家园》，方碧霞译，外语教学与研究出版社 2010 年版，第 5 页。

那里建筑我们云端的城堡，想要看到头顶的天空。①

由此可见，他们长达十三年的通信是相互启示，相互勉励。梭罗还因为自己在书信中的言辞有训诫意味而向布莱克道歉，特别指出自己信中的"你"并不总是指代的布莱克，而是全部的人，也包括自己。

一般来说，书信是在特定环境中产生的，与发信人和收信人两者的生活密切相关。这样一来，书信必然会或多或少地涉及世俗生活。接下来，笔者将以新约使徒书信为借镜，分析世俗生活在超验主义书信中所具有的角色功能。

第一，书信主体信息的构成部分。新约使徒书信也不尽是对神学教义的阐释，如保罗书信中也有不少叙述旅途见闻的。使徒书信中还涉及如何处理个人生活的诸多问题。譬如，在《哥林多前书》中专门论述了婚姻问题、未婚和寡居的问题、基督徒在店铺里购买东西，受邀赴宴等日常生活事宜。超验主义散文中关于世俗生活的信息也有很多。我们以爱默生写给卡莱尔的书信为例加以说明。爱默生告知卡莱尔的自己的生活，包括兄弟的逝世，自己的婚事，儿子的可爱甚至还有自己的消化不良等等。譬如，爱默生告诉卡莱尔："我女儿是最温柔最优雅的小东西，总是昂着头在屋里爬来爬去。儿子有一双深邃的蓝色大眼睛，我累了时看看他的眼睛，就会感到愉快。"② 这些内容让我们在理解作者的形而上的思想和厘清作者的逻辑推演过程时，看到了一幅幅生机盎然的画面。

第二，书信的附注内容。我们注意到，在使徒书信中也有一些私人的便条和消息。可见，即使是神学性和道德性鲜明的书信

---

① ［美］亨利·戴维·梭罗：《寻找精神家园》，方碧霞译，外语教学与研究出版社2010年版，第97页。

② ［英］托马斯·卡莱尔、［美］R. W. 爱默生：《卡莱尔、爱默生通信集》，李静滢等译，广西师范大学出版社2008年版，第192页。

文体也具有普通书信所具有的临时性的特征。爱默生的书信中也常常附有便条。它们常常与信的主体部分无关,涉及的最多的是转达他人对收信人的问候,或者是向收信人介绍他人的情况,或者是介绍某一作品的出版状况,或者是絮叨一下自己的收支状况,以及和收件人之间的财务状况。笔者认为,这些附注常常也是文采斐然的。譬如,"和往年这个季节一样,我这个积习难改、高谈阔论的美国佬又在写演说词,准备九天后讲给我们乡间一所学院的年轻学生"。① 这一附注所提及的演说词正是爱默生著名的《对神学院毕业班的演说》。这句话本来可以简单地陈述事实,但作者也用自嘲的口气挪揄自己,显得别有趣味! 这一点在梭罗、富勒、里普利等超验主义文人的书信中都有例证。值得一提的例子是,爱默生 1839 年 4 月 25 日给卡莱尔的书信中,附有一张图表。图表是关于卡莱尔《法国大革命》成本与销售的清单。笔者认为,这一附注反映了写信时特定的情境。如果我们将它们和信作为一个整体来看待和分析,它们生动地再现了当事人的真实生活。

第三,思想观点阐释的例证和依据。圣经研究者认为使徒在书信中论述和强调的观点常常是重要而高深的思想,但使徒将这些问题提出来,所用的例证却是日常生活中的寻常事例。② 在超验主义书信中,作者也通常能从生活实例中总结出自己的观点。这样一来,部分世俗生活的叙述常常不是作者的直接目的,而是服务于作家的某一论述。

笔者认为,超验主义书信与中国古代书信散文的文类特征相似。书信是我国古代散文写作中尤为重要的文类,又细分为许多次级文体,都以散文样式为躯壳。"一曰书,书有辞命、议论二

---

① [英] 托马斯·卡莱尔、[美] R. W. 爱默生:《卡莱尔、爱默生通信集》,李静滢等译,广西师范大学出版社 2008 年版,第 67 页。

② Morton Scott Enslin, *The Literature of the Christian Movement*, New York: Harper and Row, 1938, p. 214.

体。二曰奏记。二者并用散文。三曰启，启有古体，有俗体。四曰简，简用散文，五曰状，状用俪语。六曰疏，疏用散文。"① 中国古代文人十分重视书信的写作，他们常通过书信来抒怀言志，即使是朋友间的私人书信也一般不拘囿于日常事务以及私密的情感。这些书信表面上看是写给某个特定读者的，但实际上都是可以向外传播的，文人文集收录中书信占有重大的比例。此外，文人之间还相互写信以探讨某些文学问题，如司马迁的《报任安书》，苏轼的《与谢民师推官书》，顾炎武的《与叶切庵书》以及姚鼐的《复鲁絜非书》等等。这些书信都是重要的一种文学理论批评样式，提出了中国文学史上重要的文学创作理论。

（二）箴言的悖论色彩与机锋

圣经研究者认为：我们从来就没有在我们自己的生活中，或者在观察别人生活的时候穷尽过圣经箴言所表达的真理。② 究其原因，箴言所具有的悖论色彩是阻挠我们的一大障碍。圣经箴言的悖论色彩促使我们不断从世俗生活里探寻真理，又不断将劝诫性教诲运用于世俗生活中检验，从而赋予了这些箴言以永恒的价值。超验主义散文中的一些箴言，在形式和内容上与圣经新约中的箴言十分相近。比起新约箴言，它们的容量更大，道德教训已不再是作品唯一的写作目的了，取而代之的是对人性善恶、人的心理、历史命运等主题的全面思考。本节以圣经新约为借镜，分析超验主义散文中箴言的悖论色彩，并将它与佛家所讲的"机锋"进行比较。

箴言的悖论之一：题材和内在的悖论。它们表面上似乎在说一个日常生活的事实，很容易理解；而它们的内涵却常常涉及生

---

① （明）吴纳、徐师曾著，于北山、罗根泽校点，郭绍虞主编：《文章辨体序说　文体明辨序说》，人民文学出版社1962年版，第78页。

② ［美］利兰·莱肯：《圣经文学导论》，黄宗英译，北京大学出版社2007年版，第414页。

命中最重要的问题。"在死亡中我们有了生命。"① 这句箴言从字面上分析是在叙述一个自然规律。仔细分析其含义，我们发现它的主题远不止讲述一个关于生长和死亡的自然规律，还可以多维度的阐释，无限拓展。这里的"我们有了生命"可以从基督宗教神学的角度去诠释，代表着获得了灵性的再生。于是，这句箴言就有了神学意味，可以理解为人对神的皈依和膜拜。

箴言的悖论之二：既表达特殊的意思又表达笼统的意义，即具有具体性又带有普遍意义。"国王或征服者并不行走在军队的最前列。"② 梭罗在探讨人的个性时写下这句箴言。就梭罗所探讨的问题而言，它说明了真正高贵和深沉的个性并不在于显山露水。就这句箴言本身来分析，它带有具体的意象，是对一个简单事实的陈述，但这则箴言并不是在写国王或征服者在军队中所排列的位次，是在利用这个特殊的意象来影射一个道理。从哲学层面分析，它反映了事物的表面现象与实质之间的矛盾。这正如中国古人所言："有声之声不过百里，无声之声延及四海。故禄过其功者削，名过其实者损，情行合而名副之，祸福不虚至矣。"③ 从世俗教导层面来看，警示做人不能贪图名誉，也不要招摇过市。此外，我们还能根据自己的生活经历将这句箴言进一步延伸，得出自己的见解。

箴言的悖论之三：箴言话语的矛盾对立。这是新约箴言的一个显著特色。耶稣的箴言常常如此，耶稣说："凡要救自己生命的，必丧掉生命"④（马太福音 16：25）；"有许多在前面的，将要在后；在后的，将要在前"⑤（马可福音 10：31）。超验主义散

---

① ［美］梭罗：《梭罗日记》，朱子仪译，北京十月文艺出版社 2005 年版，第 22 页。

② Henry David Thoreau, *Journal*, *Vol.* 1: 1832—1844, Princeton: Princeton University Press, 1981, p. 157.

③ （汉）韩婴撰，许维遹校释：《韩诗外传集释》，中华书局 2009 年版，第 24 页。

④ 《新约圣经并排版》，上海中国基督教三自爱国运动委员会，中国基督教协会 2005 年版，第 50 页。

⑤ 同上书，第 130 页。

文中的箴言也有这样的特点。比如：爱默生在《美国学者》的演说词中说："危险总是越躲越险，恐惧也是越怕越厉害。"① 梭罗在《瓦尔登湖》"结束语"中说："你最富的时候，生活看起来最穷。"② 按照日常生活的经验，人们都会避开危险和恐惧，但爱默生却认为躲藏会使危险和恐惧加重。同样，富裕的人怎么会生活得贫穷呢？这样的矛盾说法促使人去思考为什么，从而调动了读者的主动性。

　　超验主义散文中具有悖论色彩的箴言除了与圣经新约的箴言有相似性外，还与佛教禅宗中的"机峰"具有可比性。佛教禅宗视问答辩论为参禅的重要法门。在古代禅林之中，总是预先设置一个问题，然而就这个问题展开一系列的回答、对话和辩论。这种具有开放性的问题也就有了专门的名称，即禅宗公案。在对公案的解答过程中，思维的碰撞促成了一些特别的话语。这些话语常常无迹可寻，具有非逻辑性，但又寄意深刻，发人深省。我们称这样的话语为机峰："机，指受教法所激发而活动的心之作用，或指契合真理之关键、机宜；锋，指活用禅机之敏锐状态。"③ 笔者认为，超验主义散文的箴言与机峰的言语构成机制与表达效果具有相似性。两者都意图用似是而非的话语表达体悟境界。《五灯会元》卷二记录唐代嵩山慧安禅师赞叹弟子堕和尚："此子会尽物我一如。可谓如朗月处空，无不见者。难搆伊语脉。"④ 这就说明，得道的禅师也不能把微妙的道理用直白的言语表述出来，相反越是蕴涵深意的言语越是难以理解。同样，机峰也常选用极为平常普通的生活常识或者具体事件来说明深刻的道理。譬如，在解答"祖师西来意"的公案中，禅师回答："钵里盛饭，镇里盛羹。"也说：

---

① ［美］爱默生著，波尔泰编：《爱默生集》（上），赵一凡译，生活·读书·新知三联书店 1993 年版，第 77 页。

② ［美］梭罗著，罗伯特·塞尔：《梭罗集》（下），陈凯等译，生活·读书·新知三联书店 1996 年版，第 655 页。

③ 丁福保编：《佛学大辞典》，上海书店出版社 1991 年版，第 351—363 页。

④ （宋）普济著，苏渊雷点校：《五灯会元》（上册），中华书局 1984 年版，第 326 页。

"饥则食，饱则休。"① 为什么超验主义散文的箴言和禅宗的机峰都用具有悖论色彩的语言来表达思想呢？主要原因有二：

第一，其思想内涵具有不确定性，可以多维度的阐释，无限拓展。就如以上所举例："在死亡中我们有了生命。"读者的人生经历不同，所理解的含义必然有差异。一个博物学的爱好者从中总结自然界的生长奥秘，一个神秘主义者从中体悟了灵性的力量，一个虔诚的信徒从中窥见了彼岸的信息，一个革命者还可以从中感受视死如归的勇气。禅宗的公案常常用来考察一个人的悟道情况，对于某个机锋的理解，不同的人有不同的答案，几乎没有人可以参透，但可以从中知晓一个人的造化。值得一提的是，机峰的似是而非反映了事物，尤其是"道"的本质。这也是禅宗与道家思想的共通处："道可道，非常道；名可名，非常名。"②相反，如临济义玄大师所言："设求得者皆是文字胜相。终不得他活祖意。"③ 这即是说，如果拘泥于逐字逐句地解读，就不能体悟机峰的高明之处。

第二，让人感到耳目一新，可视为一种挑战人们思维习惯的理解方式。语言表达受人类现有的知识经验和思维方式制约，它的表达功能是有限度的。通常的语言符合人们的思维定式，不能促使人们深入思考，没有直指人心的力量。禅宗公案里，机锋常常是采用不合乎理性与逻辑的表达方式。《坛经》上记载了著名的"风动还是幡动"的公案。当时，印宗大师宣讲大涅槃经。这时有风吹动幡旗，幡旗随风而动。坛下僧人就究竟是风动还是幡动各执一方，议论不已。这时慧能提出："不是风动，不是幡动，仁者心动。"④ 这一机峰从字面理解是不合逻辑的，但正是这看似荒唐的一句话恰恰冲破了人的思维定式，指明要明心见性，不能

---

① （宋）普济著，苏渊雷点校：《五灯会元》（上册），中华书局 1984 年版，第854 页。

② 陈鼓应：《老子注译及评介》，中华书局 2009 年版，第 53 页。

③ （宋）赜藏主编：《古尊宿语录》，上海古籍出版社 1991 年版，第 39 页。

④ （唐）慧能著，孙英、吕岗译评：《坛经》，吉林文史出版社 2010 年版，第 34 页。

为"相"所迷惑，从而为参禅者提供了顿悟的机缘。对于超验主义散文而言，具有悖论色彩的箴言实际上不仅仅是一种修辞手法，它们本身也含有大胆开拓的勇气和锐意求新的超验主义精神。从美国思想史的角度看，超验主义运动本身就是思想解放运动，超验主义文人在写作中致力于推翻人们传统的思维方式。从创作此类箴言的精神内涵溯源，其和圣经新约的作者有相通之处。从基督宗教的神学历史看，耶稣就是一个改革者。应该说，几乎所有的宗教经文都企图摆脱惯常的言辞概念和思维程式束缚，鼓励人们去洞察人心性的奥秘，去发现和开掘新的精神领域。笔者认为，这也是超验主义者倾向于阅读各种宗教经文，高频援引宗教箴言的重要原因之一。

（三）没有历史，只有传记

"没有历史，只有传记"语出爱默生随笔《历史》。这句话也经常被援引，并成为后世学者继续阐发的基点。爱默生在《历史》中继而详释：

> 每一个心灵必须亲自汲取全部教训——必须重温全部课题。凡是它没有看见的，凡是它没有经历的，它就不会知道。为了便于掌握，以前的时代已经把一些东西概括成一个公式或一条法则，可是那条法则被一堵墙阻隔着，每个心灵就没有机会亲自加以检验，从中获得益处。①

笔者认为，这句话可以用来概括超验主义的历史观，也可以用来理解超验主义的文学观。梭罗说："在写作中，我们通常很容易忽略：归根到底，发言人总是第一人称。"② 可见，超验主义

---

① ［美］爱默生著，波尔泰编：《爱默生集》（上），赵一凡译，生活·读书·新知三联书店1993年版，第260页。

② ［美］梭罗著，罗伯特·塞尔编：《梭罗集》（上），陈凯等译，生活·读书·新知三联书店1996年版，第361页。

文人所提出的传记并非是严格意义上的传记作品。在他们看来，所有的文学作品都可以视为传记，即使不是替他人做传，也是作者的自传。

超验主义认为，传统的历史代表的是权威、模式还有衰老。它具有警戒后世的功能，但更多的是束缚着人的自由和发展。这可以从他们的散文论述里得到印证。爱默生用"记录自私与骄傲的陈旧年表"① 来指代历史。阿尔科特的《与孩子们谈"福音书"》就是要通过与孩子们的对话来消解长期以来束缚人们心灵的基督教历史观。

"没有历史，只有传记"就是用传记来代替历史的警世功能，强调的是个人体验的价值。超验主义者认为，一切历史都是主观的，我们总是在私人经历中提出价值判断，并且就地加以证实。笔者认为，这种重视对人的经历的价值的看法符合人认识论。一个人总是会对目睹、亲身经历的事件有深刻印象。这在文学作品中得到印证。麦克白在第一幕第七场就知道："要是这一刀砍下去，就可以完成一切，……可是在这种事情上，我们往往逃不过现世的裁判，我们树立下流血的榜样，教会别人杀人，结果反而自己被人所杀；把毒药投入酒杯的人，结果也会自己饮鸩而死，这是一丝不爽的报应。"② 可是，麦克白还是义无反顾地走向了人生的第五幕悲剧。可见，没有经历的体验具有虚幻性和不确定性，因而容易让人忽略，经历过的体验因其真实性而让人确信。"历史学家不可能分享他叙事中人物在做所述之事时的那种情感热度。"③ 以个人经历作为警示后世的原始材料，这种做法我们可以追溯到圣经。新约《使徒行传》就是通过叙述使徒的生活片段

---

① ［美］爱默生著，波尔泰编：《爱默生集》（上），赵一凡译，生活·读书·新知三联书店 1993 年版，第 279 页。

② ［英］莎士比亚：《莎士比亚全集·悲剧卷》，朱生豪译，上海译文出版社 1999 年版，第 131 页。

③ ［英］柯林伍德：《历史的观念》（增补版），何兆武等译，北京大学出版社 2010 年版，第 432 页。

来证明上帝的荣耀以及信认主的必要。

作为传记作家首先考虑的是为谁做传？传主的选择在一定程度上反映了传记作家的价值观问题。譬如，我们常常通过《史记》的传主选择来分析司马迁的历史进步性。毕晓普·伯内特在1682 年写道："历史的任何部分都没有那些伟大而高尚的人物的传记更有教育意义和令人愉快。"① 这种观点得到了许多学者的认同。我们知道，卡莱尔是对超验主义运动有过重大影响的作家。他创作了《英雄与英雄崇拜》（*On Heroes，Hero-Worship and the Heroic in History*，1841）。在这部书里，卡莱尔选择了为六位英雄人物做传，希望通过他们的传记来影响读者，并以此说明整个世界历史的精神就是那些伟人的历史。对此，超验主义文人并不完全赞同。爱默生认为，每个在历史上留下显赫声名的英雄不过是我们的兄长。超验主义文人笔下的传主是整个人类的代表，是全部的人。在超验主义文人看来：一切人都是非凡的。爱默生通过手的寓言提出：在创世阶段，众神才把"人"分成"人群"，以便人更好地照料自己；这好比一只手分成五指之后，手的用处就会更大。② 这说明每个人都是重要的，这也和莱布尼茨（Gottfried Wilhelm Leibniz，1646—1716）哲学体系的核心思想的"单子论"（Monadology）有一定的契合。

超验主义文人认为传记应该选择哪些事件呢？最通常的传记会记载传主的简单生平，当然会重点选择一些生活片段。约翰生（Samuel Johnson，1709—1784）在《漫步者》（*The Rambler*，1750—1752）中提及：传记作家的职责是要稍稍撇开那些带来世俗名利的功业和事迹，去关注家庭的私生活，展现日常生活琐事。而且，有充分的证据表明，即使动机最为纯正的传记作家也总是受

---

① ［英］艾伦·谢尔斯顿：《传记》，李永辉、尚伟译，昆仑出版社 1993 年版，第9 页。

② ［美］爱默生著，波尔泰编：《爱默生集》（上），赵一凡译，生活·读书·新知三联书店 1993 年版，第 55 页。

到天生的好奇心的刺激，无论他们所表达的目的究竟是什么。超验主义文人也会记载和叙述琐细的生活细节，甚至记载人物的只言片语。不过，他们的主要目的是为了展现人的心灵历程。这也表现在超验主义文人对卡莱尔《拼凑的裁缝》（*Sator Resartus*，1833—1834）一书的评价上。《拼凑的裁缝》所展现的人生经历绝不是大多数传记作家所关注的真实，而是重在展现传主的内心挣扎。这本书受到了超验主义文人的赞美，他们称它是作者的心灵自传，也是人类心灵史的写照。

综上所述，"没有历史，只有传记"将一切伟大的事件个人化了，也将一切私人的事实神圣化了。"人文史与自然史，艺术史与文学史都必须从个人的历史来解释，否则就必然是空话。"① 正因为关注和重视个人，历史立即变得鲜活，不再是一本沉闷的书；而传记则变得更为深刻，不再是茶余饭后的谈资。

---

① ［美］爱默生著，波尔泰编：《爱默生集》（上），赵一凡译，生活·读书·新知三联书店 1993 年版，第 265 页。

第三章

与明清散文的比较研究：
创新性与保守性的融合

菲利普·锡德尼（Philip Sidney，1554—1586）在《为诗辩护》（*A Defence of Poesie*，1580—1583）中对文学的创造性有着明确的见解。他认为，一般的学问，从天文、数学、逻辑、修辞到哲学、历史，都是以大自然及其规律为主要对象，必须服从自然。"只有诗人，不屑为这种服从所束缚，为自己的创新气魄所鼓舞。"① 超验主义主张思想创新是学界公认的。应该说，在关于文学的创新性认识上，超验主义者与菲利普·锡德尼的思想一脉相承。

笔者认为，超验主义文人对文学创新性的认识也有创新，他们甚至突破了上帝的藩篱。在此，笔者以"记忆"为切入点展开论证。学界公认超验主义散文的成功与撰写者的博闻强记有关，但散文家自己并不强调记忆的重要性。梭罗在《在康科德与梅里马克河上一周》"星期日"篇中，记叙了英国历史学家托马斯·富勒（Thomas Fuller，1608—1661）。梭罗评价托马斯·富勒生来记忆力极佳，又擅长记忆术，但他并不强调超凡的记忆力是其创作成功的关键。这一点与我国古代文人对写作成功经验的分析不一致。傅汉思在《唐代文人：一部综合传记》中分析，唐代文人

① ［英］菲利普·锡德尼：《为诗辩护》，钱学熙译，人民文学出版社 1961 年版，第10 页。

的传记特别注重文人超凡的记忆力。① 一般说来,不仅是唐代文人,古今中外绝大多数的文苑人物传记都会特别提及传主的记忆力,并将其视为文人成功的一个必要条件。为什么超验主义文人不强调记忆力对写作的重要性呢? 他们有意淡化了记忆的功效,选择了信奉"超灵"。爱默生说:"我每时每刻都被迫承认事件有一种比我称之为我的意志还要高的起源。"② 这种起源就是超灵,它超越宇宙的思想和意志,是万物的源头。如果将超灵置于西方文化传统中分析,超灵即是上帝。据对应理论,超灵对应在人身上就是人的灵魂,它充溢着人的内心。我们先看以下文段:

> 上帝是什么,我们称之为"天意"的这种作用又是什么,等等,我因为无法说出正确的回答而痛苦。现成的答案是:它存在,它在场,对你,对我至高无上……③(《爱默生日记》1842 年 9 月)
>
> 上帝在人的心中建立他的庙宇,而不是在教会和宗教的废墟上。④(《爱默生日记》1846 年 3 月 24 日)

可以说,将上帝放置于一个怎样的位置,是超验主义者解放自我和自我新生的关键所在。如何让高高在上的上帝不再构成对人的压迫呢? 爱默生让上帝住在了人的心里。不可否认的是,爱默生对超灵的这一诠释受到了古希腊哲学"灵魂流溢说"的影响,但爱默生不是为了强调智慧的来源,而是告诫人们遵从内心就可以了解最高的法则。这反映到文学创作中,主张言为心声,

---

① [美]倪豪士编选:《美国学者论唐代文学》,黄宝华等译,上海古籍出版社 1994 年版,第 18—22 页。

② [美]爱默生著,波尔泰编:《爱默生集》(上),赵一凡译,生活·读书·新知三联书店 1993 年版,第 424 页。

③ [美]爱默生著,勃里斯·佩里编:《爱默生日记精华》,倪庆饩译,东方出版社 2008 年版,第 85 页。

④ 同上书,第 99 页。

书写真正属于自己、具有个性和新意的文学。这在超验主义文人集团中达成了共识。

纵观中国古代散文史，普遍认为存在着三个高峰：先秦诸子散文，唐宋散文和明清散文。其中，唐宋散文创作被认为已经达到极盛。但是，我们并不能据此认定后世散文不再有新的发展。实际上，明清时期，资本主义萌芽的个性解放以及陆王心学的影响促成了明清散文的新兴。侯外庐在《中国近代启蒙思想史》中论证："中国启蒙思想开始于十六七世纪之前，这正是'天崩地裂'的时代，思想家们在这个时代富有别开生面的批判。"① 因此，明清文学在一定程度上可以视为是中外文学融合之后而实现的汉语表达。就明清散文而论，作家、作品及流派的众多，远非唐宋所能比。单就明代而言，台阁体、前后七子、唐宋派、公安派、竟陵派等竞相出现，尽管他们各有得失，但其与时俱进，推进散文的革新和发展的创新精神是可贵的。值得一提的是，在清代桐城派之前，没有哪一个流派有与之相比的创作实践和体系化的散文理论。不可否认的是，至明清时期形成了比较完备的诗文理论"性灵说"。何谓性灵？性灵一词很早就出现于我国古代文论中，但在明清时期却得到了发展和传播。总体而言，明清散文表现性灵比起前代散文有进一步的发展。尽管明清散文家或多或少地秉持了儒家传统的价值观以及宋明理学的价值判断，但并没有拘囿于理学家"文皆是由道中流出"的成见，而是遵从内心、展示个性的总体创作原则，从而创作出体现个性天趣的散文。尤其是高启、李贽、龚自珍等作家的散文作品更是从自我出发，以求得个体生命的满足与张扬，几乎具有了现代色彩。

比较而言，超灵与性灵在凸显个人主体性，主张创新方面存在契合与相通之处。笔者认为，无论是超灵还是性灵，在一定程度上都可以视为是后世文学家面对"影响的焦虑"（the anxiety of

---

① 侯外庐：《中国近代启蒙思想史》，人民出版社1993年版，第14页。

influence）所提出的反抗策略。当时，爱默生等超验主义文人所面对的是欧洲的文化和文学成就，他们的焦虑来自是否有能力超越甚至否定已有的和现存的创作模式。在这样的背景和心理压力下，他们选择信奉超灵，实际上也就是选择了相信自己的创新能力。梭罗特别指出，优秀的作家不应该仅仅和先行者磋商，还要和后来者磋商。与先行者磋商很容易理解，但如何做到与还不存在的后来者磋商呢？在他看来，关于任何主题的论述，只要有所创新，不会因为有先行者而受阻，也不会因为有后来者而遮蔽其光芒。这种认识被当代美国批评家哈罗德·布鲁姆（Harold Bloom，1930—）明确表达："传统不仅是传承或善意的传递过程，它还是过去的天才和今日的雄心之间的冲突域，其有利的结局就是文学的延续或经典的扩容。"① 同理，明清散文家倡导性灵在某种意义上也是面对唐宋散文的伟大成就而选择的一种突围途径。

超验主义文人的创作时值美国工业化的中期。这一时期，美国正值传统农业社会向现代工业社会转型，新旧价值观冲突。传统信仰开始崩溃的社会现实引起一个反作用，推动有识之士做思想上的新的探索，追求一种新的精神价值。这种思想的传播正好为当时资本主义的生产方式的发展制造了舆论，反映在文学领域则尤为强调文学与时代和社会的关系。这预示了文学的现实主义走向，在一定程度上反驳了浪漫主义的理论风潮。明清时期的中国同样处在社会转型变迁时期。优秀的明清散文家都接受了具有时代特色的人文精神，并以其创作反映了民生和国情。然而，社会转型时期的风气势必影响到作家对题材、体裁、风格的取舍，给予他们机会的同时也会限制他们的范围。"就是抗拒或背弃其所处的风气的人也势必受到它负面的支配，因为他不得不另出手眼来逃避或矫正他所厌恶的风气"。② 因此，超验主义文人的观点

---

① ［美］布鲁姆：《西方正典：伟大作家和不朽作品》，江宁康译，译林出版社2005年版，第6页。

② 钱锺书：《七缀集》，生活·读书·新知三联书店2007年版，第1页。

一方面富有批评性和创新性,另一方面也受到了时代的束缚,带有保守色彩。尽管超验主义散文与明清散文生成的时代背景的具体表现和历史影响不能相提并论、同日而语,两者在自我实现的归宿和效果方面呈天渊之别,但都发生了传统和革新的冲撞。所以,在其创新性与保守性方面具有共性,也有个性。

张力是散文文体魅力生成的核心要素。本章中,笔者以明清散文为借镜,分析超验主义散文创新性与保守性特征,以及创新性与保守性的融合。通过比参分析,意图说明散文创新的必要性和必然性,作家对创新与保守的关系的独到见解,以及散文自身发展的规律性特征。

第一节　富有创新性

文学观念的创新是文学创作创新的基础和最大驱动力。超验主义者认为:万物都可以展现灵魂的力量。他们的笔触不拘囿于大事件,也不局限于某个人或某些人。爱默生在《美国学者》的演说里预言:未来的文学将会越来越注重平凡的素材。穷人的文学,儿童的情感,街头哲学还有家庭生活等都会成为文学的热门话题。难能可贵的是,超验主义文人不忌讳叙说所谓的堕落者。当富勒在《十九世纪妇女》一文中讲述了许多妓女的故事而受到批判时,她得到了超验主义文人集团成员的大力支持。众所周知,我国古代散文被视为是"经国之大业,不朽之盛事"。① 因此,散文创作较少涉及个人家庭生活以及日常琐事。这种情况在明清散文中得到了一定的改观,较多明清散文家将日常生活的题材引入散文的创作领域,从而拓展了散文的题材范围。譬如,归有光的不少记叙散文,如《先姚事略》《项脊轩志》《寒花葬志》等正是以记叙自身经历,家庭琐事而感染了古今无数读者。这些

---

① (魏)曹丕著,易建贤译注:《魏文帝集全译》,贵州人民出版社1998年版,第254页。

看似题材狭窄的散文改变了古典散文义正词严的样貌，恰恰是对我国传统散文题材和散文审美的拓宽和创新发展。

本章节，笔者以明清散文为借镜，从散文文体、散文家的主体性意识及其审美倾向三方面入手，分析超验主义散文的创新性。

一 变格破体，文体杂糅

"破体"原本是中国书法学的术语，指的是不同正体的写法。后来引入文学批评，指作家在运用某一文体时对该文体常规的某种创新和突破。中国学界一向存在着"尊体"与"破体"之争，其争论的关键在于是否坚持各种文体有自己的界限和规律。以此为镜，超验主义者究竟主张怎样的文体创作原则？超验主义者主张法无定法，反对文体的凝固化和绝对化的。

从数量来说，日记是超验主义文人最为高产的创作形式之一。爱默生何时开始写日记已无从考证，但从1820年他十七岁起至他七十二岁止有相当完善的记录，前后跨度约五十五年。梭罗的日记目前由美国国家图书馆整理出版为十四卷，约200万字。玛格丽特·富勒、阿尔科特等人的日记几乎一直记到他们生命的尽头。在此，我们首先以超验主义日记为例证来说明超验主义散文对文体的突破。第一，节制情感，违背了一般读者对于日记这种文体的阅读期待。超验主义文人赋予了日记更多理性论辩性的潜质，开拓了日记的表现对象和表现方法。考察西方日记的发展史，从十八世纪开始，日记的内容就侧重于个人生活，开始记载个人内心的秘密，不避讳私密的情感。[①] 按理说，他们的爱情本该是其日记所大书特书的内容，而在其中却没有充分暴露。即使是情感外露、热情大胆的富勒也不例外。她在其日记中描述了她对爱默生等多个男子的暧昧之情，甚至还记录了对安娜·巴克·沃德的同性之爱；但相对于她整体的日记而言，这也是数量极少

---

① Cathcrine O'suilivan：《一种特殊的文件——日记在西方的发展历史及未来》，吴开平译，《山西档案》2006年第3期。

的。除去爱情外，其他的情感，无论是悲伤还是愤怒都在日记中表现得极为节制。在超验主义日记的题材内容中，占主体部分的分别是哲理思考、国家大事、自然观察、科学研究以及资料汇编等。大量的超验主义日记论及了思辩性极强的理论问题，并充分展示其思维的过程。可以说，除开固有的书写格式，这些日记的主体部分往往都可以被视为哲理随笔、评论文章或者学术论文。究其原因，超验主义者认为，生活本身是严肃的，要求人不断地进行理性探索。正如爱默生自问自答："为什么我的杂乱的日记没有玩笑？因为它是独白，人在独处时是严肃的。"① 第二，不拘囿于日记即为私人文本的传统。超验主义日记不再仅是私密的文本，以供读者窥视作家内心的秘密，而是能自然而然地进入了公共空间。在阿尔科特看来，日记还是一种教育手段。在阿尔科特的学校里，每个学生被要求记录日记，将学习与个性联系起来，从而求得自我的统一。同时，有些日记在课堂里被大声朗读，目的是确定每一个孩子距离耶稣所过的理想生活还有多远。

其次，超验主义散文中出现了诗歌、谣曲、戏剧等文体杂糅的情况，以致形成了钟嵘在《诗品》中论及的"有乖文体"。在此，仅以梭罗的《瓦尔登湖》中诗文杂糅的现象为例加以论证。《瓦尔登湖》共出现诗行及谣曲约三十五处，它们或者是梭罗所援引的，或者是他自己撰写的。具体见下表：

《瓦尔登湖》所穿插的诗行及谣曲统计

部分	自作 （数量）	引用 （作者或出处，数量）	合计 （数量）
《题记》	1		1
《经济篇》		无名氏（1），托马斯·卡鲁（1）	2
《我生活的地方，我生活的目的》	1	威廉·柯柏（1），《摩诃婆罗多》（1），英国民谣（1）	4

① ［美］爱默生著，勃里斯·佩里编：《爱默生日记精华》，倪庆饩译，东方出版社2008年版，第15页。

续表

部分	自作 （数量）	引用 （作者或出处，数量）	合计 （数量）
《阅读》		印度诗歌（1）	1
《声音》	1	钱宁（1）、弥尔顿（1）	3
《孤独》		托马斯·格雷（1）	1
《访客》	2	斯宾塞（1）	3
《豆田》		《牧歌》（1）	1
《村子》		《提布卢斯的哀歌》（1）	1
《湖》	1	《小曲与短歌》（1）	2
《贝克农场》		钱宁（3）	3
《更高的规律》		多恩（1）	1
《禽兽为邻》			0
《乔迁宴会》	1	埃伦·斯特吉斯·胡珀（1）	2
《昔日的邻居；冬日的访客》		弥尔顿（2），托马斯·斯托勒（1）	3
《冬季的动物》			1
《冬天的湖》	1	弥尔顿（1）	2
《春天》		奥维德（2）	2
《结束语》		威廉·哈宾顿（1）、怀特（1）	2

注：超验主义散文中诗歌所占的篇幅也并非全是短小的。在以上统计的《瓦尔登湖》中的诗句，有几乎一半都比较长。

从审美角度分析，散文叙事中嵌入的诗句，无论是自作的还是援引的，是长或者短，都达到了很好的表达效果。第一，构成叙事情节。譬如，梭罗在《在康科德河和梅里麦克河上的一周》一文中几乎援引了大段的爱默生长诗《康科德颂》的诗句。"简陋的拱桥驾跨洪波，/旗帜飘扬四月风儿和，/农夫列队布阵迎战火，/枪弹射出响彻万邦国……"① 这首诗歌颂了美国革命期间的康科德战役。梭罗在叙述时没有用散文体叙事去回溯这一战役。这首诗的嵌入不仅让读者知晓了这一康科德历史上的重要事件，也使梭罗本人对这次战役的赞美之情自然流露。第二，加深论

---

① ［美］梭罗著，罗伯特·塞尔编：《梭罗集》（上），陈凯等译，生活·读书·新知三联书店 1996 年版，第 14 页。

证力度，深化主题。瓦格纳（Wilhelm Richard Wagner, 1813—
1883）说得有道理：列在章首的引文隐隐约约地暗示了下文的
内容，因此可以愉快地激起读者的兴趣，而又不至于完全满足
它的好奇心。许多超验主义随笔都有卷首诗，起到了题注的作
用。有些散文中还插入有诗为证，论证了某一观点。第三，作
为附录的诗，从而作为作者意犹未尽的延续。这三种情况在梭
罗的《瓦尔登湖》的"经济篇"中均有表现。值得一提的是，
就文体而言，圣经就是散文和诗歌的织合体。超验主义者文人
对圣经文体风格的熟悉自然也促使他们自然地承继了文体杂糅
的特质。

　　超验主义文人除了在散文中穿插诗歌外，同样还糅合诗歌、
戏剧等其他文体的表现方法。他们注重营造意象和意境，注重设
置对话性情节来推动论述。譬如，在《瓦尔登湖》"禽兽为邻"
的开篇，梭罗设置了隐士与诗人的对话，还安排了隐士的独白。
笔者认为，这段戏剧性的情节结构很好地展现了梭罗内心的冲
突，也揭示了整篇散文的论题。值得分析的是，超验主义文人还
将蒙太奇（montage）的电影手法运用到散文写作中，实现了散文
叙述手法的突破。体会下面一组的例子：

　　　　黎明是我的亚述帝国；日落和月出是我的帕佛斯神庙，
是我难以描绘的神仙境界；正午是我感官和理解力的英格
兰；夜是我的有着神秘的哲学和梦想的德国。[1]（《论自然》）
　　　　它（笔者注：宗教感）吸引人、控制人的力量是奇妙
的。它是山霭，是这世界的营养剂，是没药，是苏合香，是
氯，是迷迭香。[2]（《对神学院毕业班演讲》）
　　　　犹如许多教义问答手册和宗教书籍发出如泣如诉的钟声

---

① [美]爱默生著，波尔泰编：《爱默生集》（上），赵一凡译，生活·读书·新知
三联书店1993年版，第15页。
② 同上书，第89页。

萦绕于地球四周，它似乎产生于某一埃及庙宇正对着法老的宫殿和纸莎草丛中的摩西的钟声，回响在尼罗河河岸，惊动了许许多多晒太阳取暖的鹳鸟和鳄鱼。[①]（《在康科德河和梅里麦克河上的一周》）

从修辞手法上的分析，以上三个例句均是比喻。作家将与读者相距遥远的事物归并到一处，从而产生相互对照和冲击的表达效果。以上例句中的亚述帝国、帕佛斯神庙、埃及庙宇对读者而言是久远的历史，而没药、苏合香、迷迭香都是在圣经以及东方典籍中频频出现的香料。总之，这些不同时间、不同地点的事物归并在一处的一组喻体很自然地引发了读者的联想，甚至创造出比单个事物相加更为丰富的含义。笔者认为，这种表达类似于蒙太奇，将一系列画面巧妙地剪辑并有机地连接起来。这种借用异国和古代事物的组合来言说的言说策略带给读者时空大挪移般的奇异感受。

通过以上分析，我们可以理解为何爱默生等超验主义者欣赏并支持惠特曼的诗歌创作。惠特曼的诗歌摆脱了传统诗歌格律的束缚，自由地根据内容来选择和决定形式。这在当时是大胆的举措，他和超验主义者在文体上的主张是契合的。

中国作为诗文大国，诗文杂糅的现象比较突出，许多散文篇目都会夹杂诗。陈善在《扪虱新话》中分析了"韩以文为诗，杜以诗为文"的妙处。提出："然文中要自有诗，诗中要自有文，亦相生法也。文中有诗，则语句精确；诗中有文，则词调流畅。"[②] 明清时期的散文家对诗文之间的关系有了更有创见的认识。特别是姚鼐，他在《答翁学士书》中特别指出："诗文，皆

---

① ［美］梭罗著，罗伯特·塞尔编：《梭罗集》（上），陈凯等译，生活·读书·新知三联书店 1996 年版，第 68 页。

② （宋）陈善：《扪虱新话》，程毅中主编：《宋人诗话外编》，国际文化出版公司 1996 年版，第 418 页。

技也；技之精者，必近道。"① 在这篇散文中，姚鼐强调了文与诗作为语言艺术所具有的共同规律。从明清散文的创作实践看，散文家除了从诗歌，还从小说中引入了一些有益的艺术技巧，从而丰富了散文的表现方法。按照正统文人的观点，小说是稗官野史，不能登大雅之堂。然而，黄宗羲认为散文写作可以借鉴小说的表达技巧。他在《论文管见》中写道："叙事须有风韵，不可担板，今人见此，遂以为小说家伎俩，不观《汉书》、《南北朝史》列传，每写一二无关系之事，使其人之精神生动，此颊上三毛也。"② 王凯符在《论清代散文的繁荣及其原因》中分析认为，散文家大量采用小说的表现方法是清代散文取得显著成绩的重要原因之一，纪昀的《阅微草堂笔记》就是很好的例证。③ 笔者认为，侯方域、王世贞、归有光、龚自珍等散文家的记叙散文也都有这样的特色。譬如，归有光的《筠溪翁传》中除了赠书的情节外，其他皆从他人的口述叙述其生平。对此，陆翔在《名家纪事文读本》中称赞："……遂觉文境开拓，文情绵邈，此无中生有法。"④ 从现代叙事学理论分析，这种方法实际上正是小说叙事中多重视角的艺术策略。除了受小说的影响之外，从钱谦益、吴伟业、袁枚、张岱等散文家的散文中还可以找到戏剧的某些表现方法。综合而论，明清散文创作能够取得成就，与散文家善于吸收其他文学体裁的有益的艺术技巧有密切关系。

合而观之，变格破体，文体杂糅为超验主义散文文体注入新的活力，也鼓励后续作家不断尝试新的文体和思想，从而使这一时期美国散文变得像国父们的新古典主义散文一样灵活一样有效。⑤ 笔

---

① （清）姚鼐著，钱仲联主编，周忠明选注评点：《姚鼐文选》，苏州大学出版社 2001 年版，第 7 页。

② （明）黄宗羲著，宁波师范学院黄宗羲研究室编注：《黄宗羲诗文选》，华东师范大学出版社 1999 年版，第 242 页。

③ 王凯符：《论清代散文的繁荣及其原因》，《北京社会科学》1994 年第 2 期。

④ （清）王文濡：《明清八大家文钞》，上海古籍出版社 2007 年版，第 21 页。

⑤ James D. Hart, Phillip W. Leininger, ed. , *The Oxford companion to American literature*, Foreign Language Teaching and Research Press, 2005, p.39.

者认为，超验主义文人和明清散文家在文体上的突破是符合文学的发展规律的。文体一旦形成就有它相对稳定的形态，然后这并不代表它是僵化的。事实证明：文体总是处于变化流动的形态，它总是随着时代的发展而变化。"名家名篇，往往破体，而文体亦因以恢弘焉。"① 散文中适当的破体是增强其文章美质的重要途径之一。

二　强调主体性意识

就当时而言，超验主义文人对自我主体性的强调几乎达到了无以复加的地步。明清时期，伴随资本主义萌芽的个性解放，陆王心学得到了广泛的传播，个人的心灵活动便能获得广大的空间。冯友兰对心学的概括："只有一个世界，而此世界即与心为一体，所谓'宇宙便是吾心，吾心便是真理'。"② 即是说，把"心"作为宇宙万物的本原，强调天地万物都在心中。正是在这样的时代背景和哲学背景下，明清时期的学术思想和文艺创作出现相对活跃的气氛，促成了某种程度的民主化倾向。这种风气必然也渗透到散文创作中，不少文人将充分表达个人的意志作为创作的首要任务，创作了不少具有鲜明主体性意识的佳作。祝允明甚至大胆设问："遐览天地间，何物如我贵?"③ 本章节中，笔者以明清散文为借镜，主要从散文的寓言式说理论证，散文家所创造出的情理交融的意象以及散文情韵美的生成三方面进行分析，旨在说明两者在创作过程中对主体性意识的强调。

（一）寓言运用与自我融合

法国寓言家拉·封丹（Jean de La Fontaine，1621—1695）认为，每个寓言都包含了思想和灵魂，这些思想和灵魂又是撰写者

---

① 钱锺书：《管锥编》，中华书局 1986 年版，第 889 页。
② 冯友兰：《中国哲学史》，中华书局 1984 年版，第 939—940 页。
③ 章培恒、骆玉明主编：《中国文学史新著》（下卷），复旦大学出版社 2011 年版，第 83 页。

在现实生活中逐渐积累的知识与经验的智慧结晶。① 超验主义文人将寓言视为智慧的诗性表达形式之一。他们在散文撰写中，广泛地运用寓言来论辩说理。寓言作为一种重要的表现手法被明清散文家广泛运用，有些还独立拟定篇名，独立成文。比较而言，两者都具有强烈的主体性意识，表达了散文家的主观情感和独到见解。

　　一般来说，寓言，尤其是流传久远的寓言本身就有相对固定的内涵。超验主义散文中的许多寓言取材于古代文化典籍，诸如古希腊罗马的神话、圣经故事和东方传说故事等。但是，作家对所援引的寓言进行全新的诠释，凸显了自己的主体认识。爱默生在《保守党》（The Conservative Party，1841）中讲述了关于农神萨坦与天神乌剌诺斯的寓言。它源自古希腊神话的片段，本来是关于自然现象的神话性诠释。爱默生却用这个寓言中农神与天神的争执影射了美国现实社会中保守派与革新派的争斗。梭罗在《瓦尔登湖》"经济篇"里讲述了太阳神的儿子法厄同（Phaëton）驾驶父亲的太阳车，结果给自身和人类带来祸害。这个寓言一般用来讽刺自不量力的人。梭罗援引这个寓言，讽刺的却是那些故意装出一派慈悲为怀的庸人，为了自己的虚荣从事慈善之举，实际是在害人害己。这正是对当时部分美国人在慈善运动中沽名钓誉的讽刺。"经济篇"的末尾讲述了关于自由的寓言。梭罗认为，除了不结果实的柏树外，没有什么植物是自由的。但是，据梭罗的传记作家罗伯特·D. 里查逊研究，梭罗在 1860 年改变了这一认识，不再觉得独立于无尽的再生循环的生物才是真正自由的。② 这一点，在《种子的信仰》一文的开篇就得到了证实。我们从中可以看出，梭罗对这些已存在的寓言总有自己独到的见解。而且，随着自身认识的深入，他对这些寓言含义的理解也会随之变化。

---

　　① ［法］拉·封丹：《拉封丹寓言诗》，远方译，人民文学出版社出版 1982 年版，第 3 页。

　　② ［美］梭罗：《梭罗日记》，朱子仪译，北京十月文艺出版社 2005 年版，第 23 页。

另一方面，他们常常将自己与寓言融合，或者直接让自己成为寓言的见证人，或者让自己参与寓言中的角色。譬如，在"经济篇"中，梭罗讲述了印第安人兜售篮子的寓言故事。他让这个故事发生在自己眼前：印第安人正向梭罗的邻居兜售篮子。此外，梭罗还常让自己参与到寓言中，并成为其中的一个人物形象。在"经济篇"中，他讲述了一个经典的寓言：

> 很久以前我丢失了一头猎犬，一匹栗色马和一只斑鸠，至今我还在追踪它们。我对许多旅客描述它们的情况、踪迹以及它们会响应怎样的叫唤。我曾遇到过一二人，他们曾听见猎犬吠声，奔马蹄音，甚至还看到斑鸠隐入云中。他们也急于追寻它们回来，像是他们自己遗失了它们。①

显然，这是一个与"我"有关的寓言：我丢了东西，一直在寻找；不想这东西许多人也都丢了，也都在寻找。爱默生在《梭罗》一文中评价这个寓言具有神话般的格式和效果。笔者认为，这个与"我"有关的寓言，不仅增强了故事的真实性，也让梭罗这个寓言见证人和参与者的态度和评判更具有说服力。

相比较而言，明清散文中穿插的寓言许多也具有主体意识。譬如，归有光在《瓯喻》中就是直接发表议论。刘基在《郁离子》中以众多传说故事和历史故事为本，却带入了深刻的现实内容。"郁离子"既是书名，也是作者的托称。刘基正是借"郁离子"安排自己直接进入了寓言，嬉笑怒骂，抨击时事。

（二）意象营构向主观倾斜

"意象是现代文学批评中最常见，也是最含糊的术语。"② 按

---

① ［美］梭罗著，罗伯特·塞尔编：《梭罗集》（上），陈凯等译，生活·读书·新知三联书店 1996 年版，第 489 页。

② ［美］M. H. 艾布拉姆斯：《简明外国文学词典》，曾忠禄译，湖南人民出版社 1986 年版，第 150 页。

照一般的说法，意象就是"意"与"象"的融合，借助物象来传达作者的主观情思。意象是中国古代文论中的重要概念，自先秦起就是我国美学的内核。章培恒、骆玉明在其主编的《中国文学史新著》上卷中特别分析了唐诗发展中以主观来营构意象的历程。他们认为意象的主观化从王维开始，在韦应物、刘长卿、钱起等人的诗作中表现得更为明显。进入现代以来，西方美学界掀起了意象研究的热潮。庞德（Ezra Pound，1885—1972）、韦勒克和沃伦等都对意象提出了自己的见解。总的说来，意象研究被广泛地运用于诗歌的创作和鉴赏。在散文研究领域，意象研究相对较少，但意象并不是诗歌所独有的，它是一切文类的重要构成元素。优秀的作家总能将意象容纳到他的散文构思之中，增强散文作品的诗意性和艺术感染力。笔者认为，超验主义文人在散文创作中尤为重视意象营构面向主观倾斜，体现了强烈的自我主体意识。

超验主义文人首先在思想上认可了意象这一艺术手法的可能性与必要性。其一，他们接受斯维登堡的"对应理论"，认为一切精神都与自然事物构成对应，存在着无法言说的情思需要借助物象。其二，超验主义者也从作者的角度肯定了生成意象的必然性。在他们看来，作家笔下的物源自作家的心灵。这种对意象生成过程的认识与清代郑板桥在《板桥论画》中所论及的画意与作画过程具有相通之处。郑板桥说："其实胸中之竹，并不是眼中之竹也，……手中之竹又不是胸中之竹也。"[1] 可见，中外学界都认识到，在艺术作品中并不存在纯客观的"象"，进入艺术世界的物象无一不是融入了艺术家心灵情感。其三，选取意象来表情达意就是追求意在言外的有效策略。"一种不可言传的美比我们一目了然的美更为可贵。"[2] 从散见于超验主义散文中的文学鉴赏

---

① （清）郑板桥著，王其和点校纂注：《板桥论画》，山东画报出版社2009年版，第5页。

② ［美］爱默生著，波尔泰编：《爱默生集》（上），赵一凡译，生活·读书·新知三联书店1993年版，第502页。

评论文字中可以看出，作家都愿意采用意象的艺术策略来相应地遮蔽主旨意图。

按照韦勒克的说法，意象作为"托物寄兴"的一种诗学手段，更依仗于比喻修辞或暗示，大多具有象征性。韦勒克以意象的生成过程、呈现形态以及表达效果为标准，又将意象区别为浅层和深层、低级和高级。他继而指出，意象中的"公共象征"因缺乏独创性而流于浅显，而"个人象征"因具有作者对生活的独特理解和感受，而是深层和高级的。① 的确，很多物象经历代文学家的反复运用，已形成了特定的"公共象征"意象。譬如，西方文学中的夜莺和玫瑰，中国文学中的月亮和柳树等。超验主义文人在散文创作中接受和吸纳了西方传统文化和文学中的"公共象征"意象，但并没有完全认同传统寓意而忽视主观色彩的融入。正如梭罗感慨："无论我坐在什么地方或住在什么地方，风景都是由我而向四周发散。"② 接下来，笔者借鉴我国古代和西方的意象理论，以明清散文为借镜，将超验主义散文中的意象进行分类阐释，证明超验主义文人在意象的创造上体现了鲜明的主体性意识，避免了意象的单一、直白和模式化，从而说明意象的创新之于散文的功用和价值。

在超验主义散文中，给读者印象深刻并引起评论家兴趣的意象主要分为三类：动植物意象、环境意象、人物意象。就动植物意象而言，超验主义文人主张从本国经历中，从对身边的事物更深入贴切的了解中发掘具有美国本土特色的动植物意象。爱默生、梭罗、里普利等都在许多篇章中批评：一些美国学者习惯于沿用来自于英国的进口象征，习惯于想象见不到的夜莺和百合，而拒绝描写本国活生生的存在物。超验主义文人则塑造了大量本

---

① ［美］勒内·韦勒克、奥斯汀·沃伦：《文学理论》，刘象愚等译，江苏教育出版社 2005 年版，第 201—204 页。

② Krutch, J. W., ed., *Walden and Other Writings by Henry David Thoreau*, New York: Bantam Books, Inc., 1962, p. 6.

土动植物意象，如康科德河畔的柳树，瓦尔登湖上空的苍鹰，康科德森林里的白橡树等。这些动植物在散文中反复出现，不仅大大地增加了作品的本土特色，也都寓含了作者的个性、思想和理想。

超验主义散文中独具特色的意象是环境意象。"为什么我们的一生及其景象不该如此美丽而鲜明呢？我们的生活都需要一个合适的背景。"[①] 这句话置于梭罗在《在康科德河和梅里麦克河上的一周》"星期日"篇描绘康科德河沿岸的景色之后。这句设问为我们剖析了爱默生、梭罗等超验主义文人对环境与自我和人生的关系的认识。纵观超验主义散文，关于水、湖泊和荒野的"意"与"象"都很精彩。在此，我们以梭罗描摹瓦尔登湖的一段文字为例加以分析说明：

> 一个湖是风景中最美丽、最富于表情的姿容。它是大地的眼睛；观看着它的人同时也可衡量着他自身天性的深度。湖边河生树是这眼睛边上细长的睫毛，而四周林木郁郁葱葱的群山和悬崖，则是悬在眼睛上的眉毛。[②]

这段文字运用到了比喻、拟人的修辞手法。第一句"湖"有"姿容"，使"人"与"湖"两者相近；第二句，观湖并以它衡量自身，使"人"与"湖"互相进入；第三句对湖的物象作细致精确的描绘，并使"人"与"湖"两者相融。整体来说，这段文字印证了"大宇宙"与"小宇宙"的对应关系，是超验主义哲学思想的反映。进一步分析，"湖"这一意象也是主观情思与客观物象的相互印证。这个湖正象征了梭罗所追求的心灵境界：平静、深邃而淡泊。

---

① [美]梭罗著，罗伯特·塞尔编：《梭罗集》（上），陈凯等译，生活·读书·新知三联书店1996年版，第142页。

② 同上书，第533页。

笔者认为，明清散文家也注重在自然描写中寻求其象征意义，他们对山水的描写总与自己的个性、经历和人格相互关联。譬如，龚自珍在《乙亥六月重过扬州记》中描写扬州："萧疏澹荡，泠然瑟然。"① 若以一年四季来比喻，扬州已经是初秋之际。这实际上象征了龚自珍自己的人生已进入了初秋，表达了他的颓唐之感。由此可见，优秀的散文在描写自然景物时总能将自己的感受、情感与山水的自然特征密不可分地融合一起，以至于到底是写景还是写己，很难诉清。

可贵的是，超验主义散文不同于在他之前的大部分美国文学，也不同于欧洲浪漫主义文学的选材。他们不写遥远的异国，而是立足于本国甚至本土本乡的自然环境。就当时而言，对美洲大陆的描写本身就饱含了浪漫主义的因子。曾经，多少浪漫主义作家为了竭力摆脱传统和习俗的束缚，需要想象遥远的异国他乡作为叙事或抒情的背景。许多欧洲大师正是借鉴美洲大陆来完成自己的文学想象。譬如，夏多布里昂（François-René de Chateaubriand，1768—1848）的许多作品所设置的背景就在美洲。他在名著《阿达拉》（Atala，1801）里将密西西里河沿岸的风光描述得如同伊甸园般美好和谐。这甚至激起了雨果的创作灵感。研读了夏多布里昂对北美葱郁景色的描绘，雨果感慨："一个作家不能因为他奴隶式的跟着别人留下的脚印走就是古典作家。"② 现在，这个新奇的世界对美国文人来说可谓唾手可得。这的确是让人惊喜！这也难怪爱默生、惠特曼骄傲地宣称：美国的作家只需要关注身边的高山、河流和人们就足够写出震撼世界的诗歌。这也表达了美国作家对传统，对欧洲文化遗产的否定和对未开发完全的美洲大陆的信心。

---

① 章培恒、骆玉明主编：《中国文学史新著》（下卷），复旦大学出版社 2011 年版，第 511 页。
② ［丹麦］勃兰兑斯：《十九世纪文学主流》（第三册），张道真译，人民出版社 1997 年版，第 222 页。

　　在超验主义散文的人物意象中，虽也不乏神奇人物，但最值得一提的是垂钓者的意象。钓鱼本是康科德河沿岸最寻常的日常生活事件，超验主义文人自己也时常钓鱼娱乐，这在他们的日记中都有记载。垂钓者作为超验主义散文的艺术意象，塑造得最为成功的是梭罗。在梭罗的《在康科德河和梅里麦克河上的一周》《瓦尔登湖》《科德角》《缅因森林》等作品中都反复出现了垂钓者。这个垂钓者不是同一个人，他们或者是一个穿棕色大衣的老人，或者是一个强壮寡言的中年人，或者是一个带着草帽的棕色眼睛的小男孩：这些人共同构成了垂钓者意象，相似之处就在于钓鱼的行为及其被寄予的哲理思考。我们看看梭罗在《在康科德河和梅里麦克河上的一周》中描写的一个年迈的垂钓者：

　　　　他总是在晴朗的下午来到河边，在蓑衣草中磨磨蹭蹭；在一个老人的生活中有多少钟点花在诱捕鱼类上啊，他几乎成为太阳的熟友了。已经进入暮年，看破衣帽这类单薄的伪装，他还有什么必要穿戴？我见过他同年代的命运之神如何用黄鳝鱼奖赏他，但我认为他的运气与年龄不相称，我曾看见他步履缓慢，怀着老年人的沉重心情提着鱼消失在村子边缘他那低矮的房子里。①

　　中国古代文学中的垂钓者众多。《后汉书·逸民列传》中记载严陵虽学富五车，却以钓鱼为生，终身不肯出仕。对此，罗玘在《西溪渔乐说》中称颂他终生享有"作吾作、息吾息、饮吾饮、食吾食"的自由和快乐。② 梭罗通过垂钓者，传达出什么意义呢？从梭罗的字里行间，我们可以感受到他对垂钓者的敬意。

---

　　① ［美］梭罗著，罗伯特·塞尔编：《梭罗集》（上），陈凯等译，生活·读书·新知三联书店1996年版，第21页。
　　② （明）张岱等著，张厚余注析，郝文霞编：《明清小品文选》，山西出版集团·三晋出版社2008年版，第33页。

正是这种敬意让我们觉得这个年老的垂钓者如同是从荷马史诗里走出来的英雄，给人庄严、肃穆的感觉。值得分析的是，梭罗在《瓦尔登湖》"湖"篇中将自己也视为描写对象"垂钓者"。他描述自己在深夜里垂钓：

> 尤其是在黑夜，当你浮想联翩，神驰于其他天体中宇宙起源的大主题之时，你感到钓丝上有什么轻轻一拉，把你的梦给打断了，你重新和大自然联系在一起，这是十分奇怪的。①

显然，梭罗把个人情思融入了垂钓者。因此，垂钓者一方面成为梭罗哲理沉思的外化，另一方面象征了他高洁的情怀和一种执著追求精神超脱的人生姿态。

（三）情韵之美的具体生成

情韵是中国古代诗学中的一个重要概念。在各种文体中，诗歌因其抒情性的特征以及对节奏韵律的特殊要求最容易生成情韵。优秀的散文也具有情韵之美。中国古代文论也始终在讲："观文者披文以入情……觇文辄见其心。"② 纵观中国古代散文的发展历史，明清散文所展现的内心情感比起前代散文有进一步的发展。众多明清文人主张以情动人，并将情与文采及其人生价值相互关联。袁宏道在给妻弟的信中明确指出："人情必有所寄，然后能乐。"③ 这即是说，唯有寄情于诗文，才能创作成功，也才达到了不虚度光景的人生境界。笔者认为，超验主义文人对人之爱的体悟和对物之美的关注是促使情韵之美生成的最主要的驱动

---

① ［美］梭罗著，罗伯特·塞尔编：《梭罗集》（上），陈凯等译，生活·读书·新知三联书店 1996 年版，第 524 页。

② （梁）刘勰著，祖保泉解说：《文心雕龙解说》，安徽教育出版社 1993 年版，第 312 页。

③ ［美］张岱等著，张厚余注析，郝文霞编：《明清小品文选》，山西出版集团·三晋出版社 2008 年版，第 102 页。

力。究其根源，作家对自我的尊重进而对与自我相关的一切人和事物都具有了深切的关心和敏锐的感受。接下来，我们以明清散文为借镜，考察超验主义散文情韵的具体生成。

1. 爱是吗哪

在《论爱》中，爱默生将爱视为"吗哪"。① 吗哪是什么？根据圣经记载，吗哪是一种天降的食物。上帝耶和华命令摩西率领以色列人出埃及。在他们进入迦南之前的长达四十年的旅程中，上帝每天都降下吗哪以供给他们身体所需。在基督宗教文化里，吗哪一般用来比喻灵魂的粮食，是精神力量的来源。笔者认为，超验主义文人在散文创作中将对人的爱倾注于笔端，才促成了与其生命内涵的情感力量相适应的境界格调。

值得强调的是，超验主义散文体现了作者的博爱。笔者在此论述的博爱特指对普通人的爱。这些人或者是超验主义文人的邻居，他们偶遇的路人，或者只是普通的他者。超验主义散文作品很多时候除了作者自己外只有寥寥数人，但作家对这些人的真挚情感始终是他作品隐藏的一个主题，也是其作品富有人情味的重要原因。我们以梭罗的《瓦尔登湖》为例加以说明。在《瓦尔登湖》"孤独"篇中，梭罗记叙了两个普通人：一个老移民，他和梭罗一起度过了一个愉快的夜晚。还有一个上了年纪的妇女，她多次和梭罗亲切的交谈。在"访客"篇中，梭罗几乎用了过半的篇幅记叙了一个伐木工：一个加拿大移民，以伐木做柱子谋生。梭罗并不是以居高临下的目光观察伐木工，而是以充满爱意和敬意的目光去捕捉他生活的点滴，将其塑造成一个慷慨乐观的古朴人物。从文明发展的角度看，这些文学形象的出现有其必然性：自 18 世纪末以来，随着时代的发展和中产阶级的崛起，一切看似

---

① ［美］爱默生著，波尔泰编：《爱默生集》（上），赵一凡译，生活·读书·新知三联书店 1993 年版，第 373 页。

坚固不可动摇的都将烟消云散。① 旧的身份制受到动摇也使小人物开始登上了文学形象的长卷，这也是整个 19 世纪文学的重要主题。比较而言，明清散文家也多有饱蘸深情来叙写素昧平生的平凡人的，于是明清散文长卷中就有了许多身份低微却可敬可叹、可歌可泣的人物。譬如，高启为一个日搏市中，不事产业的"搏鸡者"做传，并将其塑造成一位一呼百应的群众领袖。此外，还有宋濂笔下的歌姬李歌，朱国桢笔下的穷塾师路贵，张岱笔下的说书人柳敬亭、《湖心亭看雪》中的金陵客，林嗣环笔下技惊四座的无名口技者等等。这些都反映了明清时期的文人已具有了初步的民主意识和反传统的自由思想。

我们注意到，超验主义文人对爱的表达极为克制。譬如，梭罗在 1839 年爱上了爱伦·休厄尔，后无疾而终。在这一年的日记中，唯有一句与这段爱情有关的内容："除了更深地去爱，没有什么方法可以治疗爱。"② 这句论述包含了深情和哲理，一直以来被视为是经典的爱情感悟。在此，笔者主要以爱默生对自己先逝的亲人的叙述为例，分析作家对爱的克制性表达。从爱默生的年表中可以看出，他先后亲历了众多至爱亲人的逝世：1811 年，他的父亲是威廉·爱默生过世；1831 年，他的第一任妻子爱伦·塔克因患肺结核病逝；1836 年弟弟查尔斯早逝；1842 年长子沃尔多夭折；1853 年母亲逝世；1859 年弟弟巴尔克利去世；1863 年姑妈玛丽逝世，1868 年 9 月 13 日哥哥威廉去世。在爱默生悼念这些亲人的叙述文字中，着墨最多的是第一任妻子爱伦，弟弟查尔斯还有长子沃尔多。我们从以下文段体会爱默生的哀伤：

> 自爱伦升天，……让我们团聚吧，呵我们精神上的父。
> 有逝去而永不回来的灵魂。这一无情的事实所产生的悲痛，

---

① [美] 马歇尔·伯曼：《一切坚固的东西都烟消云散了》，徐大建、张辑译，商务印书馆 2003 年版，第 24 页。

② [美] 梭罗：《梭罗日记》，朱子仪译，北京十月文艺出版社 2005 年版，第 11 页。

我知道，会慢慢淡漠。我几乎害怕它会如此……① （1831 年 2 月 13 日日记）

在这世间我失去了兄弟查尔斯。我和您提起过他，他和我住在一起，……他才华横溢，谈吐不凡，过去几年里我们交谈涉及世间所有严肃的问题，成为我每天必不可少的精神食粮，我如此依赖他。……他才 27 岁美好的生活才刚刚开始。② （1836 年 9 月 17 日爱默生致卡莱尔）

两年多以前我的儿子死了，我似乎丧失了一笔美好的资产——如此而已。③ （《论经验》）

在爱默生的作品中，悲伤的表达总是有节制的。在以上文段中，没有类如"呜呼哀哉"这类的呼天抢地般的言辞。爱默生不够深情吗？根据爱默生的传记作者小罗伯特·理查森的记载，这三次亲人的逝去对他的打击是很重的。尤其是长子的夭折，使他悲痛欲绝。路易莎·梅·阿尔科特在回忆文章里写道，自己在沃尔多死后的第二天来到爱默生家中，发现爱默生完全变了个人。爱默生除了在《论经验》以及日记和书信中叙述了沃尔多的死亡外，他还写了一首长长挽歌的《悲歌》（*Elegy*，1842）。这首诗这样开头："南风带来了/生命、阳光和希望，/向每一个山与草原上/喷着芳香的火；/但是他的权力达不到亡人身上，/失去了的，它无法归还；/我向山上展望，哀悼/我那永远不再回来的爱子。"④ 可见，即使在挽歌中，爱默生也没大肆宣泄内心的悲痛。

笔者认为，超验主义文人对爱的克制性表达是对浪漫主义文艺

---

① ［美］爱默生著，勃里斯·佩里编：《爱默生日记精华》，倪庆饮译，东方出版社 2008 年版，第 23 页。

② ［英］托马斯·卡莱尔、［美］R. W. 爱默生：《卡莱尔、爱默生通信集》，李静滢等译，广西师范大学出版社 2008 年版，第 62 页。

③ ［美］爱默生著，波尔泰编：《爱默生集》（上），赵一凡译，生活·读书·新知三联书店 1993 年版，第 327 页。

④ ［美］爱默生：《爱默生选集》，张爱玲译，花城出版社 1997 年版，第 156 页。

思潮的反驳。浪漫主义文学肆意地宣泄情感，这也被视为浪漫主义文学的通病。对此，T. S. 艾略特（T. S. Eliot，1888—1965）在他的第一本论文集《圣林》（*The Sacred Wood*，1920）中的名篇《传统与个人才能》（"Tradition and Individual Talent"，1917）中提出了一个"情感逃避"的诗学理念，从而指明了情感节制的必要性和迫切性。这种克制情感的表达也是许多现代学者的共识。韦勒克指出："那种认为艺术是纯粹的自我表现，是个人情感的经验之再现的观点显然是错误的。"① 比较而言，超验主义文人早在一个世纪之前就已经在散文创作中自觉地遵循了这一原则。我们将其与中国古代诗文相比较，不难发现两者在表情达意上具有相似性。儒教传统诗学就强调"哀而不伤，乐而不淫"的审美品格。在明清散文中，黄宗羲等人的散文尤为典型。他们身负天下重任，所以能冲淡现实中的不幸，在心灵中寻找喜乐。梭罗在《瓦尔登湖》"孤独"篇中特别分析了自己的双重人格。他强调自己时常是一个旁观者，并没有和"我"分享共同的体验，而只是注意到它了。他还指出，这种双重人格使他能够超然置身远处，看自己如同是观看别人。笔者认为，这种有关双重人格的言说在某种程度上与道家以及佛教的人生观具有相似之处：观照万物，感悟生命，追求与天地精神相往还的无我之境。

2. 凡物皆有可观

苏轼在散文《超然台记》中指出："凡物皆有可观。苟有可观，皆有可乐，非必怪奇玮丽者也。"② 这表现了苏轼的审美原则：只要人本身具有情致，万物都能带给人快乐和满足。这种审美原则在明清散文中体现得尤为充分，明清散文家认同："能从

---

① ［美］勒内·韦勒克、奥斯汀·沃伦：《文学理论》，刘象愚等译，江苏教育出版社2005年版，第216页。
② 高海夫主编，薛瑞生、淡懿诚执行主编：《唐宋八大家文钞校注集评：东坡文钞》，三秦出版社1998年版，第5654页。

浅处见才，方是文章高手。"① 笔者认为，超验主义文人对自然美的捕捉同样遵循了"凡物皆有可观"的审美原则，他们笔下的物并不都珍奇或者稀有，他们能将平凡普通的自然物描摹得诗意盎然，别有情趣。概言之：超验主义文人除了对人有爱外，对物亦有情，这共同构成了超验主义散文情韵生成的情感驱动力。

首先，思考超验主义者评判物美的标准。在《论自然》第三章"美"的开篇，爱默生论述了自然之美："甚至尸体也有它独特之美。但是，除去这种遍布自然界的光线之外，几乎所有物体的形态都是愉人眼目的。"② 在他看来，自然给予人最大的效用之一是满足人的爱美之心。万物都是美的，即使是尸体也不例外。这种审美观与苏轼提出的"凡物皆有可观"的论断极其相似。这也得到了超验主义文人集团众多成员的支持。

其次，分析超验主义者看待物之美生成的关键。他们认为，美感产生的关键不在于物本身，而在于人。世人大多看不到物之美，而仅仅是执着于物之用。《论自然》"自然"篇中描写了爱默生因看见风景而愉悦。这风景由二十个到三十个农场组成。世人都认为这片农场的主人是拥有农场所有权的农场主。爱默生说，这风景中最可贵的美无人能凭产权而据为己有，诗人单凭眼睛就拥有了它们。梭罗在《瓦尔登湖》"我生活的地方，我生活的目的"篇的开头讲述了自己未能如期购买霍洛威尔农场。接下来，他援引维吉尔的一句诗来自我劝慰："我君临万象，风光尽收眼底，/不容争辩，我拥有一切权利。"③ 富勒在她的日记中描述了英国庄园的美。根据她的分析，庸俗的人以为只有占有某个庄园，获得它的所有权才可以享有它，殊不知诗人却以绝佳的方式

---

① ［美］张岱等著，张厚余注析，郝文霞编：《明清小品文选》，山西出版集团·三晋出版社 2008 年版，第 168 页。

② ［美］爱默生著，波尔泰编：《爱默生集》（上），赵一凡译，生活·读书·新知三联书店 1993 年版，第 14 页。

③ ［美］梭罗著，罗伯特·塞尔编：《梭罗集》（上），陈凯等译，生活·读书·新知三联书店 1996 年版，第 548 页。

享有庄园最宝贵的东西——美和艺术品鉴的自由。这种对待物的看法与苏轼在《宝绘堂记》中提出的见解相似："君子可以寓意于物，而不可以留意于物。寓意于物，虽微物足以为乐，虽尤物不足以为病。留意于物，虽微物足以为病，虽尤物不足以为乐。"① 这就是说，物之美生成的关键不在于奔忙于对物的无限制索求，而在于"寓意于物"。这种对物之美生成的认识在清代李渔的《闲情偶寄》中表现得充分。《说文》中注解："寓，寄也。"② 笔者认为，李渔之"寄"可以理解为要体会物之美，人要将自己的情感寄寓在物中。

最后，笔者从两个方面探究超验主义散文如何呈现"寓意于物"。一方面，他们擅长摹写微小、平凡的事物以体现情韵美。关于细微事物的价值，超验主义这样评述："细小的事物常充满丰富的美。"③ 这与佛教经典中"一花一世界，一叶一菩提"的思想相近。英国诗人布莱克（William Blake，1757—1827）曾在《天真的预言》（*Auguries of Innocence*，1789）中这样写道："在一粒沙子里看见世界/在一朵野花里看见天堂。"④ 这些言语都被超验主义文人在自己的散文创作中加以援引。爱默生这样描写常见之物："七月里，我们这条可爱的小河浅水处长满了蓝色雨蝶花或大片的狗鱼草，黄蝴蝶成群结队地在花草丛中飞舞。"⑤ 这河水、花、草还有蝴蝶在爱默生细致的描摹下显得生机盎然。

另一方面，超验主义文人运用拟人化思维，将"我"寄托在

---

① （宋）苏轼著，饶凤岐、刘建新、汪龙麟编辑：《苏轼散文全集》（上册），今日中国出版社1996年版，第37页。

② 汉语大词典编纂处：《康熙字典（标点整理本）》，上海辞书出版社2007年版，第227页。

③ ［美］爱默生著，勃里斯·佩里编：《爱默生日记精华》，倪庆饩译，东方出版社2008年版，第118页。

④ ［英］布莱克：《布莱克诗选》，查良铮等译，人民文学出版社1957年版，第120页。

⑤ ［美］爱默生著，波尔泰编：《爱默生集》（上），赵一凡译，生活·读书·新知三联书店1993年版，第16页。

物上。物因有了"我"的思想和情感而显出灵性，"我"和读者能在欣赏物的过程中摆脱世俗羁绊。通常来说，人类对物的立场是居高临下的，人对物有着绝对的道德上和智力上的优越感，人对物表达的几乎都是单方向的道德关怀。文学作品中出现有感情、有思想的动植物是少有的。然而，在超验主义散文里，类似哲学家和思考者的动植物还是相对较多的。如：《论自然》里的无花果，《瓦尔登湖》里的苍鹰，《种子的信仰》里的土拨鼠，《缅因森林》里的红松鼠以及梭罗日记中多次提及的鼹鼠先生等。可以说，对于超验主义者而言，拟人不仅仅是一种修辞手法，还是一种思维方式。他们在观察物的时候，往往运用了拟人的致思模式，即将物视为和人一样，是有情感有思想的生灵。他们秉持拟人化思维，书写的形形色色的物也就仿佛有了生命一般，富有灵性和情趣。在此，以《在康科德河与梅里马克河上一周》中的文段为例加以分析说明：

> 灯芯草和菖蒲似乎陶醉于这美妙的光线和空气；草地在闲暇中开怀畅饮；一只只青蛙坐着陷入深思，都是些安息日的想法，回顾总结一周的生活，睁一只眼对着金色太阳，一只脚趾踩在芦苇上，注视着它们在其中扮演一个角色的大千世界……①

如果从修辞手法上分析，这一文段运用了拟人的手法。文段中，灯芯草、菖蒲还有草地都富含感情，和人一样能感受并享受到自然的美妙。青蛙则具有理性思维的能力，还能坚守安息日。通过描写这些具有灵性的自然物，梭罗展示了自然的内在价值，把自然从受压抑的客体转化为具有内在价值的主体。必须指出，超验主义文人这种对待人与物的关系的认识对现代社会具有启示

---

① ［美］梭罗著，罗伯特·塞尔编：《梭罗集》（上），陈凯等译，生活·读书·新知三联书店1996年版，第42页。

性。生命伦理学的奠基人阿尔贝特·施韦泽（Albert Schweitzer, 1875—1965）提出了"敬畏生命"（reverence for life）的伦理学思想。在他看来，敬畏所有的生命，并与所有的生命拥有共同的感受，是所有道德的真正基础和开端。

三　阴阳刚柔之辨析

就一个时代来说，作品的艺术风格经常是多样化的，但往往与这个时代的整体审美趣味相联系。今天人们评价建安风骨会自然联系到建安时期崇尚英武阳刚的英雄之气，就是这个道理。19世纪上半期，美国在国际舞台上越来越显示出它作为大国的力量，这也驱使美国学者去塑造崭新且与时代契合的美国精神。我们知道，白头鹰是美国国徽的主要图像。超验主义散文中鹰的意象更是鲜明地表达了美国精神：自由、勇猛和力量。这种精神表现在审美风格上必然是倾向阳刚之美。

本章节，主要以姚鼐关于阳刚与阴柔的相关论述为借镜，分析超验主义者对美学风格的认识和区分，以及他们的审美倾向，并探究他们美学观点的渊源及其影响。笔者认为，这一分析也有利于了解我们民族的审美特色。

（一）一阴一阳谓为道

在我国文化史上，阳刚与阴柔是一对重要的哲学命题，也被用来标示不同的审美形态和艺术风格。长期以来，许多学者提出了关于阳刚与阴柔的审美论断。姚鼐则从美学的角度，比前代学者更为精辟而具体地阐明了阳刚、阴柔的审美风格论。《海愚诗钞序》载："文章之原本乎天地，天地之道，阴阳刚柔而已。苟有得乎阴阳刚柔之精，皆可以为文章之美。"[①] 即是说，"文章之原"，"文章之美"都要遵从自然。自然规律有怎样的特征？《周

---

① （清）姚鼐著，钱仲联主编，周忠明选注评点：《姚鼐文选》，苏州大学出版社2001年版，第223页。

易·系辞上》曰："一阴一阳之谓道。"① 中国古代学者观察宇宙自然，似乎都是从艺术家的眼光出发，他们在万物的"品次亿万"中见得的共相为阴与阳，从而推衍出阳刚之美与阴柔之美两类审美风格。应该说，这是我们民族的审美特色。超验主义认为，美源自自然以及对自然规律的认识。《论自然》专门辟出一个章节论述美与自然的关系。比较而言，超验主义者的认识接受了西方传统关于美的界定，即"多数的同一"。也就说，超验主义者从自然中获得启示：美是多样化又具有同一性，并没有明确的区分出阴与阳。

《复鲁絮非书》如此评价阳刚："则其文如霆，如电，如长风之出谷，如崇山峻崖，如决大川，如奔骐骥。其光也，如杲日，如火，如金铁。其于人也，如冯高视远，如君而朝万众，如鼓万勇士而战之。"② 姚鼐在此相继叠用了十三个"如"字，引出一连串自然世界中具有共性的情景与意象，将阳刚之美给人的感受生动形象地展现出来了。笔者认为，按照姚鼐对阳刚之美的描写，超验主义文人倾向于阳刚之美。为什么评价超验主义文人倾心于阳刚之美呢？一方面，超验主义文人自觉继承了西方文化中崇高（sublime）的审美传统。西方学者从古希腊修辞学家朗吉努斯的《论崇高》开始，经过博克、康德、席勒等学者的不断发展，将美学区分为崇高和优美（grace）两大范畴。超验主义文人对崇高的美学风格更为欣赏。崇高与阳刚之美是否契合？在美学和文学领域探讨崇高，西方学者多半也从接受者的心理角度去界定。康德说："经历着一个瞬间的生命力的阻滞，而立刻继之以生命力的因而更加强烈的喷射，崇高的感觉产生了。"③ 可见，从接受心理角度分析，西方审美传统中的崇高与姚鼐所说的阳刚之美具有

---

① （清）阮元校刻：《十三经注疏》，上海古籍出版社1997年版，第78页。
② （清）姚鼐著，钱仲联主编，周忠明选注评点：《姚鼐文选》，苏州大学出版社2001年版，第174页。
③ ［德］康德：《判断力批判》（上），宗白华译，商务印书馆1987年版，第84页。

相通之处。超验主义文人对经典之作的评价大体上符合崇高的规范。爱默生在日记中评价弥尔顿的《失乐园》如同雷霆万钧，劈开了他愚钝的脑袋。阿尔科特评价，史诗的价值在于其蕴藏着宏伟力量将我们的头脑像磨石一般加以冲洗，像河水翻腾流入海洋。①

另一方面，超验主义文人倾向于描写和表现具有阳刚之美的意象。这鲜明地体现在梭罗的《缅因森林》和《科德角》里。我们考察他笔下的自然意象：龇牙咧嘴地大笑的海浪，犬牙交错的巨大岩石群、纵深的沟壑，怪石横道的石阶，咆哮的美洲狮、狼和熊等。这些意象足以证明梭罗竭力去捕捉自然的原始力量和野性美，极力营构崇高的审美效果。根据对应理论，自然和自我合而为一，相互感应。具有崇高感的意象中的恢宏美感被用来营造一种升华的心理感受，可产生敬畏、崇敬、广阔的感觉以及超越人类理解的力量。这种崇高感也是批评家哈罗德·布鲁姆所推崇的。在布鲁姆所执著的审美理想中，崇高的审美特征被视为是经典作家和经典作品的标志之一。我们注意到，明清散文家也留意了这种审美情趣。其中，明代竟陵派就尤为追求创作的幽深孤峭。创始人谭元春在《再游乌龙潭记》中对雷鸣闪电作出了细致的描摹："电与雷相后先，电尤奇幻，光煜煜入水中，深入长尺，而吸其光波以上于雨，作金银贝影。"② 晁补之在《新城游北山记》中描绘了幽泉密林、巨石奇峰以及野禽等寻常难见的事物，感叹："二三子相顾而惊，不知身之在何境也。"③ 对于读者而言，我们在如此奇险的审美意境中很容易与作家一同获得一种类如崇高的审美体验。

---

① George Hochfield, ed., *Selected Writings of the American Transcendentalists*, Toronto: Signet Classics, 1966, p. 91.

② ［美］张岱等著，张厚余注析，郝文霞编：《明清小品文选》，山西出版集团·三晋出版社 2008 年版，第 125 页。

③ 郭预衡：《中国散文史》（中），上海古籍出版社 2000 年版，第 551 页。

（二）米涅瓦和缪斯的合一

论及阴阳刚柔，不仅关涉阳刚与阴柔两种审美风格，还关涉男性与女性的两性问题。这反映在散文创作中，可以从阴柔与女性的关系，以及女性形象等方面加以分析。

什么是阴柔之美？姚鼐对其并没有明确的定义。他同样以十三个"如"引出一系列意象："则其文如升初日、如清风、如云、如霞、如烟、如幽林曲涧、如沦、如漾、如珠玉之辉、如鸿鹄之鸣而入寥廓。"① 这十三个意象与描述阳刚的意象正好构成对照。如此一来，阳刚之美与阴柔之美被区分得泾渭分明。中国古代文人在审美风格的自我选择上各有偏好。姚鼐在分析审美风格的形成因素时指出，文章的风格特色即是作者个性和才能的体现，又随着时代和作品题材、体裁的不同而不断变化。这说明，阴柔的审美风格有其产生的必然性，并非作家退而求其次的选择。就明清散文而言，阳刚与阴柔是并行不悖的。即使崇尚阳刚之美的作家，在创作不同题材的作品时也会促成不同的审美风格。一般来说，离愁别绪、伤春惜秋、男女相恋、官场失意等题材容易表现得哀伤幽怨、缠绵悱恻，从而形成阴柔之美。

超验主义散文是怎样看待阴柔之美的呢？他们更多地将阴柔与女性气质相联系。那么，阴柔之美与女性有着怎样的关系呢？金代诗人元好问以一首绝句来比较韩愈与秦观两人的诗："有情芍药含春泪，无力蔷薇卧晚枝，拈出退之山石句，始知渠是女郎诗。"② 这首绝句以秦观的《春日》和韩愈的《山石》为例，不仅说明了韩愈、秦观两者诗风的刚柔之别，还说明阴柔是"女性气质"的表现。将阴柔与女性气质相对应是有其哲学基础的。在我国古代哲学里，阴、阳可以用来区分万物，表现在人的区分上就对应着男与

---

① （清）姚鼐著，钱仲联主编，周忠明选注评点：《姚鼐文选》，苏州大学出版社2001年版，第174页。

② （金）元好问著，贺新辉辑注：《元好问诗词集》，北京展望出版社1986年版，第467页。

女。对此,《老子》《周易》《淮南子》等古代经典有较为详细的阐释。阴之美被界定为"柔",正与阳之美"刚"构成对比。女性之美的核心也在于柔,具体表现为柔和、秀丽、纤巧等。据此推衍,阴柔之美也就成为女性气质的特色。对于超验主义文人而言,阴柔与女性之间是怎样的关系呢?请看梭罗对乔叟诗歌的评价:

> 一种朴素的哀婉和女性的温柔——华兹华斯是偶然接近这种优点,但无法与乔叟相比——是乔叟的特色。我们不禁要说:乔叟的天才是女性的,而不是男性的。①

可见,梭罗的论述直接将阴柔之美与女性两者相连,并将阳刚之美与女性气质对立起来。这样的论述符合西方文化的传统:完美的女性是柔顺。这个观点几乎根深蒂固,可以上溯到圣经。超验主义散文创作时期,社会主流意识依旧定义女性气质是纤弱柔顺,与勇敢刚毅相对立。这反映在文学审美上正是与阳刚之美对立的阴柔特色。

笔者认为,他们对阴柔的理解和接受不如中国文人那般包容。究其原因,这与19世纪美国文坛所谓的"文坛雌化"相关。历史证明:19世纪的美国,那些专为普通大众和谋利的书商写作一些闲适和消磨时间的作品的妇女成为文学兴趣的有力决定因素。② 这样一来,家庭情感类小说的泛滥于当时的美国文坛,这些畅销书的作者多半是女性作家,读者也以女性为主体。学者将这种现象视为"文坛雌化"。大部分美国学者,包括超验主义者在内都对此深感忧虑。笔者认为,这一现象要一分为二地看。一方面,超验主义文人试图匡正庸俗的文风,抵制一些粗制滥造的

---

① [美]梭罗著,罗伯特·塞尔编:《梭罗集》(上),陈凯等译,生活·读书·新知三联书店1996年版,第97页。

② Emory Elliott, ed., *The Columbia History of the American Novel*, New York: Columbia University Press, 2005, p.76.

作品充斥文坛，并试图培养国人的阅读品位并提高其审美能力。纵有矫枉过正之虞，但他们对刚健文风的追求符合了塑造美国文学个性的需要。结合美国历史和思想史分析，这也反映出美国19世纪上半期的兴盛表现在文人身上的一种自信、乐观甚至激进的精神气度。另一方面，这种主观动机的实现绝对不是将非阳刚的作品一棒子打死。而且，这种对阴柔之美的排斥与超验主义所论述的美是多样化的观点相矛盾。

接下来，我们分析超验主义文人对女性的评价。总的来说，他们对待女性的态度较之同时期的其他学者是要开明得多。超验主义男性文人与富勒、伊丽莎白·皮博迪（Elizabeth Peabody，1804—1894）等女性的交往，富勒为超验主义喉舌杂志《日晷》的第一任编辑，以及阿尔科特对女儿的教育等都可以证明。

在超验主义文人中，对女性气质给予创新性诠释的要算是富勒。我们从一个寓言分析入手。柏拉图在《会饮篇》里谈到一个寓言，最早的人是雌雄同体的，他们力量无穷以致对神不敬。宙斯为了维护神的权威，将人分为两半，分成了男人和女人，从而削弱了人的力量。我们注意到，人类的双性同体的寓言为很多文化所共有。这个关于人的分化的寓言是对人类处境的重新评估，代表了人类的衰亡。它们表明了一个相当普遍的信仰："在神话中的祖先身上体现了人类的完美性，构成了一个统一体，同时也就是全体。"① 这个寓言影响了爱默生，他先后在《论自然》《美国学者》以及日记中都提及这个寓言。他在《论自然》中说："太阳和月亮从人体内升腾如云——从男人体内升起太阳，而从女人体内升起月亮。……现在终于轮到男人成为太阳的追随者，而女人成为月亮的追随者。"② 在这里，爱默生没有强调人失去原

---

① ［美］米尔恰·伊利亚德：《宗教思想史》，晏可佳、吴晓群译，上海社会科学院出版社2004年版，第142页。

② ［美］爱默生著，波尔泰编：《爱默生集》（上），赵一凡译，生活·读书·新知三联书店1993年版，第55页。

本的"高大雄健"是阴阳分化的结果，而是归结于人对自身力量的不自信。所以，他呼吁了大写的"Man"，号召人找回失落的伟大。与之相比，富勒抓住了寓言中的雌雄同体。她在《十九世纪的妇女》中呼吁了大写了"Woman"，号召完美女性应该和最初的未分化的人一样是雌雄同体的。她借用了西方神话中的战神米涅瓦（Minerva）以及艺术女神缪斯（Muses），分别指代男性气质和女性气质。在富勒笔下，新女性即大写的"Woman"就是米涅瓦和缪斯的合一，融和了男性气质和女性气质，拥有了力量与美丽、智慧与爱、理性与感性的和谐统一。她对完美女性既是米涅瓦，又是缪斯的分析其实也适合整个人类。"人类的成长是男性化与女性化共同发展的结果。这两种方式是能量与和谐、力量与美丽、智能与爱情的区分"。① 笔者认为，富勒的观点实际上也是对过于倚重男性气质的审美的一种反驳，人的完善需要类似阴阳合一的对立双方辩证互补而达到和谐。

第二节　带有保守性

超验主义散文创作正值美国社会向工商业转型。纵观世界历史，资本主义工商业的发展在一切领域猛烈冲击着封建自然经济，导致社会阶级关系发生了新的变化，促进了社会生产的发展。因此，它具有历史的必然性，代表了社会的进步力量，但也带来了新的问题。这一切势必影响到散文家对题材、体裁、风格的取舍，给予了他们机会，但同时也限制了他们的范围。笔者试图以明清散文为借镜，通过比参分析，说明两者在保守性特征方面的共性和个性，以及各自对后世的影响，并发掘其现实参考价值。

---

① David M. Robinson, *Margaret Fuller and the Transcendental Ethos*: *Woman in the Nineteenth Century*, New York: The Modern Library, 2001, p. 345.

一　对工商业的批判

超验主义文人面对工商业的迅猛发展态度是暧昧的，既有创新性思想又带有保守色彩。总的来说，他们和占主体的明清散文家的态度大致相似，都对工商业持有批判态度。这看起来都与时代的潮流并不同向，具有保守性。那么，超验主义文人对工商业的批评有着怎样的特点？其原因何在？又有着怎样的影响呢？

（一）关于重农主义

当时，美国政府内部的党派之争愈演愈烈。以杰斐逊为代表的共和党主张保护农业和农业从业者的利益，反对权力集中，倡导州权。以汉密尔顿为代表的联邦党站在重商主义的立场上，倡导保护美国商业、工业和制造业者的利益，并强调政府的权力。超验主义者大多数不属于任何党派，但他们认识到两党之争的实质是秩序与自由、工商业与农业之间的利益之争，也是国家未来发展道路的选择之争。沃侬·路易·帕灵顿在《美国思想史：1620—1920》中将爱默生与提倡"重农主义"（Physiocracy）的托马斯·杰斐逊（Thomas Jefferson，1743—1826）相提并论，认为他是思想领域的重农主义者。[①] 笔者认为，从爱默生等超验主义文人所倡导的伦理道德的角度看，他们的确怀恋传统的农业经济时期所盛行的社会风尚。但是，就工商业本身而言，他们并没有持批判态度，甚至还褒扬了工商业所带来的社会进步。

一方面，超验主义文人并不主张人人从事农业。

> 一切职业都是多么无关紧要，只要能轻松自如地工作，任何职业在人们看来都可能显得高尚而富有诗意。[②]（《在康

---

① ［美］沃侬·路易·帕灵顿：《美国思想史：1620—1920》，陈永国、李增、郭乙瑶译，吉林人民出版社 2002 年版，第 545 页。

② ［美］梭罗著，罗伯特·塞尔编：《梭罗集》（上），陈凯等译，生活·读书·新知三联书店 1996 年版，第 89 页。

科德河和梅里麦克河上的一周》)

我不想夸大这种劳动学说，坚持要求人人都去当个农夫……大致说来，务农是最原始、最普通的职业。在一个人尚未发现更适合于己的工作时，务农可能是最好的选择。但是，农场的意义仅在于此：每个人都应当与这世上的劳作保持基本的联系；他应当亲自动手；哪怕他口袋里有钱包……以自己的才智夺得大自然的统治权，最终成为主人。① （《人即改革者》）

超验主义文人并不认为务农是必需的谋生手段，是唯一"高尚而富有诗意"的劳动行为。只不过，他们尊重务农的生活方式，认为这是人与自然相互沟通与亲切交流的最好途径之一。他们还分析，如果以完全的功利心去从事农业生产，农业同样会失去它原本的质朴本色。比较而言，明清散文家对农业更为推崇，并将其视为安身立命之本。归有光的《守耕说》有意使论题重大化，使友人岳父所从事的农业劳动具有了重大意义："耕稼之事，古之大圣大贤，当其未遇，不惮躬为之。……今天下之事，举归于名，独耕者其实存耳，其馀皆晏然逸己而已也。"② 在《曾国藩家书》中，曾国藩则反复强调以耕读治家的思想。梁漱溟分析："在中国读与耕之两事，士与农之两种人，其间气脉浑然，相通而不隔。"③ 可见，传统农业生产方式有力的维系了传统社会的伦理纲纪和社会秩序。这是中国古代文人始终强调的。

另一方面，超验主义文人并不反对工商业本身。

爱默生在《补偿》中说道，工商业本身就代表了一种乐观向上的精神。在《年轻的美国人》中，他指出，商业的本领是把每

---

① ［美］爱默生著，波尔泰编：《爱默生集》（上），赵一凡译，生活·读书·新知三联书店 1993 年版，第 155—156 页。

② （明）归有光著，钱仲联主编，赵伯陶选注评点：《归有光文选》，苏州大学出版社 2001 年版，第 303—304 页。

③ 梁漱溟：《中国文化要义》，上海人民出版社 2005 年版，第 136 页。

个人身上任何一种潜能挖掘出来，让它为人服务。梭罗在康科德河驾船航行时遇见了一艘艘的商船，他还衷心地祝福他们："美好的期望不要徒然落空。"此外，超验主义者并没有脱离工商业发展的现状去思考具体的解决方案。爱默生、梭罗、阿尔科特都曾在日记中记录了拮据的生活状况，以及对解决经济困境的思索。梭罗在《瓦尔登湖》中展现闲适生活的同时，也在锱铢必争，那不时出现的详细的收支记录更是打下了时代的烙印。在超验主义者创办的布鲁克农场，人们也充分利用了工商业发展所带来的便宜。他们将劳动成果抛向市场，换得生活所需。很多成员甚至从这种商品交换中获得了自信和满足，这在女性成员中表现得尤为突出。① 应该说，超验主义文人对当时工商业的发展所带来的问题的思索具有前瞻性，所想到的解决方案有一定的现实启发意义。这也是当今人们从生态伦理、经济学和社会学等多个视角分析超验主义散文的原因所在。

与之相比，明清散文家对工商业的批判是主导性的。明清散文中不乏诸多奸商的形象。刘基更是在《蜀商》中指明，经商的门道就是大奸大富，小奸小富，不奸不富。笔者认为，两者对待农业与工商业的态度差异主要与其所处的时代背景有关。"统治阶级的思想在每一时代都是占统治地位的思想。……支配着物质生产资料的阶级，同时也支配着精神生产的资料。"② 超验主义文人所处的 19 时期上半期正是资本主义工商业的发展中期。从本质上讲，资本主义思想已经是统治阶级的主流文化意识。从现代经济理论的视角分析，我国从明中叶起已出现资本主义的萌芽，工商业的发展冲击了自然经济，但并未撼动封建制度，捍卫封建的文化意识依旧是绝大多数散文家的自觉选择。因此，直至明清时

---

① ［美］萨克文·伯科维奇主编：《剑桥美国文学史散文作品：1820—1865 年》（第二卷），史志康等译，中央编译出版社 2008 年版，第 514 页。

② ［德］马克思、恩格斯：《马克思恩格斯全集》（第一册），中共中央马克思恩格斯列宁斯大林著作编译局编译，人民出版社 1974 年版，第 312 页。

期，尽管对农业的坚守与时代的潮流并不同向，但这依旧是大部分文人所强调的。

值得分析的是，超验主义文人即使和同时期的爱伦·坡、库珀等美国作家相比，其对待工商业本身的态度也要更为宽容。笔者认为，这与超验主义文人所处的新英格兰的地域文化有关。威廉·布雷德福（William Bradford，1590—1657）作为普利茅斯的第一任总督，他很适合作为新英格兰的一个令人信服的记录者。他在《普利茅斯殖民史》（*The History of Plymouth Plantation*，1651）中对新英格兰的第一印象非常著名：

> 越过浩瀚的大洋和危机四伏的大海……没有客栈提供他们充饥或让他们饱经风霜的身体得以恢复；没有房屋，更不用说城镇可供他们休整和寻求援助……而野蛮的原始人早已弯弓搭箭，严阵以待。由于是冬天，他们了解这个国家的冬天，了解冬天的严寒和险恶，忍受着无情而凶猛的暴风雪，带着饱经风霜的面容站在那里，而整个国家，到处是树木和丛林，呈现出原始而野蛮的色彩。①

在上述描述中，我们可以想象最初的移民在历经漫长旅程的考验后来到新英格兰所面对的是怎样的一块贫瘠的土地。新英格兰地处纬度较高，自然气候条件较为恶劣，土层稀薄，不适合种植，自然物产也不及南方丰富。长期以来，新英格兰人唯有致力于发展工商业，并依托其地理位置的优势发展航运贸易。而且，资本主义工商业的繁荣和新英格兰的清教文化传统相契合。对此，马克斯·韦伯（Max Weber，1864—1920）在《新教伦理与资本主义精神》（*The Protestant Ethic and the Spirit of Capitalism*，1904）中已有深入研究。韦伯特别列举了富兰克林《自传》中的

---

① 美国国务院编：《美国文学概况》，杨俊峰等译，辽宁教育出版社 2003 年版，第 21 页。

事例。富兰克林的成功是新英格兰人理想的人生模式：一个真正的清教徒，不仅是理想主义者，更是脚踏实地的实干家。新英格兰的发展证明：在清教伦理的调整下，理想主义和实利主义保持平衡，互利互惠。经过一个多世纪的努力，到了 19 世纪上半期，新英格兰发展成为美国最为富庶的地区，商业的发展尤为迅猛。综上所述，作为出生、成长和生活于新英格兰的超验主义文人，他们较之南方或者西部作家更为深刻地了解工商业对历史进步所起到的有利影响。

（二）倡导见素抱朴

老子在《道德经·十九章》中论述："绝圣弃智，民利百倍；绝仁弃义，民复孝慈；绝巧弃利，盗贼无有。此三者以为文不足，故令有所属；见素抱朴，少私寡欲；绝学无忧。"[1] 其中，"见素抱朴"中"素"的本义是没有染色的丝；"朴"则是没有雕琢的木；"见素抱朴"就是主张保持原有的自然本色。这一论述被视为老子社会人生观的表达，即主张一个人要做到保持朴实和减少私欲。这历来是中国正统文人所强调的。

19 世纪以来，工商业化的发展使金钱的效用得到了夸张的表现。这样一来，致力于寻找发财致富的捷径和对物质财富的追求已慢慢成为这个时期最主流的风尚。这种物质财富的狂热不仅限于美国，也是整个欧洲的社会风尚。目光敏锐的超验主义文人把批判的矛头指向了工商业所带来的世风败坏，并竭力倡导"见素抱朴"的社会人生观。

一方面，反对逐利。

精神与物质之间的冲突，个人在价值判断上的犹豫不决，不断发生的利益争夺和尔虞我诈；所有这些在当时的文学作品中表现得淋漓尽致。对此，勃兰兑斯在《十九世纪的文学主流》上有具体分析。超验主义文人在其散文中揭露了世俗风气的虚伪，否

---

① 陈鼓应：《老子注译及评介》，中华书局 2009 年版，第 134 页。

定了崇尚物质利益的价值观。克拉克、里普利、阿尔科特甚至将美国社会有闲阶级的奢靡之风视为世界末日的先兆。值得分析的是《与孩子们谈"福音书"》中有关孩子想象天堂的相关文字：孩子们因各自经验的差异而想象各异，但都带有明显的时代特色。用伊丽莎白·皮博迪的话说，孩子们对天堂的设想告诉我们金钱和财富在人们心中的重要地位。[①] 不是吗？所有的孩子都把天堂想象得富丽堂皇，而且不同阶层的孩子所设想的天堂均比自己本身所属的阶层所能拥有的住宅更为豪华和奢侈。应该说，关于天堂设想的对话是极为奇妙的。圣经说富人进天堂比骆驼穿过针眼还要困难。《马太福音》第 18 章第 3 节："我实在告诉你们：你们若不变成如同小孩一样，你们决不能进入天国。"[②] 孩子们想象的天堂生动地再现了世俗价值观和风气对基督教文化传统的否定，达到了反讽的效果。

明清时期正是资本主义萌芽时期，工商业的发展同样撼动了传统的社会风尚。大多数明清散文家对此持批判态度。譬如，姚鼐在《书〈货殖传〉后》借分析司马迁写《货殖传》的目的来批判最高统治者的穷奢极欲，并指明商业所造成的危害："去廉耻而逐利资，贤士困于穷约，素封僭于君长；又念里巷之徒，逐取十一，行至猥贱。"[③]

另一方面，倡导简朴。

超验主义文人对工商业的批判并没有仅仅停留在现实层面，还关涉到灵魂的拯救。他们将工商业的高速发展所造成的物质繁荣视为一场失去灵魂的盛宴。这种说法让我们想到霍桑的《小伙子布朗》(*Young Goodman Brown*, 1835)。如果说霍桑把人的堕落

---

① Mc Williams, John P., *New England's crises and cultural memory: literature, politics, history, religion, 1620—1860*, New York: Cambridge University Press, 2008, p. 238.

② 《新约圣经并排版》，上海中国基督教三自爱国运动委员会，中国基督教协会 2005 年版，第 72 页。

③ （清）姚鼐著，钱仲联主编，周忠明选注评点：《姚鼐文选》，苏州大学出版社 2001 年版，第 162 页。

归结于原罪，那么超验主义者则把工商业的发展和贪婪的物欲视为人类衰亡的重要原因之一。梭罗在《瓦尔登湖》"论经济"的开篇分析了人的困境在于其执着于所谓的生活必需品中。在他看来，大部分的所谓必需品，非但没有必要，而且驱使人耗尽自己的精力，对人类的进步大有妨碍。

如何拯救人类？超验主义认为，淳朴的事态本质是太初的形态，具有最伟大的力量，万事万物都要返回本原寻得真义。他们大肆宣扬："每一个高尚的个性都是上帝创造的，即使它包含野蛮的热情，它也包含适当的约束和巨大的冲动，并且不管它怎样毫无节制，终将沿着它的轨道，从远方返回到原来的状态。"① 这不由使我们想到老子有关道的运行规律的说明。《老子·二十五章》指明："吾不知其名，强字之曰道。强为之名曰大。大曰逝，逝曰远，远曰反。"② 在这里，老子指出，道是广大无边的，万物从道中分离出来，离开道后，又返回来。这样一逝一反，正是道的运行方式。超验主义文人身体力行地践行简朴的生活，减少生活上的需要，并以此保证内心世界的宁静和恢复生活原初的和谐。据史料记载，在超验主义者创办的布鲁克农场和花园果地里，人人从事力所能及的劳动，吃着最简单的食物。霍桑正是为了寻求一种简朴生活，加入了第一批开拓者的行列。理想和现实相去多远？在此我们不评价布鲁克农场的功过。但不可否认的是，超验主义者的初衷却是要反抗世俗风尚，追求简朴高尚的生活。19 世纪上半期，人与自然的对峙还不是那么激烈，但超验主义散文预示了人与自然日趋紧张对峙的势态和生态失衡会造成的危机。这正是后世作家主要的创作主题，也是困扰我们的最大当前问题之一。从这个意义上评价，超验主义文人所倡导的简朴的生活方式为我们缓解生态失衡提供了很好的建议。

笔者认为，超验主义倡导"见素抱朴"的社会人生观反映在

---

① ［美］爱默生：《爱默生选集》，张爱玲译，花城出版社 2006 年版，第 223 页。
② 陈鼓应：《老子注译及评介》，中华书局 2009 年版，第 159 页。

散文创作上则是强调文从字顺的自然文风。这是超验主义散文总体的、基本的文风。韩愈在《南阳樊绍述墓志铭》中提出"文从字顺各识职"。① 这主要是强调语言的平易通顺和妥帖明晓，声音节奏的自然流走，舒卷自如。梭罗说："平易晓畅的言语之美对所有的人最具吸引力，人们甚至用华丽的文体对其进行模仿。"② 从更深层次分析，超验主义文人对文从字顺的理解源自于他们对大自然及其规律的认识。爱默生在日记里分析华兹华斯描绘的滑冰画面：后靠脚跟，中途止步。他说，这种看似简朴自然的文风实际上是一种高超的艺术。梭罗《在康科德河和梅里麦克河上的一周》的"星期日"篇中质问，谁的句子是辛辛苦苦造出来的？他指出，大自然不仅向我们提供词语，而且也提供现成诗行和诗句。他继而评价沃尔特·雷利爵士（Sir Walter Raleigh，1552—1618）的文体卓尔不群："在他的文体中有一种自然的强调，犹如一个人的步态；在句与句之间留有停顿的时间，这是最佳现代作品所欠缺的。"③ 克拉克在传道中指出，作品平静而伟大的品格具有永恒的激发力量，绝对不会给阅读者带来放荡不羁或奢侈豪华的危险。除了梭罗、爱默生、克拉克之外，阿尔科特、里普利等超验主义散文家也各自阐释了文风自然和谐、淳朴天成的重要性。

二 对小说文体的评价

在本章"创新性"的研究中，我们得出结论：超验主义散文与明清散文的发展与散文家对诗歌、小说以及戏剧等文体的表现手法的借鉴有关。然而，他们对小说这一文体本身的整体评价不高，甚至可以说持批评和抵制的态度。那么，这些散文家是否给

---

① 高海夫主编，薛瑞生、淡懿诚执行主编：《唐宋八大家文钞校注集评：柳州文钞》，三秦出版社 1998 年版，第 1047 页。

② ［美］梭罗著，罗伯特·塞尔编：《梭罗集》（上），陈凯等译，生活·读书·新知三联书店 1996 年版，第 93 页。

③ 同上书，第 92 页。

予了小说合乎史实的评价呢？

自 1790 年以后，很多作品，包括自传、传记都被冠以小说的名目出售，以至于小说成为美国图书界最为畅销的文类。① 超验主义文人并没有给予小说以它该有的历史地位。他们认为人们花精力去阅读小说是没有意义的。梭罗说："我从未读过小说，小说中缺乏真实的生活和思想。"② 他们对许多知名的小说家及其作品评价不高。爱默生认为简·奥斯丁（Jane Austen，1775—1817）的小说没有天赋、机智或对世界应有的认识。阿尔科特讥讽斯托夫人的《汤姆叔叔的小屋》（*Uncle Tom's Cabin*，1852）在厨房和育儿室里最为流行。纵观中国文学史，明清时代的文学盛事应该算是以戏曲和小说为代表的叙事文学的成熟与发达。但是，大多数散文家并不将小说视为重要的文类，并给以其恰如其分的评价。按照王国维"一代有一代之所胜"的观点，超验主义文人与明清散文家一样，均没有给予小说以较为客观的评价。原因何在？主要有以下三个方面：

第一，受传统的文体尊卑观点的局限。

中国的小说是从历史叙事发展为民间演义，加上佛经"变文"和传奇小说逐步演化成长篇小说。鲁迅的《中国小说史略》更是从上古神话传说溯源。西方小说则是从史诗演变到传奇，最后发展成长篇小说。可见，小说文体的形成贯穿于中外古代文学发展史的全过程。小说作为独立的文体，其形成和出现要晚于诗歌、散文和戏剧。对于以"诗文大国"著称的中国而言，小说的地位也长期比诗歌和散文卑下。《汉书·艺文志》："小说家者流，盖出于稗官，街谈巷语，道听途说者之所造也。"③ 按照中国正统

---

① Emory Elliott, ed., *The Columbia History of the American Novel*, New York：Columbia University Press, 2005, p. 112.

② ［美］梭罗著，罗伯特·塞尔编：《梭罗集》（上），陈凯等译，生活·读书·新知三联书店 1996 年版，第 63 页。

③ （汉）班固编撰，顾宝讲疏：《汉书艺文志讲疏》，上海古籍出版社 2009 年版，第 165 页。

文人的观点，小说属于稗官野史，不能登大雅之堂；诗歌和散文才是考量一个文人才思、才情和才能的重要体裁形式。在中国古代，文人不会将其主要精力投注到小说的创作中。

在西方文学史上，小说的地位如何呢？纵观西方文学史，小说在 18 世纪晚期成为学界热烈争论的话题，许多学者都发表了关涉小说文体价值的论说。其中，哲学家黑格尔将小说视为是史诗的衰亡。这也代表了保守的文体尊卑观点。那么，美国学界对待小说文体的评判呢？按照美国学者的分析，直到 19 世纪中期，小说作为一个独立的文体还未得到学界的完全认可。霍桑甚至很担忧自己被视为是小说家，强调自己创作的作品不是小说，而是罗曼史（romance）。因此，我们可以认为超验主义文人对小说的评价受到了传统的文体尊卑观点的局限。

其二，受作家创作目的的限制。

散文具有多种功效，既是实用的，也是审美的。对于正统的散文创作而言，首要的创作目的是强调散文的实用功能。尽管进入近代以来，部分学者对功利的散文观持批驳态度，主张将散文从政治教化的附庸地位中解放出来。但是，不可否认文以载道是散文发达的重要原因所在。尽管明清散文中不乏独抒性灵，自娱自乐的佳作，但强调散文"经世致用"的目的在明清时期依旧占主流地位。正如顾炎武在《日知录》上所说："文之不可绝于天地间者，曰明道也，纪政事也，察民隐也，乐道人之善也。若此者，有益于天下，有益于将来，多一篇，多一篇之益矣。"①

梭罗在《在康科德河和梅里麦克河上的一周》中这样描述"好书"：

> 不是那种向我们提供畏缩一隅而取得乐趣的书；那种一个游手好闲的人无法阅读的书，不会给胆怯者带来娱乐的

———————

① （明）顾炎武著，黄汝成集释：《日知录集释》（中册），上海古籍出版社 1985 年版，第 1439 页。

书，甚至使我们对现存制度构成威胁的书——凡此种种我称之为好书。①

可见，超验主义文人在进行散文创作时也具有功利主义的创作观。或者说，他们希望文学作品能够起到传播知识，解放思想，开启民智的功效。笔者认为，正是他们的创作目的影响了他们对待小说的评价。小说有着怎样的功能？今天我们回答这个问题绝对不会忽略它的教化功能。在 19 世纪的美国，小说的教化功能是受到广泛质疑的。凯斯·N. 戴维森（Keith N. Davidson）在研究 19 世纪的美国小说时指出，小说最初被认为是逃避现实的，非理智的，暴力的和色情的，同时由于它们的虚构性，还被视为是谎言，是邪恶的。而且，大多数人认为，19 时期小说的流行意味着西方文明的下降。② 牧师乔纳森·爱德华兹（Jonathan Edwards，1703—1758）再三警告，阅读小说是一种放纵行为，容易引起道德的沦丧。正因为如此，梭罗说："经常读小说的人还不如打个盹儿。"③ 可以说，这种观点与黑格尔等人对小说价值的评价是一脉相承的。

其三，受小说文本本身良莠不齐的影响。

任何一种文体都有相对低劣的作品。在 19 世纪美国小说史中，优秀的作品并不多。研究证明，在当时的图书市场，发行量最多的畅销小说并非质量上乘之作。关于 19 世纪美国畅销书的研究得出：随着物质生活条件的改善，人们需要精神上的满足。小说相对于其他文类来说更为通俗易懂，对读者的知识储备和审美品位没有过高的要求，正符合了当时美国社会广大民众的需要。

---

① ［美］梭罗著，罗伯特·塞尔编：《梭罗集》（上），陈凯等译，生活·读书·新知三联书店 1996 年版，第 85 页。

② Emory Elliott, ed. , *The Columbia History of the American Novel*, New York：Columbia University Press, 2005, p. 12.

③ ［美］梭罗著，罗伯特·塞尔编：《梭罗集》（上），陈凯等译，生活·读书·新知三联书店 1996 年版，第 85 页。

值得一提的是，1790 年美国第一部《著作权法》的通过，使文学变成了财产，文学创作的经济权益从而得到了法律的保护。这一方面为作家的创作创造了更为健康合理的环境，另一方面也使创作成为一种商业活动。在 1815 年至 1860 年期间，经历了中产阶级的崛起和市场改革，图书市场繁荣，其中小说是最受读者欢迎的文类。迈克·T. 吉尔莫（Michael T. Gilmore）在《图书市场》（*The Book Marketplace*）一文中有详细分析，有些作者为了从小说写作中获得更多的利润，会自动地迎合读者的口味，特别是满足读者的一些隐秘的欲望，从而创造出一些思想性和审美性都相对低俗的作品。[①] 从这个角度上分析，超验主义文人对小说的否定也有其合理性。实际上，超验主义文人也并非排斥所有的小说。其中，歌德以威廉·迈斯特（Wilhelm Meisters）为主人公所创作的《威廉·迈斯特》（*Wilhelm Meisters*，1795—1796）就受到了爱默生、梭罗、富勒、阿尔科特等人的重视和好评。

综上所述，小说作为独立文体的出现是所在时代的产物，代表了那个时代的精神。从思想史的角度看，小说是能够表达普通民众寻求民主自由的意识和表达思想情感的文体，并为新思想的传播和社会变革起了有利的推动作用。总体而言，超验主义文人和明清散文家对小说的评判带有保守色彩。

第三节　创新性与保守性的融合

为什么关注超验主义散文创新性与保守性的融合呢？笔者认为：超验主义运动作为美国历史上的一次重大的思想解放运动，其创新性是毋庸置疑的。但是，超验主义散文带有保守色彩，这也是不可忽略的。分析超验主义散文的保守色彩，并不会抹杀超验主义运动的成就，而是更全面地了解了超验主义散文的特色，

[①] Emory Elliott, ed. , *The Columbia History of the American Novel*, New York: Columbia University Press, 2005, p. 46.

更深刻地把握了超验主义运动的时代特色以及文学创作本身的复杂性。

在本章中，笔者试图以明清散文为借镜，分析超验主义散文创新性与保守性融合的思想基础，艺术表现及影响。

一　两者融合的共同基础：圆

"圆"是中国文化中的一个重要符号，蕴含了深刻的哲学思想和美学意义。中国历代学者对"圆"的研究尤其注重。《山海经》载："天下为之圈，则名实同居。"① 其中，"圈"就是指圆的环绕，是对宇宙生命循环律的形象表述。清代张英在《聪训斋语》卷四十五中指出："天体至圆，故生其中者，无一不肖其体。……凡天地自然而生皆圆。"② 在西方文化史上，对圆的认识可谓源远流长。早在古希腊时期，毕达哥拉斯就提出，"一切立体形中最美的是球形，一切平面形中最美的是圆形"。③ 爱默生在《论圆》指出："圆是宇宙密码中的最高象征。"④ 他继而明确地指出，眼睛及其目力所及到处都是圆，整个自然界都是圆的重复。超验主义强调从自然中洞悉宇宙和人生的秘密。这可以视为超验主义文人对"圆"的哲学思考的逻辑起点。

笔者认为，超验主义文人与明清散文家将对"圆"的理解参悟渗透到了心理思维层面，以至于他们在散文创作中自觉地融合了创新与保守两种看似对立的特色。那么，"圆"具有怎样的特点呢？"圆"对散文家的思想和审美产生了怎样的影响？

一方面，"圆"象征了流动和易变，没有固定的状态，一切

---

① 刘文典撰，殷光熹点校：《淮南鸿烈集解》，安徽大学出版社、云南大学出版社 2012 年版，第 28 页。

② 包东坡：《中国历代名人家训精粹》，安徽文艺出版社 1991 年版，第 354 页。

③ 北大哲学系美学教研室编：《西方美学家论美和美感》，商务印书馆 1963 年版，第 15 页。

④ ［美］爱默生：《爱默生超验主义思想》，刘礼堂、李松译，崇文书局 2007 年版，第 54 页。

都处在变化中。这不仅符合事物发展的客观规律，也同样适合于精神领域。爱默生断言，人的一生都在学习"圆"所蕴含的指向超越的真理，围绕着圆再画一个新的圆。这实际上正是超验主义所奉行的精神探索的原则，是他们不断创新和进步的象征。当初，超验主义文人集团最初的成员几乎都是唯一理教的年轻牧师。他们不懈地探索真知，不容忍僵化的传统和习俗，向前辈们的信念提出挑战。他们攻击约翰·洛克（John Locke，1632—1704）的哲学，批评哈佛教育制度，宣扬教会改革。这种永不停滞的追求使超验主义文人集团不断地发展进步，并保持活力。可见，超验主义运动发展的动力就在于超验主义者能对昨天刚刚解决了的问题提出新的质疑，并不断斗争、平衡对抗力量。这正体现了"圆"所蕴含的真理，"圆"蕴藏的无限创新力。

"圆"象征的永恒变化也是中国古人所强调的。《老子·二十五章》指明："有物混成……周行而不殆，可以为天下母。"① 在这里，老子形容道是"周行而不殆"的。"周"就是一个圆圈，"周行而不殆"指的是循环运动、生生不息、永不休止。王夫之在《思问录·外篇》中指明："绘太极图，无已而绘一圆圈尔，非有匡郭（廓）也。……从来说者竟作一圆圈，围二殊五行于中；悖矣。……无已而以圆写之者，取其不滞而已。"② 可见，中国的太极图生动展示了追求"圆"的人生境界就是追求无止境。

另一方面，"圆"还具有极大的包容性。超验主义文人强调了"圆"的包容带来运动变化中的和谐稳定。爱默生在《论圆》中这样形容我们的进步：

> 一步紧接一步，我们攀登着这座神秘的楼梯：步履是行动，新的前景是动力。每个结果都被后面的结果所威胁、所评判。每个结果似乎都与新来者相冲突，并为它所限制。

---

① 陈鼓应：《老子注译及评介》，中华书局 2009 年版，第 159 页。
② （明）王夫之：《思问录·外篇》，上海古籍出版社 2000 年版，第 59 页。

新思想总是被旧思想所憎恨，对于旧思想处身之地来说，它就像一个怀疑主义的深渊。但是眼睛不久就习惯了它，因为它们是同一种原因的结果。然后，它的清白和益处出现了。不久，它的能量耗尽了，在新的时刻显示之前变得苍白和萎缩了。①

从以上文段中可以看出：一切前进和上升的路线都仿佛圆的旋转运动，没有终点；但它不是简单的重复式循环，而是螺旋式的上升。在这个过程中，新与旧相互依存：新在旧的基础上发展起来，即使是旧，也不应否定它曾经的创新性、进步性以及它对新的奠基作用；随着时间的流逝和事态的发展，新的总会成为旧的。总之，圆的内部有新与旧的冲突，这些冲突最终不仅不会破坏圆的整体性和稳定性，反而可以使其更具有活力。

接下来，我们以爱默生的演说词《保守党》为例加以说明。爱默生开篇指出，保守党与革新党将一个国家分成两个阵营，两者之间的争论是整个文明史的主题：是过去与未来的冲突，是记忆与希望的对抗，是常识与理智的矛盾。从文章的构思来看，爱默生是按"对偶式思维"对自己演说词的体系结构做了预设。接下来，爱默生讲了古希腊神话里农神萨坦与天神乌刺诺斯关于做牡蛎的寓言故事。爱默生仅仅截取了他们的对话的片段，意在说明：保守与激进是最原始根本的不和，在琐碎事件中表现出来的天性的两极。这个寓言故事是整篇演说词整体结构的微缩模式。从其后各部分的具体行文来看，爱默生让以萨坦为代表的保守派和以乌刺诺斯为代表的革新派不断对话。是否客观存在保守派与革新派的针锋相对呢？确实存在。爱默生撰写《保守党》的演说词的背景正值保守党与革新党在争论美国的归属权。我们注意到：爱默生没有让保守党与革新党在他的散文中进行实际的政治

————————

① ［美］爱默生著，波尔泰编：《爱默生集》（上），赵一凡译，生活·读书·新知三联书店1993年版，第447页。

方面的对垒。相反，爱默生选择的是对人的本性以及自然规律的认识等具有普遍意味的保守主义与革新主义。而且，他自己并没有断然地否定任何一方，而是主张两者相互促进和激发。这样一来，文中出现的萨坦与乌刺诺斯，年轻人与绅士，改革者与神父之间的三轮对话，完全可以看成是爱默生分裂为"主我"和"宾我"的对话，分别象征了爱默生内心的两种矛盾思想倾向。最后，爱默生总结得出：创新与保守之间的依存关系，正如是一场向心力与离心力的相互作用运动。它预示着，创新是种活跃的力量，但保守是进一步创新的基点，它是阻力，也是驱动力。

此外，超验主义文人也用"圆"来阐明文化的发展。他们鼓励文化创新，但并不轻易否定保守主义。在《在康科德河和梅里麦克河上的一周》"星期一"篇中，梭罗赞美东方民族的保守主义。他质问："谁还会说他们的保守主义不曾奏效？那儿存在着一些统治世界的永恒法律的遗迹。"① 这运用到文学领域也是一样。我们总是必须研读古代的文学经典来充实自己，并发展新的文学。每当文学界掀起复古运动，实际上是针对文学现状的改革。这在明清文学史中也得到了证明：众多文学流派正是打着复古的旗号对文学现状进行改良和革新，从而推动了文学的向前发展。实践证明，文学发展过程同样不是直线向上的，而是螺旋上升的，是符合"圆"的运行规律的。

笔者认为，爱默生对"圆"的包容性的认识与中国文化传统中"圆"的精神内核高度一致。中国的太极更是对此进行了直观再现：包容阴阳对立面的圆，在阴阳的相互作用、相互协调下形成的相对稳定形态。既然新旧、阴阳等对立面在"圆"里融合，那么创新与保守也同样可以融合。这样一来，我们就可以理解超验主义散文与明清散文的创新与保守相融合的特色了。

---

① ［美］梭罗著，罗伯特·塞尔编：《梭罗集》（上），陈凯等译，生活·读书·新知三联书店1996年版，第120页。

二　两者融合的具体表现

学界评价美国的个性具有两重性："这个带有旧的精神观念的年轻国家，既遗留了祖辈的信念和标准，又拥有年轻一代的创新和开拓。"① 这正是圆的包容性的展现，也正是超验主义思想的内涵之一。超验主义运动因反对清教文化的保守和唯一理教的僵化而发展起来。它不仅从清教文化和唯一理教里汲取有利的因子，也难免会沾染它们保守的一面。本章节中，笔者以明清散文为借镜，从超验主义散文中铁路的意象以及《日晷》杂志的矛盾风格两方面进行分析，旨在说明创新性与保守性的融合。

（一）铁路的意象

交通是具有多维性质的社会行为，在人类生活的众多领域均有十分重要的价值。美国历史记载，19 世纪美国铁路发展迅速，它将西部与东部紧密连接起来，从总体上改变了美国的经济结构，从而使美国经济在 20 世纪初迅速超越英、法等欧洲传统强国。自铁路进入公众视野以来，作家就将情感和思考沁入了对它的描述中，从而使铁路成为美国文学领域中的重要意象。在美国文学史上，较早地描绘铁路的要算是库珀。在库珀的笔下，铁路的修建改变了西部荒原的原始风貌，物质文化也随着铁路的延伸而蔓延开来。对此，库珀忧心忡忡，哀叹美好的田园生活一去不复返了。超验主义文人是如何描述铁路的呢？他们与库珀的描述有何异同？笔者试图从分析超验主义散文中的铁路意象入手，考察其创新性与保守性的融合。

从整体基调上看，超验主义文人对铁路的修建持有乐观的态度。在他们笔下，铁路是值得称赞的新兴事物，是现代化和文明的象征。爱默生在《年轻的美国人》开篇就论述铁路对于美国的重要性。他精辟地总结了三点：一则，铁路解决了美国幅员辽阔

---

① ［美］卢瑟·S. 利德基：《美国特性探索》，龙治芳等译，中国社会科学出版社1991 年版，第 157 页。

所带来的贸易阻隔，有利于商贸的发展。二则，铁路解决了交通不便所带来的信息闭塞，有利于内政的稳定。三则，铁路使得美国人民越来越熟悉他们所拥有的辽阔丰富的领土资源，并加剧了人们互相之间的了解，从而有利于形成民族向心力。"铁路的轨道如同是一根魔杖，以其神威唤醒陆地与河流沉睡的能量。"① 阿尔科特在西部的旅行中眼见了铁路所带来的变化，他赞美铁路对于美国现代化的重要性是不可替代的。

我们注意到，超验主义散文中关涉铁路的评价并非单一。从散见于梭罗散文作品中关于铁路的表述，他更是对铁路的批判居多，可以概括以下两点：第一，铁路的修建破坏了自然环境。他在日记中说："有的东西比修在这些印第安种族质朴遗迹中的铁路更值得尊崇。"② 在这里，"有的东西"指的是油松。试想，油松为何比铁路更有价值？显然，梭罗的评价标准不是其商业价值，而是从生态环境的视角出发。第二，铁路破坏了乡村生活的和谐。他说："铁路属于令农民们无法安心生活的事物。……要是他们住的地方离铁路不远，就不免心浮气躁。"③ 显然，梭罗看到了铁路对人们生活方式和心境的影响。除了梭罗之外，其他超验主义文人对铁路所带来变化的思考也有忧患的层面。爱默生也不例外，在发表《年轻的美国人》之前，他在日记中表达了对铁路入侵自然的忧虑。

只身于 19 世纪上半期的美国，面对作为新兴事物出现的铁路究竟应该支持还是反对呢？铁路在美国历史发展中确实发挥了有利的功效，推动了社会的整体进步。那么，我们是否就断定支持和赞美铁路的作家是富有创新性的，反之亦然？笔者认为，不能简单地根据支持或者反对来判断作家的保守抑或是创新，还要分

---

① ［美］爱默生著，波尔泰编：《爱默生集》（上），赵一凡译，生活·读书·新知三联书店 1993 年版，第 231 页。

② ［美］梭罗：《梭罗日记》，朱子仪译，北京十月文艺出版社 2005 年版，第 34 页。

③ ［美］梭罗著，罗伯特·塞尔编：《梭罗集》（上），陈凯等译，生活·读书·新知三联书店 1996 年版，第 90 页。

析其依据和目的。库珀和梭罗都批评了铁路，显然他们都怀有对原始文明热爱，赞美了那些未开垦的荒野所显示的静谧和野性美。这些情感和思考注入对铁路的描写和表述中，从而使铁路这一象征现代文明的意象变得不再乐观。从表面上看，这似乎与铁路的历史价值不契合。但是，这种忧患意识却赋予他们以先知的能力，预示了现代文明的逐步发展可能造成的危机。与库珀和欧文相似，霍桑在这一时期创作了短篇小说《通天的铁路》。这部作品可以视为是对班扬《天路历程》的戏拟，借用了《天路历程》中的许多人物与某些情节，描写了现代的基督徒坐上火车舒舒服服地上天堂。霍桑通过主人公的铁路之行说明：以铁路为象征的科学技术进步并不能使人到达天堂，相反促使人满足于物质的享受而忘却了精神的价值。到了 20 世纪，许多作家笔下，尤其是西部作家笔下的铁路意象与库珀、梭罗和霍桑笔下的铁路所传达的思想具有一定的联系。譬如，弗兰克·诺里斯（Frank Norris，1870—1902）在 1901 年创作了长篇小说《章鱼》（Octupus）。在这部小说中，诺里斯认为铁路如同章鱼，将无数条腕足侵入各个角落，使得无数农场主及佃户家破人亡。威拉·凯瑟（Willa Cather，1873—1947）所创作的"内布拉斯加小说系列"（"Nebraska Novels"）中，铁路的修建日渐吞噬着田野和树林，无疑是破坏精神文明，并与之对立的物质文明的象征。舍伍德·安德森（Sherwood Anderson，1876—1941）在代表作《小城畸人》（Winesburg，Ohio，1919）中借用畸人们去回忆那长有庄稼和浆果的原野，泥土路上悠悠驶过的马车。而今，来往城市之间的铁路穿过了田野，苹果树和樱桃树都不见了，恋人们也不在林间小路上散步。"社会不再被视为人的自然结合——如城郭和家庭——有着共同的目标。"① 安德森笔下的铁路成为使人致畸的现代文明力量的象征。

---

① ［美］丹尼尔·贝尔：《资本主义文化矛盾》，赵一凡译，上海三联书店 1991 年版，第 68 页。

在此，我们姑且将库珀视为启发性的例子，比较库珀与超验主义文人看待铁路的立场。总的来说，库珀反对铁路主要与他的怀旧心理有关。从本质上讲，库珀是位浪漫主义者，但却不追随同时代的美国浪漫主义主流。超验主义文人与库珀都对铁路持有批判态度，这是否意味着他们的立场完全一致呢？答案是否定的。笔者认为，尽管他们的一生都处于贵族制度向资本主义制度的伟大转变的中期，但超验主义者的思想更具有清新、健康的气息。第一，他们并没有完全停留在旧时光上，更没有像库珀一样美化过去。沃伦·帕灵顿评价库珀："曙光是奇妙的魔术师，而库珀着迷的只是轻轻地浮在他所熟悉的过去的表层光亮。"① 在超验主义文人笔下，过去依旧是个让人喜忧参半的世界，有值得保存的，也有需要扬弃的。第二，超验主义文人为理想与现实之间的矛盾感到担忧，寄希望于未来。我们以梭罗在《瓦尔登湖》"经济篇"中对"蛇的蛰伏"的思考为例，加以说明：

> 我看见一条有条纹的蛇钻进水里，躺在湖底，显然没有什么不适之感，时间和我在那边停留得一样长，也就是说一刻多钟；也许，这是因为它还没有完全从蛰伏状态中苏醒过来。据我看来，似乎是由于同样的原因，人类才停留在他们今天这种低级、原始的状态之中；但是，人类要是能感受到万春之春的影响力正在唤醒他们，他们必然会上升到一个更高、更加升华的生活中去。②

显然，梭罗反对"蛰伏"，反对停滞，更反对倒退。面对困境，梭罗希望人们能被"唤醒"，用进步和上升来完善当下并不

① ［美］沃依·路易·帕灵顿：《美国思想史：1620—1920》，陈永国、李增、郭乙瑶译，吉林人民出版社 2002 年版，第 545 页。
② ［美］梭罗著，罗伯特·塞尔编：《梭罗集》（上），陈凯等译，生活·读书·新知三联书店 1996 年版，第 397 页。

令人满意的现状。这也几乎是所有超验主义者的内心感触：怀恋旧有的文明，但在未来而不是在过去中寻求安慰。

（二）《日晷》杂志的矛盾风格

《日晷》杂志是超验主义的核心刊物。从 1840 年 1 月创刊自 1844 年 4 月停刊这长达四年的时间，它提供了一个自由表达观点的论坛，刊载了大量的超验主义文人的作品，广泛地传播了超验主义思想。从文学贡献上来讲，它使编辑和撰稿人受到了锻炼，使得梭罗等年轻作家不断尝试新的文体和思想。从它诞生的驱动力来说，它是叛逆的产物。在 19 世纪中期，当《论自然》《在神学院的讲话》等一系列超验主义散文公开发表以后，学界掀起了轩然大波。对于正统学者来说，超验主义运动是叛逆的，超验主义散文无疑是邪恶的。这样一来，类如《基督教观察家》之类的老牌刊物对超验主义文人紧闭了大门。正是在这样的背景下，他们提议创办自己的刊物。

在创刊之初，阿尔科特就建议以"日晷"为刊名，象征其既能广泛揭示真理又能记录事实的发生发展，更能按照灵魂的需要表达观点。① 从它刊载的大部分作品分析，无疑具有革新性。第一，它不畏惧权威。譬如，阿尔科特在《日晷》杂志上发表了他《奥菲斯格言录》（*Orphic Sayings*，1840）中题为《创世纪》（"Genesis"）的篇章。文章中，他大胆地谈论灵魂的形状，论说精神与物质的关系如同是磁铁吸引钢铁。这些大胆的言说几乎激怒了大部分的大众媒体，以至于针对阿尔科特的戏谑和批评马上见诸各大期刊杂志。第二，它反抗世俗观点。富勒在《日晷》中发表了大量带有女权色彩的作品。譬如，1843 年 7 月刊载了她最富有战斗精神的散文《伟大的诉讼》（"The Great Lawsuit"）。她在该文中代表广大妇女进行呼吁，并驳斥世俗对女性的评定。在她看来，女性生来也是为了寻求存在于她们普遍经历中的真理和

---

① George Hochfield, ed., *Selected Writings of the American Transcendentalists*, Toronto: Signet Classics, 1966, p. 132.

爱的；认为爱情和婚姻对于妇女来说就是她的整个存在的观点是一个庸俗的错误。她还说："以自我为中心的妇女从来不把所有的精力耗费在恋爱和婚姻上；恋爱和婚姻对于妇女就像是男人一样只是一种经历而已。"① 她的这篇散文引起了很大的反响，惹恼了许多正统人士，霍桑、西奥多·帕克等都公开反对她对女性作为"家庭天使"的形象的颠覆。但是，《日晷》不仅仅为富勒提供了表达自己思想的机会，作为编辑的爱默生还给予她很高的评价。第三，它抨击时政。1842 年 10 月刊的《日晷》刊载了帕克的《何里斯街大会》（"The Hollis Street Council"）一文。这篇文章是以唯一理教协会在波士顿举行的会议命名。该协会的会员将一名牧师开除，因为他指出了谴责饮酒与积极从酒类贸易中获利的行为之间的矛盾，从而激怒了自己的教众。帕克却是不惧公众舆论，谴责唯一理教协会假装虔诚，粗暴地干涉良知的自由。

笔者认为，《日晷》具有革新与保守相融合的特色。《日晷》杂志并非向所有的观点敞开了大门。将《日晷》杂志与布朗森创办的《波士顿季刊评论》相比较，《日晷》的编辑更为注重品位。在他们看来，精神思想固然重要，其表达形式还是值得琢磨的，也是能体现作者品位的。当爱默生阅读了有些宣扬改革的激进文章后被其精神所感染，但他却拒绝刊载它们。在 1840 年 12 月 21 日爱默生写给富勒的信中，他刻薄地评价这些激进分子需要洗洗才可以为《日晷》撰稿。② 毕竟大多数改革主义者都不是绅士，而废奴主义者更是如此。这样一来，《日晷》失去了很多好的、意义非凡的文章，它本来可以更具有战斗力。对此，西奥多·帕克讽刺说，《日晷》如同是穿着裙裤的女人。从这点看，超验主义文人带有一定的保守色彩。

---

① 范圣宇主编：《爱默生集》，花城出版社 2008 年版，第 427 页。
② ［美］萨克文·伯科维奇主编：《剑桥美国文学史 散文作品：1820—1865 年》（第二卷），史志康等译，中央编译出版社 2008 年版，第 739 页。

第四章

美国散文的基本特征及线性梳理

美国的权威词典《韦氏新国际词典》（*Webster's New Interna-tional Dictionary*）对散文的定义是："散文是一篇分析、解释或评论性的文学作品，通常较正式论文为短，也不如正式论文系统和正规。作者往往从一个局部，根据自己的观点来讨论某一主题。"[①] 这一定义反映了美国学界和大众对散文包容性的认识。如此内容广博，体裁丰富的散文在其流变中有着怎样的特点？这一散文发展流变过程验证了怎样的文学规律？超验主义散文从美国本土散文创作的传统中汲取了怎样的经验？超验主义散文所表现的生气和魄力预示了美国文学的发展和后劲，对后来的美国散文创作有着怎样的影响？

一般来说，我们分析美国文学会注重它对欧洲文学特别是英国文学的借鉴，却忽视了其独特的社会历史背景下所形成的文学传统。这主要因为美国作为一个独立的国家存在的时间并不悠久，与之相适应的美国文学的历史也很短。但是，美国文学的发展迅猛，成就斐然。笔者认为，如果从殖民地时期的布道文、日记、书信等算起，美国散文创作历时近三百年。可以说，散文文

---

① 参考陈新《英美散文的定义和发展》，《南京师大学报》（社会科学版）1988 年第2 期。

体一直贯穿着美国文学史发展的全过程。从文学成就来看，美国散文是世界上最优秀的散文之一，而超验主义文人集团的散文创作活动，奠定了美国散文文类的基础。长期以来，众多研究集中于超验主义散文对欧洲浪漫主义文学的接受。本章论证超验主义散文不单纯是欧洲浪漫主义文学思潮在美国发展的余波，也是对美国散文传统的继承。譬如，小册子（pamphlet）、布道词以及演说词在美国历史上发挥了重要功效。这三类看似实用价值胜于文学价值的散文文体却形成了美国散文艺术独特的传统。评论家评价爱默生散文具有独特的"爱默生式"风格：思想的现实力度，造句的简洁精炼，比喻的形象生动，气势的磅礴有力等。这种风格显而易见地受惠于小册子、布道词以及演说词等散文的学习和训练。可以说，超验主义文人正是全面地吸纳了这些散文文体的思想艺术经验，才真正促成了美国散文的成熟。而且，超验主义文人成功的关键还在于他们融入了时代的潮流，紧扣时代的脉搏，并为时代精神的塑造贡献了青春与激情。本章以超验主义散文为基点，对美国散文的分期及其特点进行探析，从而论证"文章与世变相因"① 的道理，进一步说明散文文体的生命力与时代发展休戚相关。

第一节　线性梳理:点与线

文学研究的一个重要方面是注重历史背景的研究，只有切实把握历史背景，才能进一步准确地了解和把握文学现象以及文学史发展进程，透视文学与社会生活的流变。因此，当我们从历史的维度来考察文学的发展变化，采用比较与整合的方式，容易对各时期文学之间思想内容、艺术技巧以及美学品质上的继承和变化做一个梳理。从微观分析，各种文体都经历着随着历史发展而

---

① （清）曾国藩著，钱仲联主编，涂小马选注评点：《曾国藩文选》，苏州大学出版社 2001 年版，第 35 页。

不断发展变化的流变。一般来说，研究某一时期的某种文体，也同样要梳理这一文体在整个历史发展中的流变。唯有这样，才能全面把握研究对象的特色以及它的历史地位，并为我们解释这一特色的产生和影响提供依据。

　　笔者认为，如果想要对超验主义散文有一个全面、准确的分析，我们必须对美国散文进行线性梳理，探寻散文文体在美国历史发展的状况。为了更为清晰地表现美国散文的线性发展，以及超验主义散文在发展线上的位置和功效，笔者尝试借助以下图示加以说明。

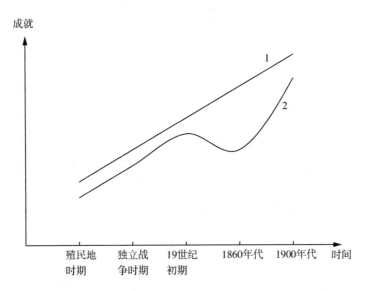

美国散文的发展线索

　　在以上图示中，笔者将时间和成就视为自变量和因变量，两者所构成的直角坐标上有两条线。值得一提的是，线性发展，顾名思义，就是认为所有的变化都沿着一条共同的，必然的线性发展道路。从哲学上考虑，这种线性发展也是自文艺复兴以来决定论和进化论等理性方式宇宙观的体现：时间的发展是线性地从过去向未来的发展。从数学角度解释，线性是指变量之间的正比例关系，在直角坐标上是一条直线。显然，线条 1 是符合线性发展的特点的。笔者在时间轴线上标出了五个相对具体的时间点，这些时间点所对应的成就在线条 1 上均有对应。那么，线条 1 是否反映了美国散文发展的真实状况呢？众所周知，在文学领域，具体到某一种文体，它的发展并非是线性的。每一种文体都有各自的一个发展过程，而这个过程常常是从充满了活力的开始而最终走向了僵化。笔者认为，从整体而言，线条 1 符合美国散文文体发展的实际。用历史的眼光来看，美国散文的发展和美国民族的发展几乎是平行的，时代的气息始终浸透着整个美国散文史。

自殖民时代起，美国散文就注重探寻自己的发展方向，从独立战争时期起已初显自己的特色，超验主义散文更是奠定了美国散文的个性：时代性、社会性、思想性和创新性。此后的散文发展历经了波折，并没有保持超验主义散文时期的发展势头，但总体上也得到了进一步的前进，直到今天美国散文依旧欣欣向荣。总而言之，无论是从散文作品的数量，抑或是散文的思想内容、艺术手法，表现形式，美国散文文体一直是保持着前进和进步的势头。

在以上图示中，线条 2 与线条 1 对比，没有呈现线性发展的特色。这条曲线没有单一的方向，显示了发展的不均衡。笔者认为，这也是符合美国散文的发展实际的。只不过，线条 2 的变量"成就"具体指的是发展的速度，或者我们借用哈罗德·布鲁姆有关文学经典的评价标准，即原创性，做为散文成就的重要评判标准。这样一来，我们认为自南北战争至 19 世纪末这一段时间，美国散文的发展是滞后，甚至呈现短期的倒退趋势。时间序中隐含着因果序。具体而言，发展线是由一些关键点连缀而成的，而这些关键点决定了这条发展线的走向。我们认为，超验主义散文是美国散文发展线上的一个关键点，它是 18 世纪初至南北战争之前，美国浪漫主义文学发展的一个制高点。布鲁姆曾经叹息："爱默生式的反讽让位于爱默生式的实用主义：创新者知道如何借鉴。"① 可贵的是，以爱默生为代表的超验主义文人在继承先前的散文创作传统基础上有进一步的创新，从而获得了一种必然与历史传承和影响的焦虑相结合的原创性。笔者认为，这种原创性正是美国散文发展最强的驱动力。对此，我们在本章的第二节中会做详细的分析，在此不再赘述。

第二节 美国散文的分期及其特点探析

我们知道，没有一个起源于欧洲的移民国家，像美国这样敏锐地意识到要和欧洲文化分家，并且要超过欧洲文化。那么，美国散文在学习和借鉴欧洲散文，特别是英国散文的同时，是怎样逐步形成自己的民族特色的？这些特点与超验主义散文有着怎样的关系？

一 奠基期（殖民地时期）：清教训诫文的鼎盛期

从第一个殖民地的建立一直到独立战争前，大多数的文字资料可算是美国散文的萌芽。罗伯特·斯皮勒（Robert Spiller，1896—1983）在《美国文学的周期》（The Cycle of American Literature，1955）中将美国文学的发端设定为哥伦布于 1493 年自美洲写回欧洲的信开始算起。从事美国研究的马库斯·坎利夫（Marcus Cunliffe，1922— ）在《美国的文学》（*The Literature Of The United States*，1969）的序言中指出："无论如何，就文学艺术创作而言，小说、诗歌和戏剧在美国长时期没有得到充分的发展。一般来讲，批评、历史和辩论文章，美国人写起来比较容易。"② 可见，美国文学是从散文起步的。

---

① ［美］布鲁姆：《西方正典：伟大作家和不朽作品》，江宁康译，译林出版社 2005 年版，第 8 页。
② ［英］马库斯·坎利夫：《美国的文学》（上），方杰译，中国对外翻译出版公司 1985 年版，第 2 页。

殖民地时期究竟是哪些人在写作散文呢？他们写作的目的和内容是什么？美国最初的散文呈现怎样的特色呢？总体而言，殖民地时期的散文撰写者大多数局限于新英格兰，他们是牧师、旅行家、学者、政客以及新闻界人士。他们有些是向欧洲介绍北美的地理、气候、动植物、矿产资源等，从而号召欧洲大众移民北美；有些是为了向人们传教；有些是为了向人们解释各项法规政策等。这些文字常常是以旅行记录、历史文献、日记、书信、自传、布道词、神学著作和宣传册子等体裁形式表达。研究者总结：早期的美国文学以劝诫为首要目的，任何形式不为劝诫说教的写作都不被认可。① 其中，最多产的作家是清教徒牧师科顿·马瑟（Cotton Mather，1663—1728）。他在五百多本书和小册子中对美洲新大陆作了详细的描述。他创作的《基督在北美的辉煌业绩》（*Magnalia Christi Amricana*，1702）是当时发行量最大的散文著作之一。在这部散文中，科顿·马瑟通过一系列传记详尽记述了建立新英格兰殖民地的经过。在他的笔下，那些殖民地的缔造者是具有代表性的美国圣徒，他们的行动力图表现神圣的清教徒遵循上帝的旨意到荒原上建立天国的经历。此外，他于1710年出版了《为善散文集》（*Essays to The Good*）。这部散文集的清教训诫主题非常明显：人类唯有虔心信仰上帝、服从上帝，才可以避免走向歧途，远离罪恶。

为什么这一时期的散文会融合清教精神和训诫目的呢？应该说，文学是时代的产物。威廉·布雷德福（William Bradford，1590—1657）在《普利茅斯殖民史》（*The History of Plymouth Plantation*，1651）中描述了移民在历经漫长旅程的考验后来到新大陆所面对的现实困境。这种境况决定了移民们首先要解决生存问题，不可能从事单纯以审美娱乐为目的的文学创作。此外，最初的移民中清教徒是受教育程度最高的。在清教徒的传统观点看来，戏剧等

---

① Emory Elliott, ed., *The Columbia History of the American Novel*, New York: Columbia University Press, 2005, p.12.

文化艺术活动都是堕落和罪恶的，人们的主要文化生活是每个礼拜日去教堂听取牧师布道。恩格斯指出："美国人由于各种显而易见的历史原因在所有理论问题上都远远落后，他们虽然没有从欧洲接受中世纪的制度，但是接受了大量中世纪的传说、宗教、英国的习惯（封建的）法、迷信、降神术，总之，接受了过去对做生意并不直接有害而现在对愚化群众则非常有用的各种荒唐的东西。"① 而且，在这完全陌生和恶劣的自然环境里，移民们必须倚靠信念战胜荒野的敌视和筚路蓝缕的艰辛。于是，清教信仰成了人们寻觅的精神支柱。对于殖民地时期的美国来说，清教思想如同"吗哪"，它渗透到了生活的各个领域，也渗透到了散文的撰写中。

殖民地时期的美国文化界和大众认为：优秀的作品，无论哪种风格和形式，主题必须要能阐明上帝的重要性，并探索合乎宗教道德的生活规范；否则就是不严肃的书籍。在新英格兰，阅读和写作不严肃的书籍是遭人诟病的。在某种程度上，殖民地时期的散文创作由于强调实用目的和宗教训诫，在思想主题和艺术形式上都受到了局限。但是，这一时期作者的热情弥补了某些不足。借用科顿·马瑟的话来表述殖民时期的散文作家的创作心理："我要写的是基督教的奇迹，抛弃在欧洲被剥夺的命运，飞向亚美利加的海岸。"② 佩里·米勒（Perry Miler，1905—1963）研究美国文化史时指出，史学家们虽然对美国文化史进行了认真细致的研究，但是他们并没有抓住问题的根本。他继而指出，人类历史的基本因素是人的思想，研究美国历史必须从 17 世纪移居北美的清教徒的思想和信仰着手。笔者认为，对美国散文的线性梳理同样要从研究殖民地时期散文的精神内核入手。这一时期散

①　[德] 马克思、恩格斯：《马克思恩格斯全集》（第一册），中共中央马克思恩格斯列宁斯大林著作编译局编译，人民出版社 1974 年版，第 567 页。
②　[美] 彼得·B. 海：《美国文学掠影》，胡江萍译，华东师范大学出版社 1992 年版，第 27 页。

文作家的宗教热忱赋予他们以使命感，对后来者尤其是超验主义文人产生了巨大影响。与超验主义文人同时代的作家埃德加·爱伦·坡（Edgar Allan Poe，1809—1849）在《论手稿》（"Chapter on Autography"，1833）中多次尖刻地讥诮爱默生等超验主义文人的劝诫性论调。由此可见，坡的批评实际上把握住了超验主义散文的特色之一。这种重视文学的劝勉功效的传统为超验主义文人及其后世作家所继承，促成了超验主义散文一本正经的文风。尽管在超验主义时期，新英格兰过于偏激的清教精神已经逐渐消逝，人们也没有往昔的宗教热忱。然而，新英格兰的文化仍然带有鲜明地宗教特色，文人对宗教的兴趣依旧浓厚。超验主义文人将宗教称为是思想的操练。超验主义散文家认为：一旦生命的崇高理想消逝，人就变得鼠目寸光，只能顾及感官经历。爱默生将各种美进行比较：物质的美迟早要归于消亡或丧失吸引力；人对智力美的钦慕有时间和时代的限制，它产生的愉悦有消长；唯有精神的美是可爱的，永存的，完美的。

超验主义文人对清教精神和训诫的理解影响了他们的善恶观。超验主义相信人的内心本是完满的，人的本质是完善的。爱默生说："善良是绝对的，而邪恶是短缺而致，不是绝对的。"[①] 里普利在他的《讲道集》中论及：没有事物会长久地处于错误状态或坏的状态中，一切恶的东西总会受到时间的惩罚。他坚信，整个世界最终像四季更替一样不断更新，直到恶从我们的视野中消逝。在《与孩子们谈福音书》中，我们不难发现阿尔科特力图证明灵魂的完美。这些论述成为超验主义散文家与同时代的其他作家鲜明对比的关键所在。这也是评论家历来关注的重点，即分析霍桑、梅尔维尔与超验主义运动的关系时，强调各自对善与恶较量的差异性认识。在此，我们不评价哪种观点更为正确。正如亨利·詹姆斯（Henry James，1843—1916）在评论爱默生时，将

---

① ［美］爱默生著，波尔泰编：《爱默生集》（上），赵一凡译，生活·读书·新知三联书店1993年版，第88页。

爱默生与霍桑对比："他们几乎是并肩住在同一个英格兰小镇，每一位都是清教根源结出的果实，味道却如此不同，这真是罕见。"① 在笔者看来，超验主义文人对精神力量的强调并非是没有认识到生活的复杂，而是在以一种向导的声音在对灵魂说话，鼓励人去实现自己美好的追求。他们正是继续了美国早期散文家的精神信念，竭力想找到一种与美国蒸蒸日上、纷纷扰扰的国情相吻合的看法。

二　创立期（独立战争时期）：政治散文的兴旺时期

18 世纪后半期，殖民地人们开始为脱离英国宗主国的统治，建立独立自主的美利坚合众国而奋斗。这一时期是美国历史上的独立战争时期。此时的美国散文大多与当时的政治进程有关：整个独立战争的酝酿、开端、过程、发展、结束及尾声都在这一时期的美国散文中得到了充分的展现。

这一时期的散文将殖民主义的旧世界抨击得落花流水，奠定了资产阶级民主制的基本原则，展现了独立自主的新民族的革命风貌，并对美国民众的人生观、价值观都产生了深远的影响，还直接影响了美国国家的未来走向。亲英的保守派"托利派"和爱国激进派"辉格派"所争论的一系列重大问题以及激进派内部的争论都成为这一时期美国散文的主题。概言之，主要表现在以下两方面：第一，自由是人的天性的论争。美国殖民地人民深刻地感受到了英国的殖民统治对他们自由的束缚，加上受到从欧洲传来的启蒙思想的影响，他们呼吁获得天赋的自由权利。第二，政府的必要性的论争。这也是独立战争所争论的主要问题之一，而且随着战争的深入更为激烈。出于时代的需要，散文必须发挥其政治辩论、舆论导向和战争檄文的功效。

从散文文体看，作家最常采用政论、演说词、小册子等体裁形

---

① 范圣宇主编：《爱默生集》，花城出版社 2008 年版，第 335 页。

式投入论战和斗争。其中，帕特里克·亨利（Patrick Henry，1736—1799）发表许多著名演说。他的演说词都是极富鼓动性和号召力的政治散文，尤其是"不自由，毋宁死"的口号极大地鼓舞了人们投入战斗的勇气。托马斯·佩因（Thomas Paine，1737—1809）发表了散文集《常识》（*Common Sense*，1776）。据历史记载，这部散文集以长达五十页的小册子的形式被大量印发，成为独立战争时期发行量最大的散文作品。这本小册子的风行促使成千上万的人认识到自由不是国王的恩典，而是天赋的权利。它也为佩因赢得了崇高的荣誉，以至于历史学家认为佩因的历史贡献可以与富兰克林和华盛顿对美国革命的贡献相媲美。① 在整个独立战争时期，代表战争卓越成功的要算是托马斯·杰弗逊（Thomas Jefferson，1743—1826）主持起草的《独立宣言》（*Declaration of Independence*，1776）。他写道："人人生而平等，造物者赋予他们若干不可剥夺的权利，其中包括生命、自由和追求幸福的权利。"② 这份言辞简练、庄严有力的文件开创了资产阶级取胜的新纪元，也成为美国政治散文的典范。从散文创作角度看，这一时期的散文形成了散文家密切关注政治民生，主张正义的优秀传统。超验主义文人继承了这一时期美国散文的传统。他们创作了大量的政论文章。尤为突出的是，梭罗在美西战争期间为公民请命，发表了题为《论公民的不服从权利》（*Civil Disobedience*，1849）的政论文。这篇散文逻辑性强，抒情和说理有机结合，可以视为是对独立战争时期政治散文创作风格的继承和发展。

值得分析的是，独立战争时期政治散文中撰写者的社会责任感激励了后来者，也极大地影响了超验主义文人对学者职责的认识和理解。超验主义散文的重要主题之一就是讨论学者的职责。

---

① ［美］美国大使馆文化处编译：《美国历史简介》，美国大使馆文化处 1982 年版，第 37 页。

② ［美］莫斯特：《美国建国简史》（一），刘永艳、宁春辉译，中共党史出版社 2006 年版，第 114 页。

总的来说，有以下方面：

第一，学者是思想者，还必须具备社会性。爱默生在日记里写道："世界上最难的任务是什么？思考！"[①] 他将这个任务分派给学者。应该说，将学者视为思想者的观点是得到公认的。在许多有关学者的论述中，学者都被视为知识的储备宝库和百科大辞典。然而，学者是一个纯粹的思想者吗？为了对此进行更为深入的探讨，就需要引用下面这一大段话，这段文字是爱默生《美国学者》开篇讲述的寓言，它明确表达了该文的主旨。爱默生写道：

> 这个古老的寓言中包含了一种全新的、至高无上的道理。那就是，"人"只是部分地存在于所有的个人中，或是通过一种官能得以体现；你只有观察整个社会，才能看到他整个人。所谓"人"不是农民、不是教授、也不是工程师，而是他们全部。他是牧师、学者、政治家、生产者和士兵。在分化的或社会化的状况下，这些职责都已分派给不同的个人，每个人都致力于完成自己的工作量，并且互相履行职责。这个寓言意味着，个人要想能够支配自己，就必须从自己的劳动分工摆脱出来，去感受所有其他的劳动。但不幸地是，这最初的统一体，早已被众人分割地如此细碎，四处洒落，以致于它就像泼出的水滴，再也无法聚合。因而社会的状态就是，其中的成员都是从躯体上被砍下来的一部分，这样，在街上大摇大摆的只是许多会走的怪物而已——也许是灵巧的手指、也许是脖子、胃或肘部，但绝不是一个完整的人。[②]

---

① ［美］爱默生著，勃里斯·佩里编：《爱默生日记精华》，倪庆饩译，东方出版社2008年版，第61页。

② ［美］爱默生著，波尔泰编：《爱默生集》（上），赵一凡译，生活·读书·新知三联书店1993年版，第63页。

以上是关于"一个人"分化为"人群"的寓言，在许多国家的文明源头都可以找到类似的表达。譬如，《淮南子》"诠言训"的开篇就讲述包括人在内的万事万物"同出于一，所为各异，……隔而不通，分而为万物，莫能及宗"，而唯有真人"未始分于太一者也"。① 这类寓言故事成为整个人类共同处境的象征，一直以来为许多学者所解读。进入近代以来，随着劳动分工的进一步细化，人们处于离散状态，缺乏整合意识，越来越显得卑下。爱默生等超验主义文人认为，学者在社会分工里是最大的牺牲品。他们继而分析，一旦学者离开了对他人及其社会的了解，而成为一个纯粹的思想者，就会失去他的功效，也完成不了他的使命。可以说，超验主义散文家对作为思想者的学者必须具备社会性的论断和费希特（Johann GottliebFichte，1762—1814）的观点极为相似。费希特指出："学者的概念是通过比较，通过他同社会的关系而产生的。所以要回答学者的使命是什么这个问题，就必须先回答另一个问题，即社会的人的使命是什么。"② 由此可见，学者也是社会人的一分子，必须履行学者应尽的社会职责，而不做逃避世事的隐遁者。

第二，学者必须是行动者。按照传统观点，学者用脑子工作，多半是缺乏行动力。超验主义文人却强调学者的实践性，并将学风、文体风格及其艺术审美等都与实践活动结合起来了。一则，他们认为，"没有行动，思想永远不能发育成真理"。③ 真正的学者舍不得放过每一个行动的机会，而行动是学者保持学术生命力的重要源泉。二则，他们相信学者重视实践有利于培养刚健的学风。正如阿尔科特在论述教育方法时指出，单独靠课堂传教

---

① 刘文典撰，殷光熹点校：《淮南鸿烈集解》，安徽大学出版社、云南大学出版社2012年版，第471—472页。

② ［德］费希特：《论学者的使命 人的使命》，梁志学、沈真译，商务印书馆1984年版，第5页。

③ ［美］爱默生著，波尔泰编：《爱默生集》（上），赵一凡译，生活·读书·新知三联书店1993年版，第71页。

和书本培养出来的学者如同未见阳光的植物，经受不住风雨。梭罗在《在康科德河和梅里麦克河上的一周》"星期日"篇中指出：人们对学识和学问的尊重同学识和学问通常的功用比较极不相称，究其原因在于学者远离了实际生活。三则，他们认为平易通畅、生动有力、诚恳真挚这些文体风格在农场、田野或车间里比在校园里学得更好。据此，梭罗提出一个建议：学者至少要学会劈材。他继而分析，使人能够全神贯注的手工劳动无疑是消除一个人说话和写作风格中空泛而感伤的最好方法。此外，他们还以知识接受者的视角分析了实践的重要性：为了最大效率地接受知识，并对书本知识进行必要的延伸就需要实践经验来证明和充实补充；相反，任何书面知识单独从字面理解是浅薄的，也是无法穷尽其精髓的。

第三，学者必须是革新者。在他们看来，学者不仅仅是以往知识的积累着，更是知识的创新者。爱默生在《美国学者》一文中指出，"学者必须是希望的使者，必须加强人类抵御自我的能力"。[①] 他继而分析，谦和温顺的青年在图书馆里长大，确信他们的责任是去接受西塞罗、洛克、培根早已阐发的观点。他们却忘记了，这些人写作这些著作时也不过是些图书馆里的年轻人。这实际上可以理解为：超验主义反对教条主义，认为教条主义者不能算是真正的学者。

综上所述，超验主义认为，学者必须成为具有社会性的思想者、行动者和革新者。超验主义对学者的要求与中国古代学者的自我要求具有相似的精神实质。《中庸》"为学之序"强调"博学之，审问之，慎思之，明辨之，笃行之"。[②] 欧阳修在《举苏轼应制科状》中举荐苏轼是真正的人才。他的标准是"学问通博，资识明敏，文采烂然，议论蜂出。其行业修饰，名声甚远。臣今保

---

① ［美］爱默生著，波尔泰编：《爱默生集》（上），赵一凡译，生活·读书·新知三联书店 1993 年版，第 127 页。

② （清）阮元校刻：《十三经注疏》，上海古籍出版社 1997 年版，第 3122 页。

举，堪应材识兼茂明于体用科。"① 从这一标准可以看出，欧阳修的人才和超验主义文人所界定的学者包蕴了诸多的相似点。在中国古代，学者几乎都从事文学创作，尤其是写作散文。笔者认为，中国古代散文创作与学术思想、学界风气更是彼此渗透、相互影响。散文发展的事实证明，作者对时政的关注，对学者职责的认同夯实了散文的思想基础，推动了散文的发展。

三　成熟期（19世纪初至南北战争前）：花开时节

"花开时节"是美国文学评论家范·威克·布鲁克斯（Van Wyck Brooks，1886—1963）系列丛书《创作者和发现者》（*Makers and Finders*，1936—1952）中的对19世纪上半期新英格兰文学盛世的概括。在这部获普利策奖的《新英格兰：花开时节》（*The Flowering of New England*，1936）一书中，他形容19世纪上半期的新英格兰文坛名家辈出，杰作涌现，同百花绽放。② 笔者认为，"花开时节"也生动地表达了这一时期美国散文的状况。

美国散文的"花开时节"与独立后美国社会的发展是分不开的。如果说，独立战争之前的散文创作大部分都是以实用为目的。那么，这种状况在独立后有了很大的改观。经过独立革命，美国的政治、经济都得到了迅猛发展，这为文化事业的繁荣准备了物质基础。随着出版法律和著作权法律的相继出现，文学创作也可以为作者的物质生活提供一定的保障。同时，受到欧洲浪漫主义文学思潮的影响，美国也开始了浪漫主义文学运动。尽管浪漫主义的主流表现在诗歌和小说方面，但必然也推动了散文的发展。

19世纪上半期，出现了一大批优秀的散文大家。美国散文文学史上最具划时代意义，真正代表美国散文成熟的还算超验主义

---

① （宋）欧阳修：《欧阳修散文全集》，今日中国出版社1996年版，第963页。

② Van Wyck Brooks, *The flowering of New England*：1886—1963，New York：The Modern Library, 1936, p. 3.

散文的出现和发展。究其根源在于超验主义文人的宏大理想，即创造出具有美国个性的文学。他们在超验主义的旗帜下解放了美国思想，宣扬个人的自由和自立，对美国资本主义工业化过程中出现的物质主义、市侩习俗以及奴隶制度进行抨击。他们反对模仿英国及欧洲大陆的文学风格，创造了一种从内容到形式都更能表现美国民族精神的散文文学。除超验主义文人外，最值得一提的是华盛顿·欧文（Washington Irving，1783—1859）。他的《杰弗里·克雷恩见闻札记》（*The Sketch Book of Geoffrye Crayon*，1819—1820）和《纽约外史》（*History of New York*，1809）为他赢得了世界声誉。作为美国历史上的第一位职业作家，他以其文学事业上的成功经历极大地鼓舞了更多有才华的人将主要精力投注到文学创作中去。作为散文文体大师，欧文以其优雅的语言，精辟的议论和温和的幽默影响了同时代以及后世的美国散文家。马库斯·坎利夫认为，欧文的文体比英国的范本还要流畅和高雅，欧文使美国文学很顺当地从 18 世纪进入 19 世纪。[1]

此外，以小说创作成就闻名的纳撒尼尔·霍桑（Nathaniel Hawthorne，1804—1864）、赫尔曼·梅尔维尔（Herman Melville，1819—1891）也创作了不少优秀的散文作品。梅尔维尔在阅读了霍桑的《古屋苔痕》（*Mosses from an Old Manse*，1846）后创作了散文《霍桑及其青苔》（*Hawthorne and His Mosses*，1851），颂扬了霍桑作为美国本土作家的个性特征。他呼吁美国培养出自己本民族的作家，走出欧洲文学传统的阴影。惠特曼（Walt Whitman，1819—1892）在读爱默生散文时感叹："我在冒泡，冒泡，爱默生使我沸腾。"[2] 他自己也创作了不少题材丰富的散文。他散文的文风也同他的诗风一样，充满乐观情绪和爱国热忱，富有生活气息和创新精神。而且，他散文的思想和以爱默生为首的超验主义

---

① ［英］马库斯·坎利夫：《美国的文学》（上），方杰译，中国对外翻译出版公司1985 年版，第 44 页。

② 史志康主编：《美国文学背景概观》，上海外语教育出版社 2000 年版，第 317 页。

文人的思想遥相呼应，可以视为是在超验主义思想影响下的散文创作。

综上所述，伴随着高涨的民族意识，独立后的美国散文创作正值"花开时节"。它逐步形成了自己的民族特色，代表了美国散文的成熟，呈现出美国散文艺术的多姿多彩。无论从文学成就、现实功效还是从历史影响看，超验主义文人都功不可没。

四 衰微期（1860 年代至 1900 年代）：斯文传统侵蚀散文创作

一般认为，美国散文自南北战争以后由盛而衰，专门从事散文创作的作家寥寥无几。这一时期，美国传统文化重镇，即东部新英格兰地区，并没有出现杰出的散文家以及散文作品，倒是来自西部的马克·吐温（Mark Twain，1835—1910），创作了不少独具风格的随笔和见闻杂记。马克·吐温散文的文风也如同他的小说一样，富含生动的民族语言，深沉的幽默和辛辣的讽刺。可以说，这些散文再次证实了唯有符合美国民族精神的文学创作才具有价值。笔者认为，这一时期散文的发展状况证实了超验主义文人所表达的某些忧虑和预想。这主要表现在以下三个方面：

第一，对"镀金时代"的预想。内战后，有人认为美国正值它的"黄金时代"。当时的许多报纸刊物和文人极力想把这个欺骗和投机风气弥漫的时代描绘成一个黄金时代，使人相信美国的繁荣，人人都有发财致富的机会。[①]"镀金时代"这个称谓来自马克·吐温小说《镀金时代》（*The Gilded Age*：*A Tale of Today*，1873）。在这部小说中，马克·吐温这样描绘当时的社会：表面繁荣昌盛，掩盖着腐败的风气、价值的迷失、道德的沦丧以及各种潜在

---

① ［美］马克·吐温著，吴钧陶主编：《马克·吐温十九卷集》（第六卷），张友松译，河北教育出版社 2002 年版，第 3 页。

的危机。后来，"镀金时代"很快就广泛地流传开来，成了内里虚空的病态的时代的代名词。实际上，对"镀金时代"的构想早在超验主义散文的描述和论述中就已初见端倪，梭罗在《在康科德河和梅里麦克河上的一周》中提出了"镀金时代"的说法。[①]可见，南北战争后的作家所面对的社会现实已为超验主义文人所预见，而后世作家中唯有马克·吐温等极少数作家敢于去揭示镀金时代的种种残酷。

其二，担心文坛雌化。在以前章节的分析中，我们得出结论：超验主义文人追求刚健有力的文风，担心文坛雌化。这里的"雌化"不仅指代女性作家创作的以家庭情感为主题内容的小说泛滥，还指过于纤弱、无力和萎靡的文风。在超验主义文人的论述中，文坛雌化不符合美国的民族精神，也不利于文学的健康发展。事实证明：南北战争后散文的衰落有一个很大的原因是所谓的"斯文传统"（the genteel tradition）限制了散文家的创作。一般认为，斯文传统的主要代表是以威廉·迪恩·豪威尔斯（William Dean Howells，1837—1920）为首的作家。值得注意的是，我们批评"斯文传统"并不等同于完全否定豪威尔斯等人的文学主张。豪威尔斯作为这一时期文坛的领袖人物之一，对浪漫主义过渡到现实主义起到了至关重要的推动作用。只不过，他们满足于追求文雅的艺术品位，沉湎于对往昔美好时光的回忆，既对现实缺乏正视的勇气，又不敢大胆表达新异的思想。因此，他们的散文作品往往显得矫揉造作、多愁善感，而面对秽行、暴力和庸俗时退却不前。刘易斯（Sinclair Lewis，1885—1951）在接受诺贝尔奖时婉转地批评，温文尔雅的豪威尔斯试图竭尽全力想要把美国变成像虔诚的英国小城镇那样平淡。他还谈道："另一些人，老辣的、真正的人——惠特曼和梅尔维尔，而后是德莱塞、霍涅克尔和门肯——执拗地反复说：我们的国家不止能够培养出优雅的风度，

---

① ［美］梭罗著，罗伯特·塞尔编：《梭罗集》（上），陈凯等译，生活·读书·新知三联书店1996年版，第217页。

还能做得更多。"① 可以说，马克·吐温的文学成就在很大程度上是对斯文传统的反驳。其后，成功的、具有力量的美国作家都恪守了冲垮斯文传统的创作原则。这甚至成为贯穿整个美国文学史的重要精神内核。

其三，对西部文学的呼唤。长期以来，美国的西部代表着文化的蛮荒之地。人们认同它物产的丰富，但对其文明程度嗤之以鼻。直到 1950 年，亨利·纳什·史密斯（Henry Nash Smith）在《处女地》（*Virgin Land*）的写作中才重新评估西部对美国文明建构的价值。这部书的副标题"作为象征和神话的美国西部"（*The American West in Symbol and Myth*）说明了从意识形态角度和文化角度研究西部开发的重大意义。特纳认为，首批到达北美东海岸的移民们建立的基本上是欧洲的文明。这一文明在西进过程中产生了文化与自然，也就是传统文人和学者所称的"文明"与"野蛮"的冲撞和汇合。他研究得出："在这些汇合中，不同的环境逐渐地将各种欧洲文化转变为真正的美国文化与特征。"② 在《处女地》出版之后，美国文学界掀起了学习和研究西部文学的热潮。笔者认为，超验主义文人早就预见了西部文学对美国文学的发展会起到重要的作用。我们可以从梭罗 1844 年 11 月 4 日的日记中找到相关论述：

> 要想产生一种新的文学、新的风格和新的建筑等等，我们必须仰仗于西部。那里土生土长产生的语言，比这里好得多；那是希腊文里才有的好词，而且数量惊人。好就好在这些词语必不可少和富有表现力……假如要分析希腊的词，总是无比的简洁、准确和富有诗意；许多西部的词

---

① 刘保端等译：《美国作家论文学》，生活·读书·新知三联书店 1984 年版，第239 页。

② ［美］亨利·纳什·史密斯：《处女地》，薛蕃康等译，上海外语教育出版社 1991年版，第 Ⅱ 页。

语也是如此，现在印出来都像是乡野用语和口头俚语，而下一代人会把它们当作真正的美国语言和言语规范加以珍视和普遍使用。①

马克·吐温在密苏里州密西西比河旁的边境小镇汉尼拔尔（Hannibal）长大，是出生和成长于美国西部的作家。他没有去证明自己的作品能够与英国文学一般优雅，而是以基于口语化的表达风格，融入了西部的俚语才创建了有力的、写实的、不拘常规的美国文学风格。这对于美国文坛具有划时代的意义，以至于福克纳说："马克·吐温是第一个真正的美国作家。我们大家都是他的继承者。"② 从以上梭罗的日记分析，超验主义文人如同先知，而马克·吐温的出现及其成就早在超验主义散文中就有了"预表"（prefigure）。

五 复兴期（1900年代至今）：与时俱进的多元发展

进入20世纪以来，美国散文出现了复兴。这一时期，散文家能把握时代的脉搏，大胆地表达自己的思想。而且，他们富有创新精神，善于吸纳和接受各种文化思潮，并将其与散文创作相联系，从而形成了各具特色的散文创作风格。笔者认为，这一时期的散文有以下新的特点：

第一，充分利用了新闻媒体。20世纪以来，美国期刊较之以前更为多样化，读者覆盖面也更广。这一时期有名的散文家几乎全是专栏作家，H. L. 门肯（Henry Louis Mencken，1880—1956）、詹姆斯·瑟伯（James Thurber，1894—1961）、E. B. 怀特（Elwyn Brooks White，1899—1985）是最杰出代表。他们三人都是美国著名的社会评论家，将笔触涉及政治、习俗、道德、文学和艺术等

---

① ［美］梭罗：《梭罗日记》，朱子仪译，北京十月文艺出版社2005年版，第31—32页。

② Meriwether，James B and Michael Millgate，*Lion in the Garden*，Random House，p. 349.

诸多领域，充分发挥了散文针砭时弊的功效。他们的散文文笔犀利泼辣，文风刚健有力。所以，评论家认为他们将美国从懒散而昏庸的乐观中以及愚饨的传统习俗中唤醒过来。

第二，形式更为多样化。20世纪下半期，除了运用报纸、期刊等传统纸质新闻媒体外，至少还利用了电视、广播等现代音响媒体来传播散文。其中影响较大的是芝加哥电台制作和广播的对谈实录式的散文。在这种散文中，散文家以记者身份，对散文内容所涉及的人物进行采访，然后根据每个人的谈话录音整理成文。而且，这类散文多半会通过电台直接传播，如同是与人絮语，以其强烈的纪实性达到特别的阅读效果。也有学者认为这是散文的没落。研究外国散文的专家王佐良不赞同这种看法，他认为，兰姆式的传统小品文的衰落并不等于散文本身的衰落。"文绉绉掉书袋的文章少了，在别的方面倒是有了开展。"① 王佐良在《英国散文的流变》一书中，专门以"新品种：广播与电视上的散文"为一个独立的章节，讲述了这类新型散文对散文艺术发展的贡献。

美国散文在进入20世纪以来与时俱进，呈现出多样化的新变化。这显示了散文文体本身的包容性和活力，符合超验主义精神，并对我们的散文创作有借鉴意义：面对时代的变化，散文要发展就必须不断适应新情况，并在这一过程里不断创新和发展。

第三节　超验主义散文对美国本土散文的继承

爱默生在《保守党》中告诫人们："希望不是移植的奇花异树，而是从我们本土的保守主义的野苹果树上嫁接而来。"② 笔者认为，这一论说用来形容超验主义散文和它出现之前的美国本土

---

① 王佐良：《关于英文散文》，《文艺报》，作家出版社1986年版。
② ［美］爱默生著，波尔泰编：《爱默生集》（上），赵一凡译，生活·读书·新知三联书店1993年版，第206页。

散文传统间的关系非常恰当。在本章节中，笔者将分析超验主义散文从本国的散文创作实践中获得了哪些成功的经验。

一　小册子的成功经历

"小册子"是对美国早期散文的外在形式的形容。它一般指的是，以十几页或者几页纸装订成小册子的形式刊出和发行的散文体作品。小册子的著名撰写者主要有罗杰·威廉斯（Roger Williams，1603—1683）、科顿·马瑟、约翰·伍尔曼、爱德华·泰勒威廉·伯德和乔纳森·爱德华兹等。这些人自身可能有很高的艺术造诣，但时势要求他们撰写小册子体现并实现现实功效。因此，小册子的内容不可能涉及过多的哲学、诗歌和艺术。综合而论，小册子的内容主要涉及以下方面：政治、宗教、科学及伦理。这些方面不是同步发展的。在独立战争时期，关涉到科学和伦理方面的小册子寥寥无几。历史学家和文化史学家早将小册子对美国思想史的影响分析得透彻，在此不累述。笔者重点分析小册子的成功传授给超验主义文人怎样的文学创作经验。

首先，它们鼓励作家关注社会生活，关注时事，热心于政治问题，这也成为美国文学的一大传统特点。对于超验主义者而言，能够用笔去表达自己对时事的关注是一件慎重而有意义的事情，是在履行一个学者和文化人的职能。爱默生两次在英国游历，他所关注的不仅是和他接近的知识界的生活，还深入到伦敦的街道，甚至是贫民窟里。他说，只有全都看看才有资格写作，才可能有真正的见解。除了爱默生之外，对文学作品社会性的强调同样得到其他超验主义文人的认同。梭罗、里普利、富勒等都在自己的日记中记载了自己对社会事件的见解，以便在写作中作为素材。富勒为了创作《十九世纪的妇女》，亲自到女牢和妓女出入的红灯区了解她们的生活环境，并和她们交谈。这种大胆的行为在当时被保守人士视为有伤风化，但却成就了《十九世纪妇女》的独特性，即赋予了社会边缘人士言说的权力。

其次，小册子所论及的许多重要观点具有经久不衰的价值，得到了超验主义文人的进一步发挥。譬如，关于政府权力的问题，关于物质与精神之间的权衡问题，关于如何开启民智的问题，关于司法正义的问题等等。而且，对于这些问题的讨论随着小册子的广泛传布，许多观点早已深入人心，形成了一定的社会舆论。超验主义文人正是在这样的背景下进行创作的。无论是对先辈思想的继承还是反拨，他们的创作都与先在的小册子构成了互文性关系。譬如，在阅读梭罗《论公民的不服从权利》时，读者都容易会联想到托马斯·潘恩的一个小册子《常识》。《论公民的不服从权利》一文的开头不是具体论述公民权利的问题，而是分析人类组建政府的各项原则，并攻击美国政府的滥用权力。可见，梭罗的思路和潘恩在《常识》中的思考路径有相似。对潘恩而言，建立具有示范意义的政府制度是其写作时考虑的首要原则。梭罗提炼出点睛之笔的箴言："最好的政府是管得最少的政府。"① 此外，乔纳森·爱德华兹所发布小册子将神学和形而上学融合在一起，预示了超验主义思想的出现。研究者认为，爱德华兹在超验主义运动之前就发现了内在之光的教义。② 只不过，超验主义者比他走得更远。

最后，我们考察小册子散文风格给超验主义文人的启发。小册子被赋予了重大的历史使命，撰写者必须考虑到读者的反映。这样一来，小册子作家注重从现实生活中提取材料，注重口语的大量使用和表达的自然流畅。这些均为超验主义文人所继承。

二 布道词的文学积累

布道词是一种特殊的散文文体，它在美国的文化思想领域具有重要功效。大部分的超验主义者都有过写作布道词的体验。其

---

① ［美］罗·米尔德：《重塑梭罗》，马会娟译，东方出版社 2002 年版，第 47 页。
② ［美］沃侬·路易·帕灵顿：《美国思想史：1620—1920》，陈永国、李增、郭乙瑶译，吉林人民出版社 2002 年版，第 137 页。

中，对他们影响最大的当数乔纳森·爱德华兹和钱宁两人的布道。本节中，笔者分析超验主义文人从先前的布道词中获得哪些有益的启发，又有哪些突破性认识。

首先，我们探究爱德华兹和钱宁的布道词在思想内容上对超验主义散文的影响。对于爱德华兹来说，他布道的主要目的是要唤醒人们认识到自己的罪孽，虔信上帝。作为一个彻底的唯心主义者和神秘主义者，他相信上帝是博爱的。他在阅读了圣经"所罗门之歌"后感慨："他仿佛在一种幻觉之中，独自来到大山里或某一孤寂的荒野，与基督亲切地交谈，痴迷于上帝……上帝的美德，他的智慧，他的纯洁和爱，似乎在所有的事物中显现出来。"① 从这些文字中，我们看到了他渴望与基督达到紧密的灵魂的结合，这种理想最终被超验主义文人所实现了。但是，阅读爱德华兹的布道文，我们常感觉到的是超验主义思想的反面。他的布道给人严厉、阴郁甚至绝望的感觉。不可否认的是，爱德华兹是思想的解放者，是新英格兰清教传统中理想主义一面的代表。他激动人心的布道，不仅推动了北美大觉醒宗教复兴运动，更让自由讨论的风气席卷了整个新英格兰。评论家说："这次运动的洪流最终导致了沃尔夫·爱默生和西奥多·帕克的出现。"② 综合而论，爱德华兹所有的布道都讲述了精神力量的美和重要，而他所强调的"内在之光"（inner light）被超验主义文人发挥到了极致。

钱宁作为唯一理教的大师，是与超验主义文人集团关系最为密切的一位布道者。爱默生、梭罗、帕克等超验主义者都听过他的布道。以至于当爱默生发表《论自然》后，许多评论家第一时间给出的评论是"钱宁式"的思想再现。纳撒尼尔·派克·威利

---

① 刘海平、王守仁主编，张冲主撰：《新编美国文学史》，上海外语教育出版社2000年版，第85页。

② 涂纪亮：《美国哲学史（17世纪—20世纪下半叶的美国哲学）》，河北教育出版社2000年版，第121页。

斯（Nathaniel Pike Willis, 1806—1867）在《镜报》（*Mirror News-paper*，1850）上挖苦，超验主义的言论不过是波士顿流行的钱宁矿泉水饮料的变种。① 不管这种评价是否站得住脚，我们不可否认超验主义文人吸纳了钱宁传道词中的精华。那些在钱宁传道词中高频出现的核心词语也成为超验主义散文话语框架的基础：慈爱的上帝、完美的人、心灵、自由、直觉等等。随着超验主义思想体系的成熟，我们看到了两者明显的区别，但钱宁的布道词依旧是超验主义文人创作的基础和背景材料。

接下来，我们探究爱德华兹和钱宁的布道词在艺术形式上对超验主义散文的影响。爱默生《对神学院毕业班的讲演》中论述，一个好的布道必须是内容和形式的完美结合。对一个布道者而言，既要有思想、逻辑推理的能力和激情，还要将它们转化为听众能感知、意会和理解的言辞。这可以看作是超验主义文人从布道词的成功经验中总结出的文学创作原则。应该说，爱德华兹和钱宁的布道词在这方面起到了表率的作用。爱德华兹著名的《愤怒的上帝手中之罪人》（"Sinners in the Hands of an Angry God"，1741）值得我们仔细体悟。这篇布道词产生的背景是 18 世纪末，爱德华兹对教区世俗化风气不满。他认定唯有唤起人们的恐惧之心才能敦促他们注重精神修炼，否则将会失去得到救赎的希望。他说：

> 上帝将你举在地狱入口，如同把一只蜘蛛或令人厌恶的小虫举在烈火上……你就吊在这样一根细细的丝线上，上帝愤怒的烈焰在你四周翻飞，时时刻刻都能将那根丝线熔断，让你从此坠入深渊。②

① ［美］罗伯特·E. 斯皮勒：《美国文学的周期》，王长荣译，外语教育出版社 1990 年版，第 36 页。
② ［美］乔纳森·爱德华兹：《爱德华兹选集》（第三版），谢秉德译，香港基督教文艺出版社 1995 年版，第 25 页。

后来的评论家将这种风格的布道词称为是"诅咒布道"。的确如此，爱德华兹把自己的善意变成了一系列精彩的诅咒，为读者显示了一幕恐怖的景象。应该说，类似的场景在但丁和弥尔顿的笔下并不陌生，但对于注重逻辑思维连贯的散文写作而言还是比较有新意的。究其根源还是圣经新约的传统，以上攫取的句子就有《启示录》的风格。笔者认为，这种借用场景来展开论述的艺术手法为超验主义文人所继承，不过他们所设置的场景常常是春和景明的一幕：

> 草木生长．蓓蕾绽放，鲜花以它那如火如金之色装点着山坡丘地。空气里回荡着鸟鸣，弥漫着松树、香叶杨树脂和新草的芬芳……穿过透明的夜空，星星倾泻着几乎是幽灵级的清辉。沐浴其中的人像是稚童，而他的那个大星球好似一个玩具。夜晚像河流一样将清凉浸透这个世界，抖擞其精神去迎接又一个殷红的黎明。[①]

这是爱默生《对神学院毕业班的讲演》的开头。显然，在这样的场景里，人们顿觉神清气爽，这种布道方面的艺术技巧在超验主义散文中经常用到：通常先设置一个熟悉的场景，然而再开始进行逻辑演绎。这样很容易引入读者进入散文的语境，增强文章的说服力。

钱宁的布道较之爱德华兹要朴素得多。他的布道词中没有太过的瑰丽想象，最突出的是使用平行句法结构（Parallelism）。譬如，他宣称："因为在上帝面前我了解到了人世平等的，因此我无法忍受；因为人都是有道德力量，因此我无法忍受；因为我看

---

① ［美］爱默生著，波尔泰编：《爱默生集》（上），赵一凡译，生活·读书·新知三联书店1993年版，第86页。

见了他伟大的本质,因此我无法忍受。"① 平行性句法结构增添了钱宁布道词的说服力。C. S. 刘易斯(Clive Staples Lewis, 1898—1963)将平行结构背后的原则归结为用不同的词语重复表达相同的事物,即是两句或者两句以上使用不同词汇,具有相同语法形式来表达相同含义的句法结构。类似的平行句法结构在超验主义散文中比比皆是。请看《在康科德河和梅里麦克河上的一周》的"星期日"篇中的文段:

> 伟大诗歌的特点恰恰是,它们会以适当的比例将自己的意义分别赋予草率的读者和深思熟虑的读者。对于务实的人,它们是常识;对于聪明的人,它们是智慧。正如一条水量充沛的河流,一位旅行家用它的水湿润嘴唇,一支军队用它的水装满自己所有的水桶。②

在这段话中,前部分文字语句长,舒缓而流利。后部分文字中,"对于务实的人,它们是常识;对于聪明的人,它们是智慧",这构成平行结构,表达效果与对偶句式类似。最后一个长句子中连用两个句式相同的分句,亦呈现对偶式思维的特点。比较而言,超验主义文人对平行句法结构的安排与唐宋散文家相似。尽管唐宋古文运动反对骈四俪六,但并不代表他们在创作中排除运用骈文的表现手法。唐宋散文家写文章时尤为喜欢在散句中,插入骈体句式,即插入有规律的对偶句式。这种句式的插入不仅构成了语言的形式美,也更有韵律节奏,达到音义俱佳的审美效果。散文实践证明,这种奇偶交错的句式也是大多数优秀散文所共有的特征。正如梭罗所言:"毋庸置疑,最崇高的书面智

---

① [美]沃侬·路易·帕灵顿:《美国思想史:1620—1920》,陈永国、李增、郭乙瑶译,吉林人民出版社 2002 年版,第 634 页。

② [美]梭罗著,罗伯特·塞尔编:《梭罗集》(上),陈凯等译,生活·读书·新知三联书店 996 年版,第 130 页。

慧，要么押韵，要么在某种程度上抑扬顿挫，和谐悦耳——在内容和形式上都是诗；而且一部包容人类智慧之精华的书不必有任何一行毫无节奏韵律的文字。"[1]

最后，尽管我们不能说超验主义散文中的平行句法结构是完全得益于钱宁的布道词，但至少我们可以肯定这一点，即超验主义散文中平行句法结构的使用与钱宁在布道词中的运用一脉相承。或者说，超验主义文人将布道词中频繁使用的平行句法结构娴熟运用到散文写作中。

三　演说词的文学实训

演说成为美国最为普及的文化交流和传布方式之一。可以说，从移民踏上美洲大陆以来，演说就几乎从来没有间断过。纵观美国文学史，作为文学经典的演说词有很多。这些演说词不仅发挥了重要的实际效用，也具有很高的审美价值。在本节中，考察超验主义文人从演说词的撰写和演讲的过程中获得了哪些文学经验。

超验主义者对演说尤为重视。爱默生的传记作者小罗伯特·D. 理查森说，从青年时代起，爱默生就梦想成为一个诗人、一位演说家、一名牧师。[2] 这些梦想的共通之处在于写作。终其一生，爱默生从未停止过对演说词的写作，也从未停止过对演说词写作技巧的研究。其他的超验主义文人呢？在超验主义散文中，演说词的数量有很多，称得上经典的也有很多。超验主义文人的日记，很多记录关涉了他们对听演讲、阅读演说词、酝酿演说词和写作演说词的心得体会。譬如，梭罗在 1944 年 11 月 4 日的日记中分析了西部的竞选演说的措辞、辩论技巧以及不加修辞的风

---

① ［美］梭罗著，罗伯特·塞尔编：《梭罗集》（上），陈凯等译，生活·读书·新知三联书店 1996 年版，第 80 页。

② ［美］小罗伯特·D. 理查森：《爱默生：充满激情的思想家》，石坚、李竹渝等译，四川人民出版社 2001 年版，第 58 页。

格，并感叹其风格与古代杰出的演说家一致。可见，超验主义文人均注重演说词的写作。究其原因，这与演说词在美国政治文化生活中发挥的重要作用有关。究竟应该怎样衡量演说的功效呢？爱默生认为，演说如同布道，是最为灵活的交流思想的方式，可以让你说出你的生活、良知和真理，并以新希望和新启示去鼓舞那些苦苦等待，衰弱不堪的人心。① 超验主义者希望自己发现或开辟一条通往世上所有美好事物的路径，不但自己光明正大地走过去，而且让他身后的追随者也能比较容易的走下去。

笔者认为，超验主义文人从演说词中获得的创作经验主要有四方面：

其一，创作的激情。爱默生曾在 1840 年 2 月 19 日对自己的演说进行了总结。他首先提到的就是激情的重要性。在他看来，这些演说是不成功的，缺乏激活内在激情的力量。富勒阅读了美国早期的政治演说词后感叹，演说词如同电流，所经之处都能掀起一股思考的狂躁。帕克认为任何艺术家要想成功唯有将自己的激情付诸艺术创作。阿尔科特教育他的女儿，日后创作了《小妇人》（*Little Women*，1868）的作家露意莎·梅·阿尔科特（Louisa May Alcott，1832 —1888）："作家内心情感的充沛是其创作成功的重要保证。"② 可见，超验主义文人在演说的实训中认识到激情是演说成功的保障，他们也把这一体验运用到了其他类散文写作中。

其二，使用最新鲜和有表现力的词语，不排斥使用口语。一般来说，演说是经过精心准备并按照准备好的演说词去讲的，所以演说词是非常正式的书面语篇。在演说的过程中，唯有最新鲜和有表现力的语言才能打动读者。这样的语言不是来自早就束之高阁的文献典籍，而是来自世俗生活。评论家评价帕克始终是一个演说者，他的作品鲜明地打上了冲动情感和口语语言的色彩。

---

① Carl Bode, *The Portable Emerson*, New York: Penguin Books, 1981, p. 145.
② ［美］路易莎·梅·奥尔科特：《小妇人》，林文华、林元彪译，长江文艺出版社2007 年版，第 5 页。

的确，帕克在长期的演说实训中锻炼了对语言表现力的识别能力。笔者认为，这种评价不仅适用于帕克，也适合其他的超验主义文人。作为超验主义者，他们主张使用具体的、生动的词语，因为这些词语使我们更接近大自然，也更接近词语表象背后的更深层次的真实。"切割这些词，它们会流血；它们是有血管，有生命的，它们跑动行走。说这些话的那些人有自己的习惯，他们讲话轻捷痛快，淋漓酣畅。"① 简而言之，扎根于亲身经历的词语使他们的散文作品字里行间洋溢着生机。

其三，对圣经的援引和进一步发挥。对于美国民众而言，圣经是家喻户晓的经典。为了更为充分地发挥演说词的感召力，演说词中常常会穿插源自圣经的文字信息。它们或者是经典的圣经意象，或者是宗教祷告，或者是诗篇中的诗句，还有箴言等。

其四，注重选用人称代词。在演说过程中，人称代词的使用有利于建立和维持演说者和听众之间的关系。② 一般来说，演说者为了拉近自己与听众的距离，尤为注重使用第一人称复数。在使用第一人称复数时，很自然地将听众与演说者放入同一个阵营。这样一来，演说者去批驳或者赞赏某一观点时，更容易引起听众在思想上的共鸣，从而实现话语的人际意义的功能。超验主义文人在演说实训中认识到了人称代词与演说效果间的关系。他们在其他体裁的散文创作中也注意选用人称代词，并且在许多论述中选用第一人称复数形式。

我们注意到，在演讲交流过程中，超验主义文人不仅训练了口才，也培养了对语调节奏韵律的敏感度。他们在散文创作中遵循了长、短句搭配的原则，一般来说，短句急促有力，长句舒缓流利。请看《论自然》的第二章中的文段：

---

① ［美］爱默生著，波尔泰编：《爱默生集》（上），赵一凡译，生活·读书·新知三联书店 1993 年版，第 69 页。

② 李战子：《话语的人际意义研究》，上海外语教育出版社 2002 年版，第 124 页。

若把人类的这些发明累计起来看，世界的面目从诺亚方舟到拿破仑时代已经发生了多么巨大的变化啊！一个穷人现在也享有为他建造的城市、船只、运河和桥梁。他去邮局寄信，那里有专人为他出差投递。他去书店，那里有人为他朗读和撰写所有发生的事情。他去法庭，国家负责纠正他的过失。他在路边盖起一幢房子，人们便会每天早晨前来铲雪，为他开辟一条通道。①

在这段话中，首先用一个气势极盛的长句来陈述自己的观点。而且，这个长句还是一个感叹句，加浓了抒情气氛。紧接着是一个相对短些的陈述句，用来说明事实。这句话的语气坚决而明确，也可以缓冲上一句的情绪。接下来连续使用了四个"他去"的排比句子，句式大致相同，长短大致相等，从而使语调的韵律节奏相对平衡。而且，这四个句子作为论证，表达充分，有力地证明了爱默生的论点。总的说来，这个文段长短句式的交替，语调均衡而又有变化。值得一提的是，超验主义散文中有一些长句，本身是由多个短的分句构成的。这样的句子语调细密，呈出摇曳的姿态。例如："信念应该与日出日落，与飞翔的云，与唱歌的鸟，与花的气息相融汇。"② 总之，长句和短句的巧妙搭配就构成了音节的变化，促成了错落的韵律节奏，从而使超验主义散文富有音韵美。

---

① ［美］爱默生著，波尔泰编：《爱默生集》（上），赵一凡译，生活·读书·新知三联书店1993年版，第13页。
② 同上书，第274页。

第五章

余　论

　　纵观美国思想史，超验主义运动的确发挥了重要作用并产生了重大影响。在 1985 年版的《简明不列颠百科全书》（*Concise Encyclopaedia Britannica*）中，关于爱默生及其超验主义的词条这样写道："一度光芒四射的超验主义随着时光的流逝而暗淡，以个人为中心的精神基础也大部分让位于现代的存在主义，陶冶内心世界的主张则已被集体主义和物质主义的社会所忽视，但其人文主义理想却永远使人感到新颖。"[①] 就超验主义散文而言，它们不单纯是欧洲浪漫主义文学思潮在美国的发展的余波。这些散文所塑造的美国精神，成为美国文化自立于世界的核心价值。即使在今天看来，它们仍为我们提供了一个有根有据的存在方式和生活体系，也为我们的心灵世界提供了有启示意义的观念和理想。

　　没有一个作家的某部作品是独立自在的，一切作品都不过是从无边无际的一张网上剪下来的一小块。[②] 通过跨越性研究最终

---

　　① 《简明不列颠百科全书》编辑部译编：《简明不列颠百科全书》（第一卷），中国大百科全书出版社 1985 年版，第 263 页。

　　② ［丹麦］勃兰兑斯：《十九世纪文学主流》（第一册），张道真译，人民文学出版社 1980 年版，第 2 页。

得到共同文学规律的认识，是比较文学学科的重大研究课题之一。本研究正是将超验主义散文置于世界文学的范畴内，主要将其与圣经新约和中国明清散文进行比参研究，从而更为全面地探析了超验主义散文的艺术特色，总结出了其成功的经验。更为重要的是，这些经验总结对当今散文鉴赏、散文批评、散文创作以及散文理论建构都具有一定的指导和借鉴意义。

第一节　超验主义文人集团的集聚与离散

超验主义文人集团存在的时间很短，从 1836 年第一次聚会算起到四十年代文人集团开始解体，总共不到十年时间。解体的具体表现如下：1840 年 9 月举行最后一次聚会。1844 年，超验主义喉舌刊物《日晷》停刊。此后，曾经的文人集团成员之间依旧相互见面、交谈、书信往来，也开始按自己的兴趣、爱好和思想组成一些小的团体，但再没有了曾经团结的激情。纵观超验主义运动发展的全过程，超验主义文人集团的集聚和离散分别代表了其发展的巅峰和走向衰落的转折。笔者认为，剖析造成集团集聚和离散的原因有助于我们更深入和更全面地了解超验主义散文的创作特色。

一般来说，集团是为了一定目的而组织起来共同行动的社会团体。集团的构成有两个基本条件：共同的目标以及鲜明的集团意识；现实存在的组织。其中，现实的组织存在要求成员之间有一种十分确定的因缘关系，如地缘、血缘、业缘等社会关系。我们列表分析集团主要成员的身份构成，以此作为进一步分析的基础。

超验主义文人集团主要成员基本情况列表

姓名/生卒年	年龄段（1836—1844）	家庭出身	教育状况	工作情况（除作家、演说家外）
爱默生/（1803—1882）	33—41 岁	牧师	哈佛神学院	牧师、编辑
梭罗/（1817—1862）	19—27 岁	农民，技工	哈佛神学院	教师、测量员、农民

续表

姓名/生卒年	年龄段（1836—1844）	家庭出身	教育状况	工作情况（除作家、演说家外）
弗朗西斯/（1795—1863）	41—49 岁	牧师	哈佛神学院	牧师
帕克/（1810—1860）	26—34 岁	农民、技工	哈佛神学院	牧师、律师
克拉克/（1809—1882）	27—35 岁	知识分子	哈佛神学院	牧师、编辑、社会活动家
海吉/（1805—1890）	31—39 岁	知识分子	哈佛神学院	牧师
里普利/（1802—1880）	34—42 岁	知识分子	哈佛神学院	牧师
富勒/（1810—1850）	26—34 岁	政府官员	家庭教育	记者、编辑、社会活动家
阿尔科特/（1799—1888）	37—45 岁	农民	自学成才	教育家、社会活动家
皮博迪/（1804—1894）	32—40 岁	知识分子	家庭教育	教师、阿尔科特的秘书
琼斯/（1813—1880）	23—31 岁	海员	哈佛神学院	牧师
*布朗森/（1803—1876）	33—41 岁	农民	自学成才	牧师、社会活动家、编辑

　　* 布朗森参加了 1836 年的超验主义俱乐部的第一次全会。1837—1839 年间，他独自创办了自己的杂志《波士顿季刊评论》（*Boston Quarterly Review*）。其后，他将主要精力投注到社会改革实践中，是当时著名的社会活动家。他撰写了许多战斗檄文式的散文作品，极力维护劳动阶级的利益。1844 年，他改信罗马天主教，创办以宣扬天主教文明为宗旨的《布朗森季刊》（*Brownson's Quarterly*），并撰文抨击超验主义，竭力呼唤超验主义者加入天主教。学界确定他在 1837 年之前属于超验主义文人集团的成员。笔者将他视为首位从集团中分离出去的成员。

　　共性是促成他们组织文人集团的基础。首先，笔者结合上表，分析超验主义文人集团独特的共性：

　　1. 年轻化

　　超验主义文人集团成员中最为年长是康沃斯·弗朗西斯（Converse Francis，1795—1863）。[1] 1836 年至 1844 年间，他正值中年。其他的成员都是些年轻人，借用爱默生对超验主义者的评价，他们都是构成"未来"的群体。我们注意到，超验主义义人由衷地赞美"年轻"，并频繁地将"年轻"与"衰老"对立起来论述。梭罗说：

---

　　① ［美］萨克文·伯科维奇主编：《剑桥美国文学史　散文作品：1820—1865 年》（第二卷），史志康等译，中央编译出版社 2008 年版，第 412 页。

年轻人的视野伸向前方，广阔无垠，把未来与现实混合在一起。时近黄昏，这些思想匆匆赶往黑暗中休息，几乎不盼望下一个早晨。老人的思想为夜晚和睡眠作好准备。站在人生风光旖旎的山顶的人和期盼自己在世间的日子终结的人没有共同的希望和前景。①

几乎在各国文化传统中都存在这样的认识：随着年龄的增长，人的经历会越来越丰富，"衰老"在某种程度上亦代表智慧的增加。在超验主义散文的论述中，"衰老"尤其让人沮丧。爱默生以调侃地口气援引格言："最先出生的那个人有最多的旧衣服。"② 为什么超验主义如此看待"年轻"与"衰老"呢？是因为文人集团的成员本身比较年轻吗？构成超验主义文人集团主体的是唯一理教的年轻牧师，压制他们自由言论的多为较为年长的牧师。因此，他们必然以"年轻"对抗"衰老"，认为两者没有"共同的希望和前景"。应该说，这种解释有一定的合理性，但并不全面。

笔者认为，"年轻"还可以看作是超验主义文人民族自信心和自尊心的表达。一般来说，在一定时期某一社会内存在"社会总体想象物"（imaginaire socail），即全社会对异国社会文化的总体看法。一个社会正是通过"社会总体想象物"来反视、书写、反思和想象自我。③ 从1812年到1861年南北战争爆发之前，美国在国际舞台上越来越显示出它作为大国的力量。此时，美国国民的心理也发生了变化，他们需要将英国、欧洲旧大陆视为逊色于自己的形象。这就是这一时期美国对欧洲的总体想象。超验主义

---

① ［美］梭罗著，罗伯特·塞尔编：《梭罗集》（上），陈凯等译，生活·读书·新知三联书店1996年版，第117页。

② ［美］爱默生著，波尔泰编：《爱默生集》（上），赵一凡译，生活·读书·新知三联书店1993年版，第227页。

③ ［法］马里奥斯·法朗索瓦·基亚：《比较文学》，颜保译，北京大学出版社1983年版，第108页。

文人不仅认同当时美国社会对欧洲的总体想象，而且在散文创作中强调了这一总体想象。尽管他们对诸如歌德、柯勒律治、卡莱尔等欧洲精英称赞不已。但是，将旧大陆视为整体时，他们界定整个欧洲都已经染上了哈姆雷特的忧郁——思想的黯淡阴影，令人憔悴。①

我们姑且不论超验主义文人的评价是否客观，不可否认的是，面对欧洲的古老文明和文化压力，美国文化人难免自卑。当时美国文化界用美国人的总体意识来反抗欧洲旧大陆的文化压力。超验主义文人面对影响的焦虑，生出了更大的勇气，将"年轻"与"衰老"用以评价国家。爱默生以"年轻的美国人"为标题发表演说，定义了美国精神的特点就是"年轻"，代表着无限的希望。相反，他们对欧洲旧大陆的评定，即为"衰老"，或者形象地说是走向了暮年。从散见于超验主义散文中关于"年轻"与"衰老"的论述，我们可以分析超验主义"年轻"与"衰老"的内涵，并表征如下：

年轻＝创新＋活力＋希望；衰老＝保守＋停滞＋绝望。

2. 宗教文化背景

我们认为，宗教热情犹如一座金矿，为各种最大胆的构思提供财富与后盾。超验主义文人集团的主要成员大部分出身于牧师家庭，在哈佛神学院接受正规大学教育，成年后都做过唯一理教的牧师。而且，他们几乎全部出生和成长于清教文化盛行的新英格兰，宗教知识也是自学成才和接受家庭教育的重要内容。据此，我们断定：共同的宗教文化背景，宗教情感与文化沟通的需求，促使他们聚集成集团。

根据《简明不列颠百科全书》中关于超验主义的词条解释：认为今世之后另有世界或另有实在的信仰，各种宗教往往以不同形式包含了超验主义。超验主义文人不仅在基督教文化方面有造

---

① 范圣宇主编：《爱默生集》，花城出版社 2008 年版，第 16 页。

诣，也怀有对其他宗教，尤其是东方宗教的热忱。爱默生断言，从一定程度上讲，佛教徒就是超验主义者。[①] 帕克则认为，将中国、印度、波斯、希伯来等几个民族的经文集或圣典收在一起作为人类的圣经印成书，将是这个时代很值得做的一件事。克拉克就是从这个意图出发，创作了最早的宗教比较著作《十大宗教》（*Ten Great Religions*，1871—1883）。

此外，超验主义文人广泛地阅读了儒教、佛教、印度教、琐罗亚斯德教、伊斯兰教苏菲派等世界各种宗教的史诗、散文和剧作等，并给予这些书籍很高的评价。梭罗奉劝圣经阅读者：如果渴求一本好书，那么就去阅读《薄伽梵歌》或者《摩诃婆罗多》中的任何一部。

超验主义文人从东方宗教中获得了哪些启发？一方面，东方宗教文化促使超验主义文人找到了认识人的存在本体的新视域，从而提升了他对自我以及世界本真的理解。对他们来说，理性实证主义的 18 世纪已经死去，他们要开创新的时代。他们发现东方宗教文化的某些思想与他们不谋而合。东方宗教强调在大自然中获得灵感的静修，从而实现人和宇宙的神圣同一。超验主义对"自我"的界定受惠于印度神秘主义：自我的灵魂与超灵和谐一致与"梵我合一"的崇高境界具有某种相似性。另一方面，超验主义散文的成功之处还在于他们从东方宗教文化典籍中领悟到了崇高的美学品质和诗性智慧，从中获得了有益的技法并将其融入散文创作之中。爱默生细致地剖析了印度典籍中语调的细密，句式的稳定性，词语的质朴及内涵的深刻。梭罗在《在康科德与梅里马克河上一周》"星期一"中分析了《薄伽梵歌》《摩诃婆罗多》《砒湿奴·沙马的嘉言集》等东方典籍的写作策略。他还用富有诗意的表达赞美印度的《摩奴法典》："它来到我们这里，精致得如同沉入大洋底部的瓷土。它们像千百年暴露在风雨中的化

---

① ［美］爱默生著，波尔泰编：《爱默生集》（上），赵一凡译，生活·读书·新知三联书店 1993 年版，第 213 页。

石的真相一般清洁干燥。"① 在《瓦尔登湖》中，梭罗说："有时我看着一对鹞鹰在高空中盘旋，一上一下，一近一远，好像它们是我自己的思想的化身。"② 这显然是一种"出神"的写照，正是东方文学的精髓之一。

值得一提的是，超验主义文人在对东方宗教文化的接受过程中也存在着误读。在这里，我们有必要借助于比较文学形象学的相关理论来加以分析。超验主义者试图通过"东方"的他者形象来反映他们对本国文化怎样的看法。从这一层面上看，他们接受东方宗教文化的主要目的在于批判美国社会的物欲膨胀和信仰失落，寻求人的精神家园；批判理性实证的思维模式，倡导直觉思维，以实现自我提升和完善。这是东方宗教文化的显著特征，但不能囊括其全部内容。正如梭罗所言：来自东方的光辉或许仍是学者们的座右铭，因为西方世界尚未从东方取得它注定要从那儿接受的全部光亮。③

接下来，我们分析超验主义文人集团的离散。究竟哪些因素促成了超验主义文人集团的离散呢？笔者认为，超验主义文人集团的离散主要是由超验主义本身的特点所决定的。爱默生在《论超验主义者》中说，联系是偶然的、短暂的；而分离却是固有的、永不休止的。超验主义运动所宣扬的主题内容就是个人的自由，这也是超验主义散文最核心的内容。超验主义俱乐部的成立初衷就是为了获得一个畅所欲言的环境，让各成员能够自由地表达自己的观点。芭芭拉·L.派克（Barbara L. Parker）在研究超验主义时说："他们孤独，他们的作品和谈话的精神都是孤独，他们排斥他人的影响，逃避整个社会，他们很想躲进斗室之中，他们不愿过城市生活，宁肯去乡间隐居，或者是在孤身独处中工

---

① ［美］梭罗著，罗伯特·塞尔编：《梭罗集》（上），陈凯等译，生活·读书·新知三联书店1996年版，第131页。

② 同上书，第42页。

③ Mc Williams, John P. , *New England's crises and cultural memory*: *literature*, *politics*, *history*, *religion*, 1620—1860, New York: Cambridge University Press, 2008, p. 324.

作、娱乐。"① 可见，这些超验主义者相互排斥的冲动还是大于合作的愿望。然而，要维持一个团体的稳定，最好是要制定规章制度，但规章制度势必会干涉个人的自由。正是出于对无限个人自由的向往，超验主义文人集团自 1836 年第一次聚会以来，就从来没有制定过任何章程。这样一来，成员之间往往不受任何严格固定的活动宗旨的拘束限制，聚合离散，随意自由，不受约束。

其次，集团成员家庭出身的差异也是促成分离的重要依据。在其主要成员中，梭罗、帕克、阿尔科特、布朗森出生于农民、技工家庭。我们注意到，这四人在超验主义文人集团中也是最为特立独行的。梭罗孤身一人在瓦尔登湖生活，并因拒交人头税与阿尔科特一同被捕。帕克是超验主义文人集团中唯一一个不仅不主动离职，还在遭受牧师同行们的集体拒绝后拒绝退出牧师协会，并坚持布道的牧师。阿尔科特则是集团中最为"臭名昭著"的成员，他所主张的新型教育方法屡试屡败，屡败屡试。布朗森在 1837 年加入了民主党，并开始成为著名的社会活动家，积极地深入到废奴运动、反战运动等第一线，被视为是超验主义文人集团中最具有自我否定精神的成员。如果从其社会实践活动来判断文人集团成员的叛逆性和革新性，那么这四个人首当其冲。按照马克思主义的文艺理论，创作者家庭出生所属的阶级直接影响了其文艺创作。从一定程度上讲，这种分析方法也适用于分析超验主义文人集团成员间的差异性，并在他们散文的主题中得到了充分的展现。譬如，尽管爱默生等人赞美布朗森所撰写文章富有"男子气"，但他们认为他的作品是野蛮的，甚至可以说是畏惧他作品的过激言论，并拒绝在《日晷》上发表它们。

最后，笔者认为促成超验主义文人集团离散的核心落在了以下两个问题的争论上，就这两个问题所存在的分歧加剧了集团离散，也帮助我们了解了超验主义运动的走向。

---

① ［美］萨克文·伯科维奇主编：《剑桥美国文学史 散文作品：1820—1865 年》（第二卷），史志康等译，中央编译出版社 2008 年版，第 333 页。

第五章　余论

1. 过去还是未来？

总的来说，超验主义文人集团的成员都是面向未来，具有创新性的。正如集团成员伊丽莎白·皮博迪在家书中写道："你仿佛一直不停地在动，因为你身边的一切都处在一种持续进步之中，如果你站在原地不动，那么，过不了多久，他们就会忘记你曾经是他们中的'一员'。"① 从某种意义上讲，他们的起点是一致的，即反对唯一理教的教条主义，倡导个人精神自由。然而，他们在前行的途中，步调并不一致。就某些问题的思考和主张而言，有人似乎还停留在过去，而有人则跑到了未来。譬如，在宗教问题的争论上，帕克一直抱怨弗朗西斯、里普利、海吉等人太执著于过去；而弗朗西斯、里普利和海吉等人则对帕克的过激言说表示强烈的不满。帕克对耶稣的形象阐释上实在走得太远：如果说爱默生将耶稣视为优秀的人的代表，那么帕克则大胆宣告拿撒勒的耶稣从来就不存在。海吉等人因此拒绝与帕克交换布道，这是当时波士顿唯一一种驱逐牧师的方式。海吉还写信给弗朗西斯，忧心忡忡地说：如果对现存的宗教机构和信仰的异议这般散布，那么整个神职阶层，十年内都要被扫地出去。

2. 精神领域还是实践领域？

超验主义文人集团成员关于超验主义运动的活动领域问题的争论贯穿于超验主义运动的始末。这个问题的争论也影响了超验主义运动的历史评价。我们看爱默生在《超验主义者》中对超验主义者活动领域的介绍：

> 可是，他们的孤芳自赏与挑三拣四的脾气不仅使他们从与人的对话中脱离出来，而且还放弃了人世间的劳动。他们因此不再是好公民，不再是好的社会成员。他们不甚情愿地承受着自己应当负有的公众与私人职责。他们不乐于分担公

---

① ［美］萨克文·伯科维奇主编：《剑桥美国文学史　散文作品：1820—1865年》（第二卷），史志康等译，中央编译出版社2008年版，第376页。

共慈善义务、集体宗教仪式、教育事业、海内外传教工作、废奴以及戒酒等等公益活动。他们甚至不喜欢投票选举。慈善界人士追问，超验主义是否就是偷懒者的代名词。①

这是爱默生在 1842 年 1 月所做的演讲稿。19 世纪 40 年代开始，布鲁克农场与花园果地的实验，废奴运动，女权主义运动等一系列社会改革活动都被视为超验主义思想的渗透。在这次演讲中，爱默生阐发了自己关于超验主义者的相关认识。笔者认为，爱默生似乎急于将超验主义与这些社会活动撇清关系，并将超验主义者的活动领域局限于精神世界。在以上引文中，他以"慈善界人士"的口批评了超验主义者与社会实践的隔绝，但他自己并不认同慈善界人士的观点。相反，他认为超验主义者就应该致力于思想领域的开拓和革命。爱默生所阐发的代表了文人集团中"温和派"的观点。以爱默生、海吉、里普利等人为代表的超验主义者一直奉行这一原则，他们不赞成结社，对布鲁克农场与花园果地也冷眼相向。研究超验主义运动的学者认为："实际上，这一运动所助长的淡泊无为和它所鼓励的自我专注有利于业已存在的制度，甚至有利于超验主义者批判的制度。"② 比较而言，帕克、阿尔科特、布朗森则显得更为激进，他们主动积极地投入到社会改革中。简言之，超验主义文人集团中的"温和派"不懈地追求精神自由，"激进派"则试图通过结社等社会实践方式去赈济饥民或者解放奴隶。

值得注意的是，这两派之间的界限并非不可混淆，集团成员时而也在两派之间摇摆，即使是爱默生本人也不例外。我们以爱默生的一则日记加以分析：

---

① ［美］爱默生著，波尔泰编：《爱默生集》（上），赵一凡译，生活·读书·新知三联书店 1993 年版，第 220 页。

② ［美］萨克文·伯科维奇主编：《剑桥美国文学史　散文作品：1820—1865 年》（第二卷），史志康等译，中央编译出版社 2008 年版，第 398 页。

我夜晚醒来为自己恸哭，因为我没有投入到反对应受到强烈谴责的奴隶制的废奴运动中，它看上去仅仅是需要一些果断的声音。在几小时的清醒后，我恢复过来，说："上帝必须统治他自己的世界，知道怎样从伤痕中走出来，我有其他的奴隶要解放，而不是那些黑奴。在人们头脑深处，在虚构的天堂之中，被禁锢的精神，被禁锢的思想，这些都人类极其重要的东西，除了我，它们没有哨兵、热爱者或者保卫者。"①

这则日记写于1857年。当时，废奴运动正开展得如火如荼，爱默生多次被要求做废奴运动的领袖人物，但他都拒绝了。这篇日记正是针对这种情况写下的。首先，我们从"恸哭"一词可以看出，爱默生为自己没有听从众人的意见而真心难过。既然这般难过，为什么不去做众望所归的领袖呢？因为他认为自己的工作是唤起人们解放思想。罗伯特·S. 利维（Robert S. Levine）在《小说与改革》（"Fiction and Reform"）一文的开篇也分析了爱默生关于文学创作与社会改革之间关系的论述。在罗伯特·S. 利维看来，爱默生对社会改革持有矛盾的态度。② 我们也可以从他的散文所讨论的问题中看出端倪：自我改革能在真空中进行吗？个人自由能在多大程度上远离社会争论的喧嚣？社会团体改革在多大程度依靠个人？笔者认为，爱默生的矛盾实际上是"温和派"面对社会问题时共同的心路历程。

比较而言，超验主义文人集团与中国古代文人集团之间存在着本质性差异。郭英德在《中国古代文人集团论纲》一文中指出："从中国古代文人集团自身的结构看，它是以家族为基本模

---

① ［美］沃侬·路易·帕灵顿：《美国思想史：1620—1920》，陈永国、李增、郭乙瑶译，吉林人民出版社2002年版，第695页。

② Emory Elliott, ed., *The Columbia History of the American Novel*, New York：Columbia University Press, 2005, pp. 130 – 131.

式的，具有鲜明的宗法特性。"①

他较为详细地分析了我国古代文人集团的内在结构，说明其几乎都是对家族结构的自然模仿。我国古代的文人集团在整个社会大环境的宗法制度的渗透下，一般有自己的"家法"，形同宗法作为家族血缘维系一样神圣。因此，我国古代的文人集团较之超验主义文人集团更具有组织性、制度性。这一方面有利于文人集团的稳定和团结，另一方面也在一定程度上窒息了集团成员的自由发展。笔者认为文人集团的优劣不能单从是否稳定来判断，而是要重点考察其取得的文学成就，产生的社会影响及其历史价值。

第二节　建构散文的宏大境界

日本文学评论家厨川白村（1880—1923）总结：成功的散文家，既须很富于诗才学殖，对人生的各样的现象也要有奇警锐敏的透察力。② 超验主义文人具备真正广博深厚的思想内涵和文化底蕴，从而促成了散文情理交融、格调高雅、意境深远的宏大境界。在此，我们将超验主义散文置于与英国散文以及中国散文的比较视域中比参分析，试图说明一个优秀的散文家必须具备怎样的学养和文才。

一　揽一国之意以为己心

孔颖达《毛诗正义》解释《毛诗序》提出，诗人的心是"一国之心"，即诗人要"揽一国之意以为己心"。③ 爱默生在评述莎士比亚的文学成就时指明："诗人是与他的时代和国家声应气求

---

① 郭英德：《中国古代文人集团论纲》，《中国文化研究》1996 年夏之卷（总第 12 期）。

② ［日］厨川白村：《苦闷的象征，出了象牙之塔》，鲁迅译，人民文学出版社 1988年版，第 132 页。

③ （清）阮元校刻：《十三经注疏》，上海古籍出版社 1997 年版，第 574 页。

的一颗心。"① 把握时代的脉搏，对社会高度关注是超验主义散文的一大特色。超验主义文人以极其主动的姿态参与美国、欧洲甚至整个世界的政治、经济与日常生活。保守党与革新派激烈冲突时，他们投入争辩中；开发西部，政府倡导西进运动，他们论证其合理性；国家大修铁路和发展工商业，他们分析其利弊；美国与墨西哥之间的爆发战争，他们撰文反对；抗议奴隶制，反对《逃亡奴隶法》，他们据理抗议；傅立叶空想社会主义的实践，他们给予关注和评论；女权主义运动的兴起，他们积极发表了自己的观点。

从西方散文的发展史来看，自蒙田以来，散文作家对时代和社会的关注都是有局限的。蒙田总是以自我为中心，他所关注的社会事件大多与自己的生活密切相关。继承蒙田的培根，他论述的主题服务于宫廷，或者是准备进入宫廷的贵族子弟。因此，他的论题范围带有明显的贵族特色。从这个角度来说，超验主义散文所关涉的时代与社会的视域更为开阔。从渊源上分析，它们与斯威夫特散文的主题较为相近。但是，斯威夫特似乎更在于辛辣的讽刺，与超验主义文人表现出来的视野开阔、从容大气的学者风范不尽相同。究其原因：随着时代的发展，世界各国的联系越来越紧密了。同时，这也是美国时代精神的反映：这个崛起的新兴国家，意图在世界范围内找到自己的位置，成为领袖民族。

超验主义文人是出色的文学评论家，他们不仅评析同时代的作家和作品，而且对经典也提出了别具一格的见解。他们在分析作品的审美价值和传世价值时，将创作者的良知和社会责任视为作品的重要评价标准。歌德的地位是足以让众人仰视的，尤其对于正无限崇拜德国文明的美国学者来说，歌德被视为神明般的典范。爱默生曾在写给卡莱尔的书信中表明，自己对歌德的敬佩是有限的。他接下来解释：贫穷和义愤是天才的恰当饰物与慰藉，

---

① ［美］爱默生：《爱默生散文选》（英文全本），世界图书出版公司 2010 年版，第 506 页。原文如下：…a heart in unison with his time and country。

相比之下，五十年身居要职的安逸是令人遗憾的浪费生命："躺在天鹅绒上的舒适生活给他的才华带来了明显的不良影响。"① 从某种程度上说，爱默生对歌德的评价与恩格斯对歌德的评价具有一定的契合。只不过，他们批评的视角不同：恩格斯将歌德的弱点归结为他的市民阶层的出生，而爱默生指出的是他没有深入社会和了解社会。1840 年，爱默生在完成了《当今时代》的系列讲演，对于这一系列的演说词，他并不满意。原因在于它们"没有斧头，没有甘露，没有怒吼，没有穿刺，没有爱心，没有魅力"。② 他也批评欧文、钱宁等人的作品，说他们全都缺乏气魄，缺少匕首。我们并不分析爱默生的这些评价是否合乎事实。可以确信的是，爱默生的创作观与鲁迅所提出的杂文创作观相似，鲁迅呼吁杂文要是"匕首"或"投枪"。这些都说明优秀的散文家并没有将创作视为自我消遣，而将忧患意识和使命意识融入散文写作中。

二 人生处万类，知识最为贤

韩愈在《谢自然诗》中说："人生处万类，知识最为贤。"③正是由于重视知识，唐宋散文更具有了沉实的走向。笔者认为，尊重知识是超验主义散文的一大特色。人文知识是超验主义文人的重要研究领域，对象和问题都很熟悉，因此他们纵横驰骋，几乎无所不涉。以爱默生的随笔为例，他先后论述了诗人、历史、艺术、智能、精神法则、自然、政治、唯名论者与唯实论者等等。在这些随笔中，爱默生总是能够做到纵横古今、旁征博引，但又不失作家的个人风格。现在列举《论经验》中的一个文段，让我

---

① ［英］托马斯·卡莱尔、［美］爱默生：《卡莱尔、爱默生通信集》，李静滢、纪云霞、王福祥译，广西师范大学出版社 2008 年版，第 23 页。

② ［美］爱默生著，勃里斯·佩里编：《爱默生日记精华》，倪庆饩译，东方出版社 2008 年版，第 68 页。

③ （唐）韩愈著，张清华评注：《韩愈诗文评注》，中州古籍出版社 2002 年版，第 469 页。

们体会：

> 生活不是智性的，也不是批判性的，它只是坚强的。对那些能欣赏自己的各色人等来说，生活的主要优点是毋庸置疑的。自然憎恨窥探，我们的母亲们一句话就表达了她们的感受，"孩子，吃你们的东西，不要多说话"。把时光填满，——这就是幸福；把时光填满，不为懊悔或赞同留一丝空隙。①

从以上文段分析，爱默生在一定程度上沿袭了自蒙田以来以自我经验为对象的轻松笔调。在论述中他把"理"通过母亲的念叨加以证实，展现了信手拈来般自由活泼的文风。

超验主义文人所尊重的不仅是人文知识，还包括自然科学知识。爱默生在 1831 年 3 月 4 日的日记中写下这样一句："害怕科学的宗教使上帝丢脸，而且是自杀。"② 了解这句话的写作背景可以帮助我们认识爱默生的勇气。当时，保守的基督宗教权威都对科学研究持反对态度。他们认为，科学研究必然会动摇人们对基督教的虔敬之心。爱默生对科学的态度也是整个超验主义文人集团的态度。"超验主义俱乐部"所讨论的话题，除了宗教、人文知识外，也包括自然科学。爱默生、梭罗、阿尔科特等参加了《人类与地球之关系》《水》《博物学的用途》等一系列科学讲座。其中，尤为突出的是梭罗。纵观梭罗的全部创作，从《在康科德河和梅里麦克河上的一周》出版直至梭罗逝世，他的作品关涉自然科学的数量极多。长期以来，梭罗散文的纯科学方面的探索一直被学界忽视。但最近二十年来，梭罗散文的科学价值逐渐

---

① ［美］爱默生著，波尔泰编：《爱默生集》（下），赵一凡译，生活·读书·新知三联书店 1993 年版，第 832 页。

② ［美］爱默生著，波尔泰编：《爱默生集》（上），赵一凡译，生活·读书·新知三联书店 1993 年版，第 23 页。

得到人们的重视。其中，给笔者深刻印象的是唐娜·利·凯斯勒恩
（Donna Leigh Kessler-Eng）在论文 "Letting nature run its course：
Thoreau's Walden as experimental cure"（Dissertation Abstracts Inter-
national，Volume：60 - 04，Section：A，page：1134.）中指出，梭罗
的《瓦尔登湖》除了传统的阅读视角外，还可以被视为一种健康医
疗体验的叙述。她从医学史角度出发，分析《瓦尔登湖》与现代
医学文献揭示了相似的文化信仰，探讨了形似的医疗方法。

笔者认为，超验主义文人对待科学的态度与超验主义思想相
互印证。超验主义强调人与自然的密切联系，将研究自然与研究
自我联系起来。如此一来，关涉自然科学的超验主义散文又具有
以下特点：

其一，他们将人文科学与自然科学结合起来。超验主义者相
信：生命本身是一个物质或物理过程，也是一个显示本质的过
程。人之所以是世界的主人，并非由于他是地球上最精明的居住
者，而是因为他在每一件或大或小的事物中总能发现与自己相关
的东西。梭罗考察康科德的物种时感叹："如果一个人丰富强大，
他一定得在自己的土地上。"① 可见，超验主义文人习惯于从科学
观察中得到与人文领域相关的结论。

其二，超验主义文人写作时将"天堂一样辽阔的观点"与
"显微镜式的狭小"结合起来，使宏观世界与微观世界相互观照。
《梭罗日记精华》（The Heart of Thoreau's Journals，1924）的编辑
奥德·谢泼德（Oded Sheppard，1870—）认为，梭罗热衷于成为
一名自然的观察者，在一定程度上浪费了他的天才。他说：他原
本"天堂一样辽阔的观点"被他"显微镜式的狭小"所取代。②
笔者认为，梭罗事实是深刻地分享了超验主义者的脉搏，将"辽
阔"与"狭小"结合起来，从自然界的物体或生活中事件中发现
了某种超验主义的意义，或借这些微小的事物表达其他途径所无

---

① ［美］梭罗：《种子的信仰》，王海萌译，上海书店出版社 2010 年版，第 6 页。
② 同上书，第 3 页。

法表达的思想。在《种子的信仰》中，梭罗认真观察并记录了哪些植物有种子，哪些没有，种子的数量，以及这些种子的传播途径等。这都是细致入微的观察视角。然而，他得出了宏大的结论：只要有信仰，就会有奇迹的发生。不仅是梭罗，其他的超验主义文人也有这种能力。1833 年 7 月 13 日，爱默生参观了巴黎的植物园后在日记中写道："沿着这一系列令人困惑的活生生的生物体走过去瞥上一眼时，……看迷眼的蝴蝶，雕出来似的贝壳，鸟、兽、鱼……到处是生命向上的原理。"① 此时，达尔文的进化论尚未问世，爱默生正是将"辽阔"与"狭小"结合起来才得出了这一创见。

三 形在江海之上，心存魏阙之下

在所有的散文文类中，游记最能表现人与自然的交融以及人的生命力跃动。超验主义文人写了不少以游记为题材的散文。我们以中国游记散文为借镜，比较分析超验主义游记散文所体现出的宏大境界，说明优秀的游记并非进行简单的自然风物摹写，而是在更为广阔的视域中考察自然景物和人文风情。这可谓："形在江海之上，心存魏阙之下。"②

游记离不开对行程的记叙，其通常的布局结构是以时间为序，采用移步换景的手法，细细描写沿途的风光。从散文的表面行文看，作家用文字记录下来的景物和人物为其展开思考和讨论提供了起点和材料。当他们捕捉到一些优美动人的景物并描述一番后，会紧接着发表论述或者抒发感情。从散文的内在结构看，在其畅达的描述中潜伏着散文家思想情感的潜流，形成了内在的情思起伏。梭罗在《在康科德河和梅里麦克河上的一周》中所

---

① ［美］爱默生著，勃里斯·佩里编：《爱默生日记精华》，倪庆饩译，东方出版社2008 年版，第 35 页。

② （梁）刘勰著，祖保泉解说：《文心雕龙解说》，安徽教育出版社 1993 年版，第358 页。

说："康科德河是条寂静的河流，但它的景色对深思静默的航行者更具有启发性，其河水甚至比我们的书页更充满了映像。"① 在超验主义游记中，沿途的自然风景和人文风情的展现也是散文家情感和思想的外化。

笔者认为，超验主义游记所具有的双重线索与我国古代游记相似，但又不尽相同。茅坤说："夫古之善记山川，莫如柳子厚。"② 我们以柳宗元的游记为例加以比参说明。柳宗元的"永州八记"将散文家的情感、个人遭遇、哲理思索都融入自然之中，其所见所闻、方位转换与思想情感衔接得很紧密，给人一种如临其境的感觉。其中，情感的表达比较含蓄，与中国文学温厚中和的审美传统一脉相承。比较而言，在超验主义散文中，作者所见所闻与所感之间的联系表现出较大的随意性和广泛的选择性，以致情感线索外露，与景色描述的线索衔接得不够紧密。譬如，《科德角》题注："开始，全面观察，细致入微/中间，说明特征与用途，不吝笔墨，/最后，精确描述其性质，力求详尽。"③ 我们姑且将这一题注视为梭罗写作《科德角》的构思。通读《科德角》，我们发现梭罗在描述景物后总会不吝笔墨地去论述和说明，其内容可谓是无所不包；最后还会力求详尽地对所论及的话题进一步阐释。这可谓是离题旁涉。我们知道，离题旁涉是一种重要的结构方法。拜伦在长篇叙事诗《恰尔德·哈洛尔德》（*Childe Harold's Pilgrimage*，1809—1818）中将离题旁涉的结构技法表现得淋漓尽致。就文势而言，游记中的两条线索过于合拍，容易使文章的格局显得局促。离题旁涉无疑会使其更为壮阔，并且展现作者开阔的视野和繁多的思绪。

---

① ［美］梭罗著，罗伯特·塞尔编：《梭罗集》（上），陈凯等译，生活·读书·新知三联书店 1996 年版，第 53 页。

② 高海夫主编，薛瑞生、淡懿诚执行主编：《唐宋八大家文钞校注集评：柳州文钞》，三秦出版社 1998 年版，第 1273 页。

③ ［美］梭罗著，罗伯特·塞尔编：《梭罗集》（下），陈凯等译，生活·读书·新知三联书店 1996 年版，第 945 页。

超验主义游记充分见证了作家的见多识广。游记所记录的旅程是遥远的，所覆盖的面积是广阔的。爱默生的《英国特色》就是他的旅英游记。这部游记是以爱默生三次赴英旅行为基础，其中主要以1833年的旅行日记为材料。但是，这部游记更像是一本有关英国社会生活的随笔集。在《英国特色》中，爱默生抓住英国风光的特征，一面记录所见所闻，分析气候、地形、习俗以及社会构造，一面记录自己与华兹华斯、柯勒律治、卡莱尔等名人的交往，思考历史问题、文化传统，比较英国文学和美国文学的差异。梭罗的《科德角》《缅因森林》都涉足于广阔的美国西部荒野。《日晷》上也发表了富勒、阿尔科特等超验主义文人的外国游历见闻。值得分析的是，他们还常常高度概括和想象古希腊罗马、欧洲、亚洲的风光和人文景观。这些有的是来自他们亲身见闻，有的是来自他们的想象。一般来说，他们在描述所见所闻时，会将头脑中所想象到的景象描绘出来，从而表现出了作家对自然景物敏锐的观察力和丰富的想象力。

比较而言，因地理环境、交通工具的影响，中国古代散文家的活动领域自然不可能达到19世纪超验主义文人的广远程度。一般来说，单篇古代游记所涉及的活动空间较小。但是，如将这些游记综合起来考量就是另外一番情形。特别值得一提的是苏轼，他一生仕途坎坷，屡次被贬，因而游历的地方众多。如果将苏轼一生的游记综合起来，其游历的广泛程度也是惊人的。合而观之：中国文论强调的"行万里路，读万卷书"是散文家创作经典之作的有力保障。

第三节　平衡散文纵横两维度

但凡伟大的著作，都会有超出一般的广度和深度。譬如，但丁的《神曲》，莎士比亚的戏剧，歌德的《浮士德》等等。这些杰作都为我们展开了宏大的生活画卷，同时又我们开掘了深邃的思想源泉。笔者认为，超验主义文人做了足够的尝试，在一定程度上平衡了散文的纵横两维度，为拓展散文文体的表现力做出了自己的贡献。在以下分析中，除了中国古代散文经典外，笔者还会将但丁、莎士比亚和歌德视为启发性的例子，以帮助我们建立起一种语境，更好地理解超验主义散文的纵横两维度。

一　横向维度的文势之美

超验主义文人很注重拓展散文的横向维度。一般来说，我们认为莎士比亚的戏剧最大程度地表现了社会生活，可谓是文学著作中横向维度发展的高峰。关于莎士比亚戏剧内容的丰富广博已经有众多学者论证。我们将这些论证归纳起来，不外乎就是人物形形色色，情节多种多样，场景包罗万象。散文可以做到吗？笔者认为，超验主义文人极大地拓展了散文内容的包容性。一方面，他们延续了美国散文关注时事的传统。另一方面，他们也通过散文展现了日常生活的情形。可以说，爱默生、梭罗、阿尔科特、里普利等人的散文作品真实地再现了 19 世纪上半期的美国社会生活。尽管他们不是像戏剧作家或者小说家那样去虚拟生活场景和塑造人物，但这并不代表他们的散文中没有场景和人物。譬如，《瓦尔登湖》里有那个叫约翰的垂钓者和他容光焕发的妻子、贝克农场的爱尔兰农民、会讲故事的邻居老奶奶、唱着歌的伐木人等等。甚至可以说，他们散文中的场景和人物因为有了真实性的倾向而具有特别的表现力。

文势是什么？一般认为，文势就是文章的姿势，是作家在创作时将特定的内容转化为形式而形成的风格，是一种具有动态感的格局态势。中国历代文论家相继从不同的角度，阐发了有关文势的理论。笔者认为，超验主义散文的横向维度促成了散文的文势之美。中国古代文人喜欢以水势作为喻体来形容文势。譬如，南宋李涂《文章精义》中评价："韩如潮，柳如泉，欧如澜，苏如海。"① 梭罗在《在康科德河和梅里麦克河上的一周》中也曾以水势来形容文势：

> 如果我们欲欣赏这些书里的流动，我们得预感到它似一股蒸汽从书页升起，将我们批判的头脑像魔石一般加以冲洗，流向我们自己上方及身后的更高水平。有许多书像河水细浪翻腾流入海洋，像水车用的水那般流畅，在一条堤道下潺潺流过……②

"读书，须看他文势语脉。"③ 以上的论述可以视为梭罗作为阅读者对文势的关注。实际上，超验主义散文家不仅注重了从文势的角度去品鉴文学作品。而且，他们的散文创作也形成了多样化的文势美。那么，超验主义散文文势多样性的形成因素有哪些呢？

一方面，"因情立体，即体成势"。④ 刘勰在《文心雕龙》的《定势》章中指明了文章内容与形式的关系。他继而分析了章表、赋颂、符檄、史论等不同体裁的文章所具有的不同文势。纵观超验主义散文，其文势的差异也与文章内容体裁，写作目的等密切相关。按照刘勰对文势或刚或柔的区分，超验主义论说散文的文势总体而言显得刚过于柔，而记叙散文则显得柔过于刚。即使是同一个作家，其文势也因文体有所差别。譬如，梭罗的众多游记散文和他的《论公民的不服从权利》以及《为约翰·布朗上校请愿》（*A Plea for Captain John Brown*，1860）等政论文相比，文势

---

① （宋）李耆卿撰：《文章精义》，有正书局1918年版，第25页。

② ［美］梭罗著，罗伯特·塞尔编：《梭罗集》（上），陈凯等译，生活·读书·新知三联书店1996年版，第91页。

③ （宋）朱熹著，（宋）黎靖德编，王星贤点校：《朱子语类》（第1册），中华书局1986年版，第173页。

④ （梁）刘勰著，祖保泉解说：《文心雕龙解说》，安徽教育出版社1993年版，第858页。

就柔和得多。

另一方面，"文家各有所慕"。① 在创作过程中，作家各有好尚，所以呈现文势各异的局面。笔者认为，超验主义文人的好尚也是促成各具特色的文势的重要原因。笔者以爱默生与梭罗为例加以说明。首先，笔者同样选择以水势形容文势的方法，从整体上评述两位散文家的文势特点。爱默生的散文类似庄严地涌向大海的潮水，一路波涛澎湃，跌宕起伏，变化无穷。而梭罗的散文看来是一泓平静流淌的长河，看似波澜不兴，实则暗流涌动。接下来，我们逐一分析爱默生和梭罗各自的好尚。1820 年，年方十七岁的爱默生在日记里记录了自己阅读培根《新工具》（*Novum Organum*，1620）的读后感。他赞美培根比任何一个英格兰作家都写得更为抑扬顿挫，更有节奏感。1826 年，爱默生乘船去南卡来纳过冬。按照爱默生的传记作者小罗伯特·D. 理查森的说法，这次长达九天的海航是他人生中的首次重要经历，不仅令他大开眼界，还令他经历了重要的思想顿悟。他在日记里对旅行中海洋的颠簸不仅不反感，还说："对视觉和听觉，海浪和风云与其说使人想到美，不如说想到力。但恢复是迅速的，可惜的感觉很快平息下去，化为崇高。"② 梭罗在《在康科德河和梅里麦克河上的一周》的"星期日"篇中高度评价荷马史诗的风格是平静安详的。在他看来，所有的风格都不及荷马史诗有经久的魅力。从梭罗的传记以及他的创作中可以发现，梭罗对康科德河有着无比深厚的情感。他高频率地描述过康科德河。据笔者粗略统计，他形容康科德河较多是其近乎平静的态势：蜿蜒流淌，水流平缓。他赞美它："最缓慢的脉动恰恰是最有生命力的。"③ 从爱默生和梭

---

① （梁）刘勰著，祖保泉解说：《文心雕龙解说》，安徽教育出版社 1993 年版，第 258 页。

② ［美］爱默生著，勃里斯·佩里编：《爱默生日记精华》，倪庆饩译，东方出版社 2008 年版，第 18 页。

③ ［美］梭罗著，罗伯特·塞尔编：《梭罗集》（上），陈凯等译，生活·读书·新知三联书店 1996 年版，第 113 页。

罗作为文学鉴赏者对文势的品鉴可以得知，爱默生相对于梭罗更欣赏外显的波澜。此外，根据超验主义散文家对斯威登堡"对应理论"的接受和运用，我们可以由爱默生对海浪的赞美与梭罗对康科德河的欣赏，推断出两者艺术审美追求以及对独特的文势的审美评价。

总之，超验主义散文的横向维度显示出了文势之美：或柔或刚，或缓或急，且不同的文势也特别体现了散文家独特的个性。

二　纵向维度的灵性之美

超验主义文人很注重建立散文的纵向维度。我们认为，但丁的《神曲》是一部灵魂的旅行史，为我们建构了一个深邃、永恒却具有启示性的精神朝圣之旅。同样，但丁的灵魂漫游地狱、炼狱，最后抵达光明澄澈的天堂的伟大历程，也树立了文学作品建构纵向维度的标杆。通过比较文学影响研究，我们发现，但丁的旅途正是屈原所追求的人生境界。屈原在《离骚》中宣称："路漫漫其修远兮，吾将上下而求索。"[①] 显然，无论是但丁，还是屈原，他们所见路都是纵向延伸的。试问：生活中的所有道路难道不是平面运行的？但丁和屈原行走的是一条悖离了我们生活常识的漫漫长路？显然，两位伟大的作家向我们展示的更多的是宏富曲折的心路历程。"路"是超验主义散文中的重要意象。笔者认为，超验主义文人也不约而同地强调"路"的纵向维度：不是在平面空间里的运动，而是向上或者向下的运行。

路的选择是一个重大问题。"整个人生集中在十字路口的人身上。"[②] 它是艺术世界里的重要母题，也关涉人的自我实现。接下来，我们结合超验主义散文中关于路的选择的论说，分析作家

---

① （汉）王逸、（宋）洪兴祖：《楚辞章句补注》，吉林人民出版社 2005 年版，第 28 页。

② ［英］巴克莱：《新约圣经注释》（上卷），北京中国基督教三自爱国运动委员会，中国基督教协会 1998 年版，第 176 页。

所揭示的行而上意义。

> 除非我们完全迷了路，或者转了一次身，在森林中你只要闭上眼睛，转一次身，你就迷路了……非到我们迷了路，换句话说，非到我们失去了这个世界之后，我们才开始发现我们自己，认识我们的处境，并认识我们的联系之无穷界限。① （《瓦尔登湖》）

> 我离开森林，就跟我进入森林有同样好的理由。我觉得也许还有好几个生命可过，我不必把更多时间来交给这一个生命了。惊人的是我们很容易糊里糊涂习惯于一种生活，踏上那条众人都走的路。② （《瓦尔登湖》）

> 当一个人不知道正走向何方时，他才升到了最高点。③ （《论圆》）

> 灵魂的进步不是由那种能够以直线运动为代表的循序渐进形成的；而是由那种能够以变态为代表的状态升华造成的——由卵到蛹，再由蛹到蝶。④ （《论超灵》）

斯蒂芬·哈恩（Stephen Hane）认为，梭罗在《瓦尔登湖》中的这些表达，其灵感和思想源泉来自圣经。具体来说，它源于这样一个寓言，即《创世纪》第 19 章第 26 节中，洛特的妻子宁可回到世间查看他们丢失的财产，却不愿相信预言书。这就说明只有失去才会懂得珍惜；只有迷失才能确认正确的方向。⑤ 笔者认为，梭罗还注意到大多数人所注视到的、所行走的路是通向物

---

① ［美］梭罗著，罗伯特·塞尔编：《梭罗集》（上），陈凯等译，生活·读书·新知三联书店 1996 年版，第 115 页。
② 同上书，第 787 页。
③ ［美］爱默生著，波尔泰编：《爱默生集》（上），赵一凡译，生活·读书·新知三联书店 1993 年版，第 457 页。
④ ［美］同上书，第 428 页。
⑤ ［美］斯蒂芬·哈恩：《梭罗》，王艳芳译，中华书局出版社 2002 年版，第 115 页。

质收获的路，然而大多数人最终迷失在这条路上。这正是《史记·货殖列传》所描述的"天下熙熙，皆为利来，天下攘攘，皆为利往。"① 梭罗出于担心自己糊里糊涂地踏上那条众人都走的路，所以才选择了通往康科德森林的林中之路。但丁在《神曲》的序曲中也有这种近似的表达："假使你要逃离这荒凉的地方，你必须走另一条路。"② 爱默生《论圆》和《论超灵》里也从反面说明容易选择的路并不是利于人上升的道路。对此，但丁在《炼狱篇》的第 21 歌中有过深刻的暗示："只有一个灵魂自觉洗涤干净，／可以上升或开始向上行走的时候，／那时其他灵魂的欢呼也就随之而起。"③ 毫无疑问，这些论述都在告诉我们同样一个重要的信息，即精神的道路是纵向运行的。

超验主义文人与屈原和但丁一样，对精神上升之路的安排看似隐秘，可又十分地显而易见。在超验主义看来，人本来应该是和神一样的，但因选择向下运动而最终堕落了，成为庸众。庸众也就是那吃吃喝喝、满脑经营和算计的人，而这样的人失去了灵魂，也就失去了人的本质，并不值得尊重。人如何恢复本来的状态呢？人唯有"上升"，才能找到真正的自己。超验主义文人塑造了耶稣、柏拉图等一系列上升的人的代表，并宣称这些伟人不过是众人的兄长。如此一来，这一系列人物显示了灵魂的步步上升和自我壮大的精神历程，从降了格的庸众到达"和神并立"。从文本的深层结构分析，这种纵向的结构安排蕴涵了作家的超越性理想：一个人唯有上下求索，永无止境，才可能却领悟到超灵的召唤，最后升到和神一样。这也正是歌德《浮士德》所表现的主题。歌德曾在 1831 年 6 月 6 日对艾克曼（Eckermann，1792—1854）说："浮士德得救的秘诀就在这几行诗里。"④ 他指的是：

① （汉）司马迁：《史记》，中华书局 2006 年版，第 752 页。
② ［意］但丁：《神曲·地狱篇》，朱维基译，上海译文出版社 1984 年版，第 7—8 页。
③ 同上书，第 316 页。
④ ［德］爱克曼辑录：《歌德谈话录》，朱光潜译，人民文学出版社 1978 年版，第 244 页。

"灵界高贵的成员／已从恶魔手救出：／不断努力进取者，／吾人均能逐救之。／更有爱从天降，／慈光庇护其身，／极乐之群与相遇，／衷心表示欢迎。"① 在今天的语境里，超验主义文人所指明的纵向维度，以及所建构的精神超越之途依旧有现实意义。当代神学家舍勒说："人身上毕竟尚有永恒的、珍贵的东西，这就是上帝赋予每个人的不可剥夺、不可转让的精神位格，其核心乃在人自身内具有最高价值、无穷无尽地促使人高贵并向基督看齐的挚爱意向。"② 这实际上强调了人"价值感"的位格，肯定了人的精神升华：人必须超越自己的位格的局限，走近神，无限接近神的位格。

笔者认为，超验主义散文中纵横两维度的平衡彰显了人的对自身及其生命过程的价值的认可。如此一来，超验主义散文既具有属灵色彩，又避免了虚无和空泛。这既是对唯理主义的抨击，也是对浪漫主义的进一步发展，从而使他们的散文兼顾了现实主义和浪漫主义的双重特色。进入现当代以来，诸如舍勒（Max Scheler，1874—1928）、德日进（Pierre Teilhard de Chardin，1881—1955）等学者指出："人之定位就表现在其非纯粹自然生命和非纯粹精神实在的生存之状。"③ 人必须促使生命与精神的相互生成，坚持向前与向上的动向和姿态。超验主义文人正是通过散文纵横两维度的建构和平衡探寻和确认了"人的定位"，足见其思想具有前瞻性。难怪尼采（Friedrieh Nietzsche，1844—1900）用维加（Lope de Vega，1562—1635）的话作为爱默生的自我陈词："我是我自己的后人"。④ 这一评价适合整体的超验主义文人。

综合而论，我们在超验主义散文中不仅可以体会作家对文学的热爱，了解他们所持有的艺术审美策略，也能感受他们匡时传

① ［德］歌德：《浮士德》，董问樵译，复旦大学出版社2001年版，第681页。
② 刘小枫：《走向十字架上的真》，上海三联书店出版社1994年版，第77页。
③ 卓新平：《当代西方天主教神学》，上海三联书店1998年版，第53页。
④ 范圣宇主编：《爱默生集》，花城出版社2008年版，第333页。

世的文学抱负，领悟他们对超越之途的向往和探索。这一切提升了散文文体的审美价值、思想深度和属灵色彩。尤其可贵的是，超验主义文人既能立足于人类的世界和现实的世界，又将目光投向上帝的世界和形上的世界，为我们大写了"Man"。这个人不会对林林总总的人类万事不闻不问，也不再在广袤无垠的宇宙时空中感到恐惧和无足轻重。这个人的自由本性带给他无限的可能，这个人的独立本性带给他无穷的创新，这个人与总体存在及其最高精神之间有了更高级的融合。于此，这个人在不失去其有限性的处境下超越了时空，并超越了"实在"① 之维！

---

① 按照马塞尔（Marcel Gabriel, 1889—1973）的说法，"实在"相对于"在"具有局限性，是人在实现超越之途中的必经状态。

附　录

美国超验主义运动大事记

1836 年　超验主义俱乐部首次聚会。

爱默生匿名发表《自然》。

阿尔卡特发表《与孩子们的福音书》。

1837 年　爱默生做《美国学者》的演讲；做《历史哲学》的系列演讲。

1838 年　爱默生做《神学院讲话》。

梭罗接管康科德学院。

1839 年　富勒组织恳谈会。恳谈会一直持续到 1844 年。

1840 年　创办评论季刊《日晷》。富勒任编辑。

创办布鲁克合作农场。

梭罗结识威廉·埃勒里·钱宁。

阿尔科特家搬到康科德。

1841 年　爱默生《随笔》（一）出版。

梭罗住进爱默生康科德的家中。

霍桑加入布鲁克农庄，并以此为素材创作《福谷传奇》。

1842 年　爱默生任《日晷》编辑。

梭罗《马萨诸塞州自然史》出版。

霍桑移居康考德，与爱默生、梭罗、阿尔考特等交往。

1843 年　超验主义俱乐部解散。

1844 年　《日晷》停刊。

爱默生《随笔》（二）出版。

阿尔卡特建立互助社区花果园地。

1845 年　爱默生做《代表人物》系列演讲。

梭罗住进瓦尔登湖的小木屋。

富勒《十九世纪的妇女》出版。

1846 年　爱默生《诗集》出版。

梭罗开始创作《瓦尔登湖》，参加废奴活动。

1847 年　布鲁克合作农场解散。

爱默生访问英国。

梭罗完成《瓦尔登湖》初稿。

西奥多·帕克发表《一封关于蓄奴制的书信》。

1848 年　梭罗《克特登与缅因森林》出版，在新英格兰巡回演讲。

1849 年　梭罗《康科德和梅里马科河上的一周》出版，发表《论公民的不服从》。

1850 年　富勒沉船遇难。

1851 年　爱默生、梭罗、里普利等超验主义者纷纷发表反对"逃奴法"的演说。

1852 年　爱默生西部旅行演说。

1853 年　爱默生做《人类生活》的系列演讲。

1854 年　梭罗《瓦尔登湖》出版。

西奥多·帕克做《内布拉斯加问题》的演讲。

1855 年　爱默生、梭罗、里普利等超验主义者参加废奴运动。

爱默生出版《英国特色》。

梭罗《科德角》出版。

惠特曼《草叶集》第一版出版。

1856 年　梭罗与阿尔科特拜访惠特曼。

1857 年　爱默生、梭罗与约翰·布朗会面。

1859 年　梭罗发表《为约翰·布朗队长请愿》。

1860 年　爱默生、梭罗等著文，发表演说支持桑伯恩。

　　　　　西奥多·帕克逝世。

1861 年　梭罗前往明尼苏达州。

1862 年　梭罗逝世。

　　　　　爱默生做《美国文明》、《解放黑人奴隶宣言》的演讲。

1865 年　爱默生发表悼念林肯的演说。

1866 年　爱默生诗集《五朔节》出版。

1882 年　爱默生逝世。

参考文献

一　著作类（按出版年先后排序）

1. ［英］布莱克：《布莱克诗选》，查良铮等译，人民文学出版社 1957 年版。

2. ［英］锡德尼：《为诗辩护》，钱学熙译，人民文学出版社 1961 年版。

3. （明）吴纳、徐师曾著，于北山、罗根泽校点，郭绍虞主编：《文章辨体序说　文体明辨序说》，人民文学出版社 1962 年版。

4. 北大哲学系美学教研室编：《西方美学家论美和美感》，商务印书馆 1963 年版。

5. ［美］凡勃伦：《有闲阶级论》，蔡受百译，商务印书馆 1964 年版。

6. 鲁迅：《且介亭杂文》，人民文学出版社 1973 年版。

7. ［丹麦］勃兰兑斯：《十九世纪文学主流》（第一册），张道真译，人民文学出版社 1980 年版。

8. ［德］马克思、恩格斯：《马克思恩格斯全集》（第一册），中共中央马克思恩格斯列宁斯大林著作编译局编译，人民出版社 1974 年版。

9. ［丹麦］勃兰兑斯：《十九世纪文学主流》（第三册），张道真译，人民文学出版社 1980 年版。

10. 张岱年：《中国哲学大纲》，中国社会科学出版社 1982 年版。

11. ［德］爱克曼辑录：《歌德谈话录》，朱光潜译，人民文学出版社 1982 年版。

12. （清）袁枚著，顾学颉校点：《随园诗话》（上），人民文学出版社 1982 年版。

13. ［英］洛克：《人类理解论》，关文运译，商务印书馆 1983 年版。

14. ［法］马里奥斯·法朗索瓦·基亚：《比较文学》，颜保译，北京大学出版社 1983 年版。

15. 冯友兰：《中国哲学史》，中华书局 1984 年版。

16. ［意］但丁：《神曲》，朱维基译，上海译文出版社 1984 年版。

17. （宋）普济著，苏渊雷点校：《五灯会元》（上册），中华书局 1984 年版。

18. 李泽厚、刘纲纪主编：《中国美学史》（第一卷），中国社会科学出版社 1984 年版。

19. （明）顾炎武著，黄汝成集释：《日知录集释》（中册），上海古籍出版社 1985 年版。

20. ［英］坎利夫·马库斯：《美国的文学》（上），方杰译，中国对外翻译出版公司 1985 年版。

21 《简明不列颠百科全书》编辑部译编：《简明不列颠百科全书》（第一卷），中国大百科全书出版社 1985 年版。

22. ［美］范道伦（M. Van Doren）选编：《爱默森文选》，张爱玲译，生活·读书·新知三联书店 1986 年版。

23. 钱钟书：《管锥编》，中华书局 1986 年版。

24. （金）元好问著，贺新辉注：《元好问诗词集》，北京展望出版社 1986 年版。

25. ［美］惠特曼：《惠特曼散文选》，张禹九译，湖南人民出版社 1986 年版。

26. M. H. 艾布拉姆斯：《简明外国文学词典》，曾忠禄等译，湖南人民出版社 1986 年版。

27. ［美］韦斯坦因：《比较文学与文学理论》，刘象愚译，辽宁
人民出版社 1987 年版。

28. ［德］姚斯、霍拉勃：《接受美学与接受理论》，周宁、金元
浦译，辽宁人民出版社 1987 年版。

29. ［德］康德：《判断力批判》（上），宗白华译，商务印书馆
1987 年版。

30. ［俄］巴赫金：《陀思妥耶夫斯基诗学问题》，白春仁、顾亚
铃译，上海三联书店出版社 1988 年版。

31. ［日］厨川白村：《苦闷的象征，出了象牙之塔》，鲁迅译，人
民文学出版社 1988 年版。

32. ［美］倪豪士编选：《美国学者论唐代文学》，黄宝华等译，上
海古籍出版社 1994 年版。

33. 秦家懿、孔汉思：《中国宗教与基督教》，吴华译，生活·读
书·新知三联书店 1990 年版。

34. ［美］R. E. SPILLER：《美国文学的周期：历史评论专著》，
王长荣译，上海外语教育出版社 1990 年版。

35. （宋）赜藏主编：《古尊宿语录》，上海古籍出版社 1991 年版。

36. ［美］Henry Nash Smith：《处女地：作为象征和神话的美国西
部》，薛蕃康、费翰章译，上海外语教育出版社 1991 年版。

37. ［美］罗德·霍顿、赫伯特·爱德华兹：《美国文学思想背景》，
房炜、孟昭庆译，人民文学出版社 1991 年版。

38. ［美］丹尼尔·贝尔：《资本主义文化矛盾》，赵一凡译，上
海三联书店 1991 年版。

39. 丁福保：《佛学大辞典》，上海书店出版社 1991 年版。

40. （清）苏舆撰，钟哲点校：《春秋繁露义证》，中华书局 1992
年版。

41. ［美］彼得·B. 海：《美国文学掠影》，胡江萍译，华东师范
大学出版社 1992 年版。

42. （明）黄宗羲著，宁波师范学院黄宗羲研究室编注：《黄宗羲诗文选》，华东师范大学出版社1993年版。

43. ［美］爱默生著，波尔泰编：《爱默生集》（上、下），赵一凡译，生活·读书·新知三联书店1993年版。

44. （梁）刘勰著，祖保泉解说：《文心雕龙解说》，安徽教育出版社1993年版。

45. ［英］艾伦·谢尔斯顿：《传记》，李永辉、尚伟译，昆仑出版社1993年版。

46. 叶舒宪：《诗经的文化阐释》，湖北人民出版社1994年版。

47. ［德］K. 拉纳尔著，默茨修订：《圣言的倾听者》，朱雁冰译，生活·读书·新知三联书店1994年版。

48. ［美］倪豪士编选：《美国学者论唐代文学》，黄宝华等译，上海古籍出版社1994年版。

48. 海子：《海子的诗》，人民文学出版社1995年版。

49. 乔纳森·爱德华兹：《爱德华兹选集》（第三版），谢秉德译，香港基督教文艺出版社1995年版。

50. （明）黄宗羲著，宁波师范学院黄宗羲研究室编注：《黄宗羲诗文选》，华东师范大学出版社1999年版。

51. ［美］查尔斯·鲁亚斯：《美国作家访谈录》，粟旺、李文俊等译，中国对外翻译出版公司1995年版。

52. （明）袁宏道：《袁中郎随笔》，作家出版社1995年版。

53. ［美］梭罗著，罗伯特·塞尔编：《梭罗集》（上、下），陈凯等译，生活·读书·新知三联书店1996年版。

54. 钱满素：《爱默生和中国：对个人主义的反思》，生活·读书·新知三联书店1996年版。

55. （清）阮元校刻：《十三经注疏》（上、下），上海古籍出版社1997年版。

56. （魏）曹丕著，易建贤译注：《魏文帝集全译》，贵州人民出版社1998年版。

57. 高海夫主编，薛瑞生、淡懿诚执行主编：《唐宋八大家文钞校注集评：柳州文钞》，三秦出版社 1998 年版。

58. ［英］卡莱尔：《英雄与英雄崇拜》，何欣译，辽宁教育出版社 1998 年版。

59. 刘文典撰，殷光熹点校：《淮南鸿烈集解》，安徽大学出版社、云南大学出版社 1998 年版。

60. ［英］巴克莱：《新约圣经注释》（上、下卷），北京中国基督教三自爱国运动委员会，中国基督教协会 1998 年版。

61. 卓新平：《当代西方天主教神学》，上海三联书店 1998 年版。

62. ［英］莎士比亚：《莎士比亚全集·悲剧卷》，朱生豪译，上海译文出版社 1999 年版。

63. 《圣经》（简化字现代标点和合本），上海中国基督教三自爱国运动委员会，中国基督教协会 2000 年版。

64. ［德］海德格尔：《荷尔德林诗的阐释》，孙周兴译，商务印书馆 2000 年版。

65. 常耀信编著：《美国文学研究评论》，南开大学出版社 2000 年版。

66. （清）姚鼐著，钱仲联主编，周忠明选注评点：《姚鼐文选》，苏州大学出版社 2001 年版。

67. （清）曾国藩著，钱仲联主编，涂小马选注评点：《曾国藩文选》，苏州大学出版社 2001 年版。

68. ［美］小罗伯特·D. 理查森：《爱默生：充满激情的思想家》，石坚等译，四川人民出版社 2001 年版。

69. （明）张傅著，殷孟伦注：《汉魏六朝百三家集题辞注》，中华书局出版社 2002 年版。

70. ［美］劳伦斯、A. 克雷明：《美国教育史：建国初期的历程（1783—1876）》，洪成文等译，北京师范大学出版社 2002 年版。

71. （唐）韩愈著，张清华评注：《韩愈诗文评注》，中州古籍出版社 2002 年版。

72. ［美］马克·吐温著，吴钧陶主编：《马克·吐温十九卷集》
（第六卷），张友松译，河北教育出版社 2002 年版。

73. 李剑鸣：《美国的奠基时代：1585—1775》，转引《美国通史》
（第一卷），人民出版社 2002 年版。

74. ［英］约翰·班扬：《天路历程》，王汉川译，山东画报出版
社 2002 年版。

75. ［美］斯蒂芬·哈恩：《梭罗》，王艳芳译，中华书局 2002
年版。

76. ［美］沃侬·路易·帕灵顿：《美国思想史：1620—1920》，陈
永国、李增、郭乙瑶译，吉林人民出版社 2002 年版。

77. 李战子：《话语的人际意义研究》，上海外语教育出版社 2002
年版。

78. 冯天瑜等编著：《中国学术流变》（上册），华东师范大学出
版社 2003 年版。

79. ［美］麦格拉思编：《基督教文学经典选读》（上、下），苏
欲晓等译，北京大学出版社 2004 年版。

80. ［美］米尔恰·伊利亚德：《宗教思想史》，晏可佳、吴晓群
译，上海社会科学院出版社 2004 年版。

81. ［加］戈登·菲、［美］道格拉斯·斯图尔特：《圣经导读》
（上），魏启源、饶孝榛、王爱玲译，北京大学出版社 2005
年版。

82. ［美］勒内·韦勒克、奥斯汀·沃伦：《文学理论》，刘象愚
等译，江苏教育出版社 2005 年版。

83. 《新约圣经并排版》（希腊文新约圣经、现代中文译本修订
版、吕振中译本、思高译本、英文新标准修订版、简化字新
标点和合本），上海中国基督教三自爱国运动委员会，中国基
督教协会 2005 年版。

84. ［美］梭罗：《梭罗日记》，朱子仪译，北京十月文艺出版社
2005 年版。

85. 周宪：《审美现代性批判》，商务印书馆 2005 年版。

86. 梁漱溟：《中国文化要义》，上海人民出版社 2005 年版。

87. 范文澜：《文心雕龙注》，人民文学出版社 2006 年版。

88. 顾随：《驼庵说诗》，中国人民大学出版社 2006 年版。

89. ［美］莫斯特：《美国建国简史》（一），刘永艳、宁春辉译，
中共党史出版社 2006 年版。

90. （汉）司马迁：《史记》，中华书局 2006 年版。

91. 汉语大词典编纂处：《康熙字典（标点整理本）》，上海辞书
出版社 2007 年版。

92. ［美］路易莎·梅·奥尔科特：《小妇人》，林文华、林元彪
译，长江文艺出版社 2007 年版。

93. （宋）范仲淹著，李勇先、王蓉贵校点：《范仲淹全集》（上），
四川大学出版社 2007 年版。

94. ［美］利兰·莱肯：《圣经文学导论》，黄宗英译，北京大学
出版社 2007 年版。

95. 钱锺书：《七缀集》，生活·读书·新知三联书店 2007 年版。

96. （明）张岱等著，张厚余注析，郝文霞编：《明清小品文选》，
山西出版集团·三晋出版社 2008 年版。

97. ［英］托马斯·卡莱尔、［美］爱默生：《卡莱尔、爱默生通
信集》，李静滢、纪云霞、王福祥译，广西师范大学出版社
2008 年版。

98. ［美］爱默生著，勃里斯·佩里编：《爱默生日记精华》，倪
庆饩译，东方出版社 2008 年版。

99. ［美］萨克文·伯科维奇主编：《剑桥美国文学史 散文作品：
1820—1865 年》（第二卷），史志康等译，中央编译出版社 2008
年版。

100. 范圣宇主编：《爱默生集》，花城出版社 2008 年版。

101. ［德］韦伯著，彼得·拉斯曼等编：《韦伯政治著作选》，阎
克文译，东方出版社 2009 年版。

102. ［美］梭罗：《瓦尔登湖》，徐迟译，上海译文出版社 2009
年版。

103. （汉）韩婴撰，许维遹校释：《韩诗外传集释》，中华书局
2009 年版。

104. （清）郑板桥著，王其和点校纂注：《板桥论画》，山东画报
出版社 2009 年版。

105. 陈鼓应：《老子注译及评介》，中华书局 2009 年版。

106. 章太炎：《国故论衡》，商务印书馆 2010 年版。

107. ［美］亨利·戴维·梭罗：《寻找精神家园》，方碧霞译，外
语教学与研究出版社 2010 年版。

108. ［英］柯林伍德：《历史的观念》（增补版），何兆武等译，
北京大学出版社 2010 年版。

109. 王佐良：《英国散文的流变》，商务印书馆 2011 年版。

110. 章培恒、骆玉明主编：《中国文学史新著》（下卷），复旦大
学出版社 2011 年版。

111. James Truslow Adams, *New England in the Republic* 1776—
1850, Boston: Little Brown and Company, 1926.

112. Van Wyck Brooks, *The flowering of New England*: 1886—1963,
New York: The Modern Library, 1936.

113. Morton Scott Enslin, *The Literature of the Christian Movement*,
New York: Harper and Row, 1938.

114. Terence L. Connolly, ed., *Literary Criticisms*, New York: Dut-
ton, 1948.

115. Henry David Thoreau, *The Correspondence of Henry David Thor-
eau*, New York: New York University Press, 1958.

116. Krutch, J. W., ed., *Walden and Other Writings by Henry David
Thoreau*, New York: Bantam Books, Inc., 1962.

117. Geraint V. Jones, *The Art and Truth of the Parables*, London:
S. P. C. K., 1964.

118. Ralph W. Emerson, *Selected Writings of Ralph Waldo Emerson*, New York: The New American Library, Inc., 1965.

119. George Hochfield, ed., *Selected Writings of the American Transcendentalists*, Toronto: Signet Classics, 1966.

120. Fuller Margaret, *Woman in the Nineteenth Century*, New York: W. W. Norton & Company, 1971.

121. Stewart Mitchell, ed., *The Massachusetts Historical Society*, New York: Robert E. Krieger Publishing Company, 1975.

122. Henry David Thoreau, *Journal*, *Vol.* 1: 1832—1844, Princeton: Princeton University Press, 1981.

123. Carl Bode, *The Portable Emerson*, New York: Penguin Books, 1981.

124. Albert Gelpi, *The Tenth Muse: The Psyche of the American Poet*, New York: Cambridge University Press, 1991.

125. David M. Robinson, *Margaret Fuller and the Transcendental Ethos: Woman in theNineteenthCentury*, New York: The Modern Library, 2001.

126. Joel Porte, *The Cambridge Companion to Ralph Waldo Emerson*, Shanghai: Shanghai Foreign Language Education Press, 2004.

127. James D. Hart, Phillip W. Leininger, ed., *The Oxford companion to American literature*, Foreign Language Teaching and Research Press, 2005.

128. Emory Elliott, ed., *The Columbia History of the American Novel*, New York: Columbia University Press, 2005.

129. Mc Williams, John P., *New England's Crises and Cultural Memory: Literature, Politics, History, Religion, 1620—1860*, New York: Cambridge University Press, 2008.

130. Ralph W. Emerson, *Selected Works of Ralph Waldo Emerson*, Shanghai: Shanghai World Book Publishing Company, 2010.

二 论文类

1. Louisa May Alcott, "transcendental wild oats," in Sears, ed., Alcott's Fruitlands, 1876.

2. 黎惠康:《新约圣经的写作过程初探》,《华人神学期刊》1986 年第 2 期。

3. 王佐良:《关于英文散文》,《文艺报》,作家出版社 1986 年版。

4. 陈新:《英美散文的定义和发展》,《南京师大学报》(社会科学版) 1988 年第 2 期。

5. 王凯符:《论清代散文的繁荣及其原因》,《北京社会科学》1994 年第 2 期。

6. 斯威德勒:《全球伦理普世宣言》,《东方》1995 年第 3 期。

7. 张思齐:《散文·骈文·美文——比较观照中的文体辨析》,《西南民族学院学报》(哲学社会科学版) 1996 年第 1 期。

8. 郭英德:《中国古代文人集团论纲》,《中国文化研究》1996 年夏之卷 (总第 12 期)。

9. Elaine Showalter, "*Feminist Foremother*," *Wilson Quarterly*, Vol. 25, No. 1, 2001.

10. Cathcrine O'suilivan:《一种特殊的文件——日记在西方的发展历史及未来》,吴开平译,《山西档案》2006 年第 3 期。